主 编：陈 恒 孙 逊

光启文库

光启随笔

光启文库

光启随笔	光启讲坛
光启学术	光启读本
光启通识	光启译丛
光启口述	光启青年

主　编：陈　恒　孙　逊

学术支持：上海师范大学光启国际学者中心

策划统筹：鲍静静
藏　书　票：郑星球
责任编辑：齐凤楠
装帧设计：纸想工作室

抵达晚清

夏晓虹 著

商务印书馆
The Commercial Press

图书在版编目（CIP）数据

抵达晚清 / 夏晓虹著. —北京：商务印书馆，2020
（光启文库）
ISBN 978 - 7 - 100 - 18565 - 3

Ⅰ. ①抵… Ⅱ. ①夏… Ⅲ. ①中国文学 — 古典文学研究 — 文集 Ⅳ. ①I206.2-53

中国版本图书馆 CIP 数据核字（2020）第090304号

权利保留，侵权必究。

抵 达 晚 清

夏晓虹 著

商 务 印 书 馆 出 版
（北京王府井大街36号 邮政编码 100710）
商 务 印 书 馆 发 行
山 东 临 沂 新 华 印 刷 物 流
集 团 有 限 责 任 公 司 印 刷
ISBN 978 - 7 - 100 - 18565 - 3

2020年8月第1版　　开本 889×1194　1/32
2020年8月第1次印刷　印张 9⅛

定价：48.00元

出版前言

梁启超在《清代学术概论》中认为,"自明徐光启、李之藻等广译算学、天文、水利诸书,为欧籍入中国之始,前清学术,颇蒙其影响"。梁任公把以徐光启(1562—1633)为代表追求"西学"的学术思潮,看作中国近代思想的开端。自徐光启以降数代学人,立足中华文化,承续学术传统,致力中西交流,展开文明互鉴,在江南地区开创出海纳百川的新局面,也遥遥开启了上海作为近现代东西交流、学术出版的中心地位。有鉴于此,我们秉承徐光启的精神遗产,发扬其经世致用、开放交流的学术理念,创设"光启文库"。

文库分光启随笔、光启学术、光启通识、光启讲坛、光启读本、光启译丛、光启口述、光启青年等系列。文库致力于构筑优秀学术人才集聚的高地、思想自由交流碰撞的平台,展示当代学术研究的成果,大力引介国外学术精品。如此,我们既可在自身文化中汲取养分,又能以高水准的海外成果丰富中华文化的内涵。

文库推重"经世致用",即注重文化的学术性和实用性,既促进学术价值的彰显,又推动现实关怀的呈现。文库以学术为第一要义,所选著作务求思想深刻、视角新颖、学养深厚;同时也注重实用,收录学术性与普及性皆佳、研究性与教学性兼顾、传承性与创新性俱备的优秀著作。以此,关注并回应重要时代议题与思想命题,推动中华文化的创造性转化与创新性发展,在与国外学术的交流对话中,努力打造和呈现具有中国特色的价值观念、思想文化及话语体系，为夯实文化软实力的根基贡献绵薄之力。

文库推动"东西交流"，即注重文化的引入与输出，促进双向的碰撞与沟通，既借鉴西方文化，也传播中国声音，并希冀在交流中催生更绚烂的精神成果。文库着力收录西方古今智慧经典和学术前沿成果，推动其在国内的译介与出版；同时也致力收录汉语世界优秀专著，促进其影响力的提升，发挥更大的文化效用；此外，还将整理汇编海内外学者具有学术性、思想性的随笔、讲演、访谈等，建构思想操练和精神对话的空间。

我们深知，无论是推动文化的经世致用，还是促进思想的东西交流，本文库所能贡献的仅为涓埃之力。但若能成为一脉细流，汇入中华文化发展与复兴的时代潮流，便正是秉承光启精神，不负历史使命之职。

文库创建伊始，事务千头万绪，未来也任重道远。本文库涵盖文学、历史、哲学、艺术、宗教、民俗等诸多人文学科，需要不同学科背景的学者通力合作。本文库综合著、译、编于一体，也需要多方助力协调。总之，文库的顺利推进绝非仅靠一己之力所能达成，实需相关机构、学者的鼎力襄助。谨此就教于大方之家，并致诚挚谢意。

清代学者阮元曾高度评价徐光启的贡献，"自利玛窦东来，得其天文数学之传者，光启为最深。……近今言甄明西学者，必称光启"。追慕先贤，知往鉴今，希望通过"光启文库"的工作，搭建东西文化会通的坚实平台，矗起当代中国学术高原的瞩目高峰，以学术的方式阐释中国、理解世界，让阅读与思索弥漫于我们的精神家园。

上海师范大学光启国际学者中心
2020年3月

《抵达晚清》小引

为这本小书取名"抵达晚清",不只是出于编排次序的考虑,更重要的是,此一顺序也大体反映了笔者的学术历程。因此,借编辑本书,我也得以重温那些过往的岁月。

读大学时,我的兴趣主要在古代文学。选课更多半集中于唐代,起码听过陈贻焮先生的"三李研究"、彭兰先生的"高岑诗研究"、冯钟芸先生的"杜诗研究"、季镇淮先生的"韩愈研究",以及吴小如先生的"唐宋词选讲",连本科毕业论文也写的是《谈杜牧与李商隐的咏史诗》。喜欢唐诗在初学者中很普遍,因为爱好即想望以之为专业,可以理解,但其实未必合适,毕竟彼时接触面太小,无法做出准确判断。

研究生阶段专攻近代文学,虽是唐代文学方向是年不招生的结果,后来却证明,当初多少有些无奈的选择反而相当明智。起码,本人对历史的癖好,可以在这段文学史的研究中尽情施展。而近代原本包含了清末与民初,我的偏好更在晚清,因古今、中外各种矛盾冲突于此时最为激烈。晚清也从此成为我研究的重点,且至今不变。所以,就本人的问学经历讲,确可说是从古代抵达晚清。

不过，北京大学中文系的近代文学教学与大多数学校一样，乃置放于古代文学教研室，讲授先秦以降的古代文学史本是每位教员必须承担的基础课。我的专业背景，只在比其他老师更执意为近代文学留出时间上体现出来。因而，留校初期，我还会不断接到古代文学方面的约稿，从而有了本书第一辑"学古拾遗"中的各篇。

此辑文字中，最早写作的是《黄遵宪〈度辽将军歌〉简析》。还是在读研究生期间，赵齐平老师为北京出版社出版的《阅读和欣赏》（古典文学部分）组稿时，也要我为《度辽将军歌》写一篇。当时非常高兴，因为这是我接到的第一份约稿。其时，中央人民广播电台的《阅读和欣赏》节目正在热播，大受欢迎。于是，电台及时与北京出版社合作，将声音转化为文字，1979年起推出同题系列书籍，照样畅销。不过，在广播出版社（后更名为中国广播电视出版社，即现在的中国广播影视出版社）1980年成立后，这套书很快也归口到新"娘家"。北京出版社显然是不愿失去品牌出版物，于是请了赵齐平老师等学者另组班子，继续出版未经广播的鉴赏文稿，一时形成了双峰并峙的局面。我恰在此时参与其事，也算是见证了当年盛行的"赏析热"。

嗣后，应袁行霈老师之邀，我分析过高启的《明皇秉烛夜游图》与张维屏的《三元里》两篇古风；又奉导师季镇淮先生之命，写过张謇的《留别仲弢》、康有为的《庚子八月五日阅报录京变事》以及梁启超的《台湾竹枝词》（十首选二）三篇分析文字。袁老师主编的《历代名篇赏析集成》很快于1988年出版，而暨南大学毛庆耆教授主编的《近代诗歌鉴赏辞典》则问世艰难，我的文稿1990年交去后，历经七载方才印出。其中有近代诗歌读者不多的原因，却也应当与赏析风气热潮已过不无关系。

以上古诗篇目都是由主编指定,并有字数、体例方面的要求。但此辑中也不乏"自选动作",《木兰诗》的情况记不清了,而关于陶渊明的《和郭主簿》其二,应是由在《文史知识》做编辑的同学胡友鸣邀约,选目倒是自定。二文先在杂志发表,后分别被《中国古代文学自学指要》(语文出版社1987年版)与《先秦汉魏六朝诗鉴赏辞典》(三秦出版社1990年版)收录。另外一种自主撰稿原本是课程作业,如《世说新语·王子猷居山阴》小析一篇,记得是为侯忠义老师开设的"文言小说研究"而作;《谈谈〈香玉〉的人物描写》则确定是在周先慎老师的"《聊斋志异》研究"专题课上提交的期末论文,后被周老师收入他主编的《聊斋志异欣赏》(北京大学出版社1986年版)一书;而作为此辑附录的李金发《记取我们简单的故事》赏析,则是大学三年级时选修孙玉石老师的"中国新诗流派"写的作业,孙老师竟然一直细心保留,日后还编入了由他主撰的《中国现代诗导读(1917—1938)》(北京大学出版社1990年版)。追述这些文字的来龙去脉,也让我一再为师长的扶助而感动。

将这些早年的鉴赏之作翻检出来,当然不只是为怀旧。2009年《历代名篇赏析集成》的再版,以及2013年中华书局出版的《名家讲古诗》、2016年再出插图本,2005年西渡主编的《名家读宋元明清诗》、2017年又出了新版,本人所写陶渊明与黄遵宪二文也有幸入选,这让我感觉此类文章应该还有读者,并因此鼓起勇气,把这些"少作"整理出来献曝。

而第二辑"明末三大家散叶"则是一部未完成之作的残篇。起因是1991年11月,葛兆光为香港中华书局组稿,约我写一本《明末三大家》的小书。样本就是他与戴燕列入"诗词坊"丛书的合撰之作《晚唐风韵》,唯一的要求是采用学术随笔的写法,文字轻松好读。当时说定一年为期,在才大如海的葛兄已觉很宽裕。而我从重读资料开始,4月起笔,至12月不过完成了十一篇,总共才得三万多字,离成书还差得远,只好放弃,自觉很对不起葛兄。

小书虽未写成,我却收获很大。之所以选择"明末三大家"的话题,还是因为读研究生期间,按照季镇淮先生的指教,先从清初作者的诗文集读起,我对顾炎武和黄宗羲下过些功夫,第一个学期所交的读书报告就是《顾炎武的文论与诗歌创作》。此文今日重看尽管稚嫩,也卑之无甚高论,却是我对明清之际的学人与学术产生研究兴趣的开端。接受葛兆光的约稿,促使我更为系统地阅读了相关史料,并将问题细化。当时拟了很多篇目,可惜只开了个头,"三大家"的学术思想基本未能展开,即草草收兵。不过,有这一次的集中写作与资料储备垫底,次年冬赴香港树仁学院讲学时,我竟能迅速准备出"明遗民文学研究"的新课。其中不乏借重此未完稿之处,只因当年看似放松的文笔,写来仍相当持重,因而从随笔到讲稿,转化并不困难。

第三辑终于到达晚清。题名"晚清研究一得"的九篇文章,基本由讲稿与答问构成。实际此辑文字又可细分为两组:前五篇或可谓之近代文学研究通论,后四篇的话题则聚焦于晚清女性研究。

《近代文学史料的发现与使用》乃本人2016年夏退休前,在最后一次课上讲授的内容,可算作我的教学生涯告别演说辞。《近代世变与知识者的文化选择》则是2011年9月、10月间,本人以"特聘教授"的身份在台湾"中央"大学访学一个月,其间参加"世变下的中国知识分子与文化"学术交流座谈会的发言稿。《打开多扇窗口,眺望晚清风景》与《发近代之精微,教前人所未见》是两篇访谈稿,一关注学术研究,一侧重教学实践,都可说是本人的经验之谈。《无可选择，也不必选择》仍然是一篇访谈，对我的学思历程做了简单回顾，放在这里正好可以承上启下。

接下来的四篇文章，《问题与方法：我的晚清女性研究》是2018年11月在中国人民大学文学院一次讲座留下的讲稿，总结了本人着力于晚清女性研究的心得。而《我的"晚清女性研究三部曲"》是本辑中唯一一篇真正的文章，原是应《人民日报》编辑之约，以本人的《晚清文人妇女观》《晚清女性与近代中国》以及《晚清女子国民常识的建构》三本著作，勾勒我在这一领域的研究进路。另外两篇答记者问同样建基在"三书"之上，主体是对晚清女性生活与思想的陈述，也兼及本人的研究思路。

放在最后的"序文小辑"各篇大抵也与晚清相关。张晓原在北大中文系资料室工作，不满足于只是采购图书与编排书目，她也一直留心搜集近代翻译著作。经过二十多年的努力与反复修改，终于编成《近代汉译西学书目提要（明末至1919）》。2012年，此书由北京大学出版社出版，我应邀作序，略述梁启超《西学书目表》以来的译著书目编纂情况，以见张书之价值。李静与陆胤则是我指导的博士生，两篇序文亦是为二人经过修订的博士论文出版而写。无论是李著《乐歌中国》，还是陆著《政教存续与文教转型》，从其副题《近代音乐文化与社会转型》以及《近代学术史上的张之洞学人圈》，都大致可见各自论述的旨趣。我的序言均抄录了论文答辩前所拟的导师评语，那集中体现了我对该作的学术评价。最后一文是遵师兄孙文光之命，为其编辑自家收藏的师友书札而成的《尺素风谊》撰写的读后感。当时以为是推介文字，完成后，师兄才告知要移用作序。文光兄曾任安徽师范大学图书馆馆长，又是中国近代文学学会常务理事，以龚自珍研究享誉学界，所藏书信多与近代文学研究的会议与辞典编纂有关,故序文放在这里也算合适。

对我而言,从魏晋走到晚清是一种成长。而这里只是采撷了几朵路边的小花,夹在书页中,以充年轮的记忆。

夏晓虹

2020年2月5日于京西圆明园花园,时当武汉疫情严重

目录

《抵达晚清》小引　　1

学古拾遗

怀此贞秀姿　卓为霜下杰　　3
记言记行　文字传神　　8
《木兰诗》艺术手法漫谈　　11
高启《明皇秉烛夜游图》赏析　　17
谈谈《香玉》的人物描写　　26
张维屏《三元里》赏析　　33
黄遵宪《度辽将军歌》简析　　42
张謇《留别仲弢》鉴赏　　55
康有为《庚子八月五日阅报录京变事》鉴赏　　58
梁启超《台湾竹枝词》（十首选二）鉴赏　　61
　附录　并不简单的"简单"　　65

明末三大家散叶

"明末三大家"的由来　　71

并世三人　缘悭一面	76
顾、黄、王家世略说	81
顾、黄、王行迹合述	89
难识古人真面目	93
说"顾怪"	99
说黄宗羲的"名士风流"	104
逾矩与守法	115
坐而言　起而行	122
读万卷书　行万里路	128
遗民心事	137

晚清研究一得

近代文学史料的发现与使用	149
近代世变与知识者的文化选择	159
打开多扇窗口，眺望晚清风景	164
发近代之精微，教前人所未见	181
无可选择，也不必选择	195
问题与方法：我的晚清女性研究	200
我的"晚清女性研究三部曲"	220
晚清女性的启蒙同样关乎民族复兴	225
女性为获自由，曾付出生命代价	239

序文小辑

"西学东渐"的如实记录	247
追求"闻韶"之旅	252
评语记录的学思历程	259
那一代学者的风貌	267

学古拾遗

怀此贞秀姿　卓为霜下杰
——析陶渊明《和郭主簿》其二

陶渊明的《和郭主簿》第二首全诗是:

和泽周三春,清凉素秋节。
露凝无游氛,天高肃景澈。
陵岑耸逸峰,遥瞻皆奇绝。
芳菊开林耀,青松冠岩列。
怀此贞秀姿,卓为霜下杰。
衔觞念幽人,千载抚尔诀。
检素不获展,厌厌竟良月。

整首诗重点是因作者目睹肃杀秋景中的奇峰、芳菊与青松,感发兴起对坚贞不移的德操的赞颂。

自从宋玉在《九辩》中发出"悲哉!秋之为气也"的慨叹

后,"悲秋"便成为诗歌创作的一个传统主题,不得志的文人作诗言秋必悲,很少有人能落在窠臼外。陶渊明此诗却另辟蹊径,肃杀的秋气在诗人心中引起的感觉不是哀伤,而是振奋。你看:露凝为霜,使得天地间没有一丝飘浮的水气,天空因此显得更高远,景色因此变得更清晰。这秋气不仅荡涤了大自然中的阴霾,而且使诗人的精神为之一振,心境豁然开朗。他注意到了秋色的动人之处:草木凋落,山形变瘦,然而顶峰更高耸挺拔,令诗人"高山仰止",叹为奇绝;在黯然失色的林中,诗人远远望见耀人眼目的色斑,便欣喜地猜到那是蓬勃怒放的菊花;而在突兀的山岩上,诗人又看到了排列整齐的青松傲然挺立。这些景物从整幅秋色的背景中浮现突出,固然得力于空气的清澄,使诗人的目力倍加,视物更为清楚,但最主要的原因,还在于诗人的情感决定了他的审美选择。

　　作此诗时,陶渊明尚未结束仕宦生活。为了实现早年的济世理想与解决现实的生计问题,他几次出外谋事。但官场的污浊与诈伪风气,又与他向往自然、真淳的天性相违拗,使他深感身心受拘束,有如"落尘网""在樊笼"(《归园田居》其一),于是他又几次弃官回乡。有了这一番出仕经历,返朴归真的田园生活对陶渊明自然更增加了吸引力,但看第一首诗中对于闲居之乐的愉快描述即可知。何况,在复归自然中,又包含着诗人对于坚持节操、绝不同流合污这一美好品德的追求。正因如此,他才对卓尔不群的陵岑、松菊表现出特殊的兴趣,并见景生情,借物咏志,在赞赏具有"贞秀姿""卓为霜下杰"的松菊之中,寄托了自己对特立独行的仰慕之情。而"衔觞念幽人",所怀之人未必是某个具体的人,而是千载以来具有像松菊与陵岑那样孤高自傲、清节自厉品格的高士。陶渊明渴望遵行这些高士的处世准则,毅然脱离浊世。而此志未获实现,他心情郁闷,自悔只是虚度了大好时光。最后两句诗恰好表现了仕宦往复时期陶渊明的思想矛盾。

邱嘉穗对此诗曾做过比较准确的评说:"远瞻陵岑之奇绝,近怀松菊之贞秀,皆与陶公触目会心,实借以自寓其不臣于宋之高节,所谓赋而比也。"(《东山草堂陶诗笺》卷二)当然,邱嘉穗将陶渊明的高节狭隘地理解为"不臣于宋"是错误的,因为从"检素不获展,厌厌竟良月"所写的情况看,此诗当作于义熙元年(405)陶渊明归田前,其时距刘裕代晋(420)尚远。值得注意的是,邱嘉穗认为,陶渊明此诗对自然景物的描写采取了一种"赋而比"的表现手法。所谓"赋而比",就是说,陶渊明诗中所表现的自然景物可以是现实中实际存在的,但它们却又同时象征着、代表着诗人某种高尚的品德。这一概括对于分析陶诗很有启发性。

陶渊明诗中经常写到的具有现实与象征这双重意义的景物就是松与菊。以《饮酒》二十首中句为例。其四:"因值孤生松,敛翮遥来归。劲风无荣木,此荫独不衰。"其五:"采菊东篱下,悠然见南山。"其七:"秋菊有佳色,裛露掇其英。泛此忘忧物,远我遗世情。"其八:"青松在东园,众草没其姿。凝霜殄异类,卓然见高枝。连林人不觉,独树众乃奇。"而《归去来兮辞》写到归来所见,则有"三径就荒,松菊犹存"之景;归来所为,则有

"抚孤松而盘桓"之举。可见,陶渊明对松、菊确有偏爱,且于家中东园栽种了松、菊。陶渊明对松、菊的特殊爱好,以致植于园中、终日相对的原因,就是《和郭主簿》其二中所说的"怀此贞秀姿,卓为霜下杰",即在松、菊的形象上,寄寓了诗人自己超卓的德操。

比德的做法在中国由来已久,孔子就说过"岁寒,然后知松柏之后凋也"(《论语·子罕》)。但孔子只是为了说明君子于危难中见其节操的道理而使用了松柏后凋的比喻,这不必一定要有雪压青松的景象在前才说此话。而陶渊明的"青松冠岩列",则是在"清凉素秋节"这一特定时间中的特定景象,青松是作为整个秋景的一个和谐的组成部分而存在的。而这一整幅画面又寓有众木摇落之际、独有青松傲立岩顶的"象外之象",由此才生发出以下见物思德的诗句来。如果说孔子谈到松柏还只是用松柏来比德,那么,陶渊明诗中的青松则首先是一个具体、真实的存在,同时,诗人又把自己对坚贞品德的赞美之情转移到迎霜挺立的青松形象上,使这一形象成为赋与比结合、统一的产物。

以菊比德可以说是来自屈原。在著名的《离骚》中,屈原曾以"朝饮木兰之坠露兮,夕餐秋菊之落英"比喻自己德行的高洁。它和"折琼枝以为羞兮,精琼靡以为粻"一样,都是为了说明诗人"表里俱澄澈"的精神风貌。陶渊明《和郭主簿》其二中的芳菊则不同,它是秋天特有的景物,并往往用来作为秋景的代表物。因而在这首诗中的出现也十分自然,与全诗的自然背景融为一体,成为秋色图中被放大了的一个局部展现在读者面前。菊花不仅经霜不凋,而且遇寒怒放。诗人感于外物,联想所及,自然地引起对于不同流俗、坚守节操的美德的渴慕。屈原诗中"餐秋菊之落英"的行动,不一定是实有其事,而陶渊明诗中的秋菊则是合现实与象征两重性于一身,带有"赋而比"的特点。

在诗中使用兼有写实与比喻双重意义的自然风物,是陶渊明诗歌的一个突出特点。这些景物构成了诗歌的自然画面,反映了陶渊明生活或向往的外在环境,也构成了诗歌的基本格调,表现了陶渊明追求与具有的高尚品德。

(原刊《文史知识》1986年第3期)

记言记行　文字传神
——《世说新语·王子猷居山阴》小析

《世说新语·任诞》中记载了一则晋人王徽之（字子猷）的佚事：

> 王子猷居山阴，夜大雪，眠觉，开室，命酌酒，四望皎然。因起仿偟，咏左思《招隐诗》。忽忆戴安道，时戴在剡，即便夜乘小船就之。经宿方至，造门不前而返。人问其故，王曰："吾本乘兴而行，行尽而返，何必见戴？"

全文只有七十七个字，却很有名，"雪夜访戴"作为文学典故，常被历代文学家征引。这则故事所以能给人们长久记忆，不仅由于王徽之的行事有异于常人的奇特处，而且也得力于刘义庆精到、传神的记述。

此文自是以记行为主，但记言也是不可或缺的部分。如没有"人问其故"后的一段,则读者对于王徽之如此举措的原因,一定会做出种种可能的猜想,甚或不得要领,这当然不利于解读人物。同时,从人物形象的完成来说,戛然而止也会造成艺术上的缺陷。因为前面的描写还只是客观的记述,读者固然可以从中得到"王子猷,奇人也"的印象,但作者的用意并不在此,他要表现的是王氏任诞的性格。于是,本着奇行怪举都有它出现的合理根据这个道理,通过问答,让王徽之来一段自白,由主人公的自述,给这个怪诞的行动以合理的解释。从而既满足了读者的好奇心,把他们的思路引导到正确的方向,又将王氏的任性直行充分、完满地表现出来了。而这画龙点睛的"言",也与王徽之的性格正相合。脱略无羁的王子猷,才能说出这番清通俊逸、占尽风流的话。雪夜访戴逵(字安道)既是一时兴起之念,经过一夜长途奔波,兴头已过,不见戴又有何妨?好兴致才是王徽之最看重之物。为了合乎世俗人情,败坏自己的兴味,便不符合其为人处世的一贯风格。当然,为追求语言的警策动人,尚玄言的晋人也每每故作放达,以精辟之论出之。一言脱口,便可流芳百世,文人幸事,莫过于此。王徽之未必不做此想。

  故事中王子猷行事的本身已够奇特,而叙述语言的简洁更令人叹为观止。作者是如何做到惜墨如金的呢?我们不妨细读其记行的那段文字。从开篇以下十三个句子,除"夜大雪"与"时戴在剡"两句为必要的交代,动作的发出者非王氏本人,其他每一句都在写王徽之的行动。这一系列连续发生的动作既带有偶然性,又包含必然性。王子猷于雪夜醒来,是一大偶然,然后"开室""酌酒""四望""起仿偟""咏左思《招隐诗》",都带有很大的随意性,并非有所为而发。接着"忽忆戴安道",又是一大偶然,于是"夜乘小船就之",似乎是有所为而来。但"经宿方至,造门不前而返",终于又是无所为而去。这些似乎漫无目的的行动,恰与王氏任情放达、不拘形迹的性格互为表里,所以偶然中实有必然如此的因素。作者只将这些最能表现人物性格的行动剪裁入文,而舍去其他对人物刻画关系不大的枝蔓,一个活生生的王徽之便以他独特的行为方式出现在读者面前,令人掩卷难忘。作者也正是在这些传神动作的描写中,达到了叙述语言的高度凝练。

"雪夜访戴"文字虽然简短,但也有起伏,有悬念。起首的叙述平静、悠闲,至"忽忆"节奏加快,渐趋高潮。到造门而返,事情大大出人意料,勾起读者的悬念,在情节上造成波澜。最后以自述的方式补足,使整个结构既精巧,又完整,显示了作者炉火纯青的创作才能。

(原刊《语文报》1994年9月27日)

《木兰诗》艺术手法漫谈

唧唧复唧唧，木兰当户织。
不闻机杼声，惟闻女叹息。
问女何所思？问女何所忆？
女亦无所思，女亦无所忆。
昨夜见军帖，可汗大点兵，
军书十二卷，卷卷有爷名。
阿爷无大儿，木兰无长兄，
愿为市鞍马，从此替爷征。
东市买骏马，西市买鞍鞯，
南市买辔头，北市买长鞭。
旦辞爷娘去，暮宿黄河边。
不闻爷娘唤女声，但闻黄河流水鸣溅溅。
旦辞黄河去，暮至黑山头。

不闻爷娘唤女声，但闻燕山胡骑鸣啾啾。

万里赴戎机，关山度若飞。

朔气传金柝，寒光照铁衣。

将军百战死，壮士十年归。

归来见天子，天子坐明堂。

策勋十二转，赏赐百千强。

可汗问所欲，"木兰不用尚书郎，

愿借明驼千里足，送儿还故乡。"

爷娘闻女来，出郭相扶将。

阿姊闻妹来，当户理红妆。

小弟闻姊来，磨刀霍霍向猪羊。

开我东阁门，坐我西阁床。

脱我战时袍，著我旧时裳。

当窗理云鬓，对镜帖花黄。

出门看火伴，火伴皆惊惶。

"同行十二年，不知木兰是女郎。"

雄兔脚扑朔，雌兔眼迷离，

双兔傍地走，安能辨我是雄雌？

　　木兰替父从军是一个流传久远的民间故事。它最初是以诗歌的形式记载下来的，这就是北朝乐府名篇《木兰诗》。诗篇表现了北方人民骠勇、豪爽的性格，着力歌颂了勇敢善战、功成不受赏的英雄气概和与家人共享天伦之乐的平民愿望。它是一首带有传奇色彩的民间叙事诗,其传奇性与人民性不仅从作品的故事与主题中反映出来,而且也从该诗所采用的艺术表现手法中体现出来。下面,就《木兰诗》的艺术手法做些简要分析。

详略得宜的结构。叙事诗的结构,除了具有把故事讲述明白,使全篇联为一体的功能外,还与显示创作意图与渲染气氛有关,后者往往体现在对全篇的详略安排上。

《木兰诗》的铺叙重点在出征前与还家后,这两部分写得很详细,甚至可以说很繁复;而对于木兰漫长的十年战斗生活,却只用"万里赴戎机,关山度若飞。朔气传金柝,寒光照铁衣。将军百战死,壮士十年归"六句,做一简略的概括。这样分配篇幅,表明民间诗人感兴趣的只是木兰代父从军这件事,而战争不过是为她脱颖而出、成为女英雄提供了一个机会。因此,《木兰诗》与杜甫的"三吏""三别"等以揭露战争对家庭的破坏为主要内容的作品不同,它要表现的是一名普通的北方纺织姑娘可以做出惊人的壮举,建立奇功,而仍保持着劳动妇女纯朴善良的本质。如此看来,前后两大部分繁写的结构,对于完满地显现作品的主题就是适宜而且必要的了。

《木兰诗》中,诗化的情节贯穿首尾。如老父被征,木兰做从军准备等事件,就表现得委曲详尽:"女亦无所思,女亦无所忆。昨夜见军帖,可汗大点兵。军书十二卷,卷卷有爷名。阿爷无大儿,木兰无长兄,愿为市鞍马,从此替爷征。东市买骏马,西市买鞍鞯,南市买辔头,北市买长鞭。"但与小说构思比较,其详略处大有不同。正如谢榛在《四溟诗话》中所说:"若一言了问答,一市买鞍马,则简而无味,殆非乐府家数。"(卷三)就是因为那种写法,固然简明扼要,合情合理,却因此失掉了叙事诗的风味,因这里的详尽铺写,正是为了造成情况紧急、置装繁忙的战争氛围,使这一传奇故事在诗味盎然的场景描写中开始。后面写还家的一段,也有异曲同工之妙。不难看出,在叙事诗中,繁写的方法主要是为了制造、渲染出一种特定的气氛,以便在故事情节展开的同时,创造出浓郁的诗情。因此,对更能驰骋小说家想象的疆场杀敌一段,诗中只用了简笔,而不让过于繁杂的情节冲淡了诗歌的韵味。总之,《木兰诗》的结构看似古拙,实有奇巧。

大巧若拙的重复。重复在《木兰诗》中有三种不同的情况:一是大量的排比、复沓句式,全篇几乎由此句式联缀而成。最典型的排比句是"东市买骏马"四句,每句结构完全相同;而复沓句如"爷娘闻女来"六句,就是把同一句调重复三次。二是同义反复句式,如"阿爷无大儿,木兰无长兄",两句表达的是一个意思。三是互文见义句式,如"开我东阁门,坐我西阁床",此两句的意思实为"开我东阁西阁门,坐我西阁东阁床。"表面看来,重复是非常呆板笨拙、烦琐无味的形式,会阻碍情节的发展,窒息诗歌的生气。但在此诗中,大量的重复句却为全诗增添了一种活泼、跳荡的情趣。它们把成直线发展的情节,在需要抒发感情的地方,不断横向拓展,于是呆板变成了灵活,无味变成了有趣,平铺直叙的讲述因而变得曲折多致。而且在作者有意渲染的气氛中,人物的心情也可以间接得到显现。如复沓很繁的

"旦辞爷娘去,暮宿黄河边。不闻爷娘唤女声,但闻黄河流水鸣溅溅。旦辞黄河去,暮至黑山头。不闻爷娘唤女声,但闻燕山胡骑鸣啾啾"。如取消重叠形式,只用"旦辞爷娘去"和"暮至黑山头"两句,就叙事而言,也很完整了,但缺少了很多意味。而运用重复手法把路程分为两段来写,就把木兰缱绻难舍、深入心灵的思亲之情,通过民间诗人客观的述说,准确地反映出来了。其他如"阿爷无大儿"两句,也是为了强调情况的严重性以及木兰替父从军义不容辞的责任感。"开我东阁门"两句,则通过木兰惊喜和迫不及待的一连串动作,生动地描画出她久别还家后无限欣喜的心情。所以,巧妙地使用朴拙的重复手法,为《木兰诗》平添了奇妙的意趣。

实中有虚的夸张。传奇文学一般都采用夸张的手法,《木兰诗》也不例外。但它的夸张不是无中生有,而是添枝加叶,即基于生活的艺术放大,以此突出事件的意义,塑造传奇英雄的形象。

买鞍和马的叙述显然用了夸张手法,战马及鞍具须在东、西、南、北四处才能购齐,而一市又只能买一物,这未免过于巧合。然而如此写来,不仅能烘托出紧张的战争气氛,并且,北方民族向来以为"健儿须快马,快马须健儿"(《折杨柳歌辞》),出于对马的珍爱,主人公在买马时自然要做一番慎重的挑选。所以木兰买马备鞍的情节虽属夸张,但仍基于现实的生活。再如"军书十二卷,卷卷有爷名"也不合情理,但非如此夸张,不足以表现老父名列军籍已是无法挽回的事实,接着再写木兰毅然替父从军，也就顺理成章了。"策勋十二转"是极言封爵之高，本非实事；可是，有了这番夸说做比衬，木兰不受高官厚禄的封赏，但求还家与亲人团聚的要求才显得格外可贵。

寓奇于淡的譬喻。在《木兰诗》的末尾，主人公有这样四句自白："雄兔脚扑朔，雌兔眼迷离，双兔傍地走，安能辨我是雄雌？"四句富有情趣的譬喻，对木兰的从军壮举做了热烈的赞扬。木兰改装从军，历经九死一生，建立了惊天动地的奇功，成为一位压倒须眉的巾帼英雄。然而，这些在木兰看来，不过是一桩不足为奇的平淡小事，就像雄兔与雌兔在一起奔跑，如何能把它们分辨清楚？似乎她窃以自喜、颇为得意的只是瞒过了众人的眼目，使人莫辨雄雌的小花招。如果木兰沾沾自喜的是她的卓著战功，即与"木兰不用尚书郎"、弃富贵如敝屣的平民精神发生了矛盾。而用此譬喻，就使全诗题旨贯通，并在一片烂漫的天真中，使作品的传奇性与人民性完美地结合起来了。

（原刊《中文自修》1985年第3期）

高启《明皇秉烛夜游图》赏析

花萼楼头日初堕,紫衣催上宫门锁。
大家今夕燕西园,高爇银盘百枝火。
海棠欲睡不得成,红妆照见殊分明。
满庭紫焰作春雾,不知有月空中行。
新谱《霓裳》试初按,内使频呼烧烛换。
知更宫女报铜签,歌舞休催夜方半。
共言醉饮终此宵,明日且免群臣朝。
只忧风露渐欲冷,妃子衣薄愁成娇。
琵琶羯鼓相追续,白日君心欢不足。
此时何暇化光明,去照逃亡小家屋。
姑苏台上长夜歌,江都宫里飞萤多。
一般行乐未知极,烽火忽至将如何?
可怜蜀道归来客,南内凄凉头尽白。

> 孤灯不照返魂人，梧桐夜雨秋萧瑟。

这是高启为同名画卷所作的题画诗。诗歌取材于广泛流传、为人熟知的唐明皇与杨贵妃的故事，又受到画面形象的限制，要出新无疑难度较大。

自中唐白居易的《长恨歌》一出，因其荟萃传说、感情复杂、文辞优美，对以后同类题材的诗歌便发生了强烈的影响。后代诗人取材、立意，往往到《长恨歌》中捕捉形象、汲取灵感。应当承认，同一故事在生活时代大致相同的作家笔下，从主题到表述，翻新总是有极限的。而《长恨歌》就其表现李、杨故事而言，可以说已成为一座蕴藏丰富、难以逾越的高峰，在后代诗人的同类创作中，几乎都留下了它的影子。正视这一事实，并不等于划出一个禁区，宣布白居易以后诗人的劳动全无意义。因为尽管是高峰，尽管投影大，总还有余地可供拓展，可以深掘。在此前提下，我们便不会因为《明皇秉烛夜游图》诗的基本构思与语言材料大多来自《长恨歌》，而低估了它的价值。

诚然，与《长恨歌》相对照，我们可以轻易地指出二诗的传承关系：高诗前半段主要从《长恨歌》"承欢侍宴无闲暇，春从春游夜专夜"二句生发出来，以夜游为描述中心，极力铺写唐明皇沉湎酒色、不理朝政的糜烂生活。其中如"新谱《霓裳》试初按"与白诗中关于《霓裳羽衣曲》的描写，"共言醉饮终此宵，明日且免群臣朝"与"春宵苦短日高起，从此君王不早朝"，"妃子衣薄愁成娇"与"金屋妆成娇侍夜"，"琵琶羯鼓相追续，白日君心欢不足"与"缓歌慢舞凝丝竹，尽日君王看不足"，前者显然是从后者变化而出。后半段自"姑苏台上长夜歌"始，其中引证前朝史事，已超出了《长恨歌》的叙述范围，但也从中借用了"渔阳鼙鼓动地来，惊破《霓裳羽衣曲》"的句意；又刻意状写安史乱后唐明皇自蜀归京后的凄凉之感，则完全脱胎于《长恨歌》叙明皇归来的一段文字，白诗"孤灯挑尽未成眠""魂魄不曾来入梦""秋雨梧桐叶落时"明显为高诗所本。

使这种影响必然发生的原因，还在于二人的文学气质相似：白居易乃"深于诗，多于情者"（陈鸿《长恨歌传》），高启作诗也以"才情之美"（王世贞《艺苑卮言》卷五）为人称道。二人又都采用了长篇歌行的形式，格调更易接近。

虽然如此，《明皇秉烛夜游图》毕竟是一首具有独立存在价值的诗篇。它取法于《长恨歌》而不囿于《长恨歌》，是因为高启恰当地运用了题画诗的特长，利用了原有故事与画面的限制，发挥了自己的艺术才能与创造力。

题画诗必须依据图画内容而作，使诗语切合绘事。这对诗人的创作构思无疑有一定的制约作用，但它又为静止场面的描述提供了具体可感的形象与空间，使诗人在限定的范围内，可以尽力驰骋自己的才思。因而高启在为画卷《明皇秉烛夜游图》题诗时，根据画面提供的人物、场景，在借鉴《长恨歌》时，也必然有所取舍与补充。他截取《长恨歌》的片断材料，重新组织、熔铸，对白居易语焉未详的唐明皇游宴之乐，做了淋漓尽致的铺张描绘，使我们借助高启的诗歌，可以在想象中复现此画：时为深夜，兴庆宫西侧的花萼楼前却灯烛辉煌，烟雾弥空。地位卑微的宫女，供驱使的内使和身穿紫衣、声势煊赫的宦官达贵环侍左右，各种丝竹乐器一时齐集。原来这是唐玄宗携杨贵妃宴饮西园，寻欢作乐。但见杨玉环长袖宽衣，翩然起舞于中庭，正在表演传说由玄宗制曲的《霓裳羽衣舞》。夜风吹过，裙裾斜飘，更显出衣质的轻柔与精美。唐玄宗持杯在手，一边饮酒，一边目不转睛地注视着杨贵妃。

这幅出现在我们脑海中的图画不仅是画家所完成的作品，它还包括了诗人的创造。绘画本是无声的艺术，诗人却根据画中人物的神情、动作，译解出许多种声响传达给我们。于是，我们从这幅配音的图像中不仅听到了缥缈动听的《霓裳羽衣曲》，而且听到了各色人等的说话声：内使传呼"换蜡烛"，宫女禀报"时至夜半三更"，唐明皇与杨贵妃相与开言："今夜且尽兴开怀痛饮，明日传令百官免早朝。"这些纷杂的声响制造出的热烈气氛，对画面起了烘托的作用，加强了绘画效果，把唐明皇的夜游之乐有声有色地表现出来了。从这些声音中，还反映出画面人物各自不同的身份、行动与相对位置，揭示出单个人物之间的关系。围绕着唐明皇与杨贵妃，画中人形成为一有呼有应、互相关联的和谐群体。

更深一层，诗人还从外貌探察到人物的内心。尽管画面上只能摹写出人物的外部容貌、衣着与动作，但高明的画家总能从这些表面层次的描摹中，准确地透视出人物的精神气质与心理活动。同样，高明的题画诗人也应能从画中人物的神态里，推想出画家赋予人物的深层意识。唐明皇是整幅画的中心人物，画家对他的处理必然精心周到。诗人据画作诗，也力图从他的所作所为，发露出他的所思所想。唐明皇身为天子，却不以天下为重，百姓的饥寒、朝中的政事一概置之不理，心心念念只在与杨玉环追欢逐乐上。为了突出这一点，诗人从画中唐明皇专注地盯视杨玉环的目光以及杨玉环被夜风吹动着的轻薄的舞衣上，由表及里地传写出唐明皇此时的心理活动：他在心满意足、纵情欢乐之中，唯一的忧虑就是夜间风寒露冷，杨玉环衣裳单薄，抵御不住，娇媚之姿恐难以持久。总之，他对杨玉环的关切，出发点还是为了一己的享乐，并非单纯忘我的爱。诗人对画中人物心态的阐释，应该说是符合画家原意，并有助于揭示绘画主题的，因为《明皇秉烛夜游图》的选材，即已表明画家的讽刺意味。

　　题画诗尽管须顾及画面，体会画家用心，但诗歌与绘画毕竟是两种不同的艺术形式，它们各有所长。例如我们根据高启的诗作，可以大体上复现《明皇秉烛夜游图》这张画，但我们人人脑中的画不同，与画家的原作也不一定相符，就是因为诗中并没有详细交代画上共有几人，每人在画面中的具体位置，以及衣服的颜色、人物的高矮胖瘦等。即使是诗人用力最多的唐明皇，其形象也是模糊的。这是由于两种艺术形式的不同造成的局限。绘画以颜色、线条为材料，诗歌则以语言文字为材料；一作直观的表现，一作间接的想象；直观的形象是固定不变的，想象的形象是因人而异的；具象有限，而想象无穷。何况，诗歌的长处在抒情，并不以详尽的记述为己任。这样，题画诗人在给定的范围内,仍有很大的回旋余地,可以由此及彼,越出画面外,仍在题意中。相对于作为空间艺术的绘画而言,诗歌的优越性在于表述流动的时间。一般说来,一幅画面所展示的时间是静止凝固的,而题画诗人在时间的转换上却保留很大的自由。他们既可以截取一瞬间的场面,也可以思接千古。高启正是充分地运用了他的自由,在诗中恰当地引进了时间意识,因而使整幅画活动起来,显示出深刻的历史寓意。

按照诗人的提示,我们知道画面所表现的时间是"夜方半"。本来正在进行的活动场面,在达到高潮的这一刻被固定下来,留给人们永久观赏。对画家而言,描画出半夜三更的游乐,便可以概见唐明皇的荒唐,因为绘画本是要传写出在某一时刻最具典型意义的形象、场景。诗人则不然,他觉得只是尽力渲染这一刻的情景还不能令人满足,还不能形象地刻画出唐明皇的荒淫无度。他要解脱画家使用的"定身法",让人物在流动的时间中复活起来。于是,他以画面时间为中线,把时间向两头拉开,从"日初堕"写起,在"夜方半"逗留,然后推向"白日"。令人想到,"白日"后又继之以黑夜,循环往复,而"君心"始终是"欢不足"。《古诗十九首》中有句云:"昼短苦夜长,何不秉烛游?为乐当及时,何能待来兹?"唐明皇不愧是深谙此理,奉诸施行,不舍昼夜地狂欢纵饮。从诗篇周而复始的时间描述中,我们正可以看到诗人内心深切的忧愤。

虽然诗人记述的时间已超出画面所示,但在终止时间上,他还是严格把握的。诗中的这条时间线明显呈单向开放延长,它指向唐以前，截止于玄宗在世。高启紧紧扣住唐明皇夜间行乐这一规定场景与时间，联想到前朝亡国之君的夜游正与之相仿：远在春秋时期，有吴王夫差在今苏州建姑苏台，台上立春宵宫，他与西施每日在此做"长夜之饮"，最后被越王勾践一举灭国。近在前朝，有隋炀帝穷奢极欲，在今扬州的江都宫中大量捕捉萤火虫，夜间放出，以代替灯烛，光亮遍及宫苑，终于在群雄交攻中身死国亡。前代君主无休止的享乐，都是以国破身亡为代价，历史的教训足以发人深省了。诗人把眼前的《明皇秉烛夜游图》置于深广的历史背景中，引领我们纵览古今，就使这幅描绘历史陈迹的画面，对于后人仍然有着昭示现实的意义。

为了证明重复出现的历史现象乃是由同样的因造出同样的果，诗人在列举前朝史实后，又注目当前，回到画面："一般行乐未知极"，后面正潜藏着一样的危险。诗人从眼前纵情歌舞的极盛场面，已窥见此后的极衰景象。安史叛军打破潼关后，唐玄宗仓皇西逃。行至马嵬坡，禁军哗变，玄宗只得依允缢死杨玉环。长安收复后，唐明皇自蜀归京，已做了没有实权的太上皇，再居兴庆宫，心情自然大不相同，只觉得满目凄凉。此时的景况与秉烛夜游的画面——做着对比：仍然是深夜，仍然是"南内"，却只有一盏孤灯做伴。形单影只的唐明皇，满耳听到的只是夜雨不停地滴打梧桐叶以及一阵阵萧瑟的秋风声。由诗人勾画的这幅场景补充了画家的创作，挑明了隐于画外的题旨。诗人把两幅时间相隔几年的画面剪接在一起所形成的巨大反差，造成了强烈的刺激性，它明明白白地展示出：夜以继日地寻欢作乐，无不是以天下乱亡结束的。

贯穿始终的时间意识使这首诗具有了历史的深度，而原有的故事框架，也为诗人的构思提供了便利。高启不仅可以从情节完整的《长恨歌》中取材，他还可以利用其他的传说资料。如诗中"海棠欲睡不得成，红妆照见殊分明"两句，便是根据苏轼的《海棠》诗"只恐夜深花睡去，故烧高烛照红妆"及有关故事而写。明皇在兴庆宫中的沉香亭召见杨玉环，其时，杨玉环醉酒未醒，被搀扶而来，钗横鬓乱，不能下拜。明皇见状笑曰："是岂妃子醉耶？海棠睡未足耳。"诗人用此典故，杨玉环的娇慵之态便尽现纸上。唐明皇既迷恋于杨玉环的姿容风情，才有了以后的悲剧结局。故事的情节发展人们早已耳熟能详，这本来不利于高启的创作，但恰恰又帮了他的忙。诗人不须说得很多，只要刻画出极乐与极哀两个场面，人们就会在其中填补进许多细节，诗人的思路也因接近读者而很容易被接受。

看得出来，高启写作此诗，对唐明皇是抱着一种严厉批判的态度。在关于秉烛夜游盛况的大段详细的铺叙后面，诗人冷峻地插入这样两句诗："此时何暇化光明，去照逃亡小家屋。"诗句固然是用典，取聂夷中《咏田家》诗"我愿君王心，化作光明烛，不照绮罗筵，只照逃亡屋"的句意反转来说，但也充分表露了诗人的讽刺与责难。高启对于唐明皇、杨贵妃故事的看法，与白居易显然不同。《长恨歌》在谴责二人荒淫误国时，又夹杂进对二人爱情的深厚同情。这种观点曾经影响了后世许多诗人。而高启关注的只是国家与人民的命运，所以他并不在李、杨爱情上大做文章，而是以沉痛的心情，总结历史的教训，以垂诫来世。如果从历史的角度评价唐明皇，我们无疑会赞同高启的批评态度。

（原刊袁行霈主编：《历代名篇赏析集成（下）》，中国文联出版公司，1988年）

谈谈《香玉》的人物描写

《香玉》是这样一篇小说：即使你熟知了整个故事情节，仍然会百读不厌。这种吸引人并使你始终葆有一种新鲜感的魅力，主要来自蒲松龄那精湛的人物描写艺术。《香玉》中不乏大胆的构思与奇异的想象，借读劳山下清宫中的黄生与白牡丹精香玉的恋爱及与耐冬树精绛雪的交友是全篇的主干，死而复生、生而求死的情节安排相当离奇、曲折，但蒲松龄为此所用的一切笔墨，最终都集中到刻画人物上了。黄生、香玉、绛雪是三个塑造得极为成功的人物，他们虽然都有情有义，在基本的方面一致，但却各具鲜明的个性，在思想与行动方式上有明显的区别。蒲松龄运用传神之笔，合乎情理地展开描写，使《香玉》中的三个人物在情节发展中各放异彩，令人久久难忘。

三人之中，描写的重点是黄生，而写黄生，又着重在突出他的情专义笃上。这一点，不仅通过故事中的人物之口一再加以强调,如绛雪说:"不知君固至情人也。"又说:"花神感君至情,俾香玉复降宫中。"而且更重要的是通过一系列情节细加表现。蒲松龄主要设计了三个情节,即哭香玉、救绛雪、化赤芽。

哭香玉表现了黄生的情深。黄生与香玉遇合不久,二人方夙夜偕欢,突遭变故,白牡丹被一游客"移花至家,日就萎悴"。黄生悲恨至极,"作哭花诗五十首,日日临穴涕洟"。即此已见其情之专。黄生并不因知香玉为花妖,而以异物见弃。与《葛巾》中的常大用相比较,二人之不同立见。常大用因"癖好牡丹",得与牡丹花精葛巾结合,但后来疑其为花妖,心中不安,旁敲侧击,葛巾不得安生,终以见疑脱身而去,抛下常生徒然"悔恨不已"。常大用在葛巾生时尚不能相容,而黄生在香玉死后虽悟其为花精,眷爱之情却并未稍减一分,反而是"苦怀香玉,辗转床头,泪凝枕席"。他一往情深的至情终于感动了花神,使香玉死而复生,二人如前欢聚。其次,黄生的情专又表现在不忘旧情上。香玉去后,黄生作哭花诗五十首,还可视为风流才子的韵事佳话,尚不足以表明他不变的爱情。而对空穴洒泪,也属人之常情。试想,二人本在热恋之中,情意正浓,一旦长诀,如何能割舍得开?但黄生毕竟为一至情人,他的行动也自与常人不同。一般人们当阵痛过后,总会有新的追求,对于死者的伤悼之情也会随着时间的流逝而减淡。黄生却不然,他不仅在刚失去香玉时,"日日临穴涕洟",哀痛不减;而且在有了绛雪以后,也并未忘记香玉,反而思念弥深。从家中度岁归来后,他对绛雪说:"今对良友,益思艳妻。久不哭香玉,卿能从我哭乎?"篇中两次写到哭穴，一次独往，一次与绛雪同往，真实地表现了他对香玉的至爱之情。第二次哭穴，"二人乃往，临穴洒涕。更余，绛雪收泪劝止"。黄生哭祭时间之长、又经劝止方还的详细交代，显示了他的终不忘情大异于常人。精诚所至，金石为开，这才有后面起死回生、出生入死这些看来奇异、想来却又合理的情节安排。

救绛雪表现了黄生的义重。黄生对香玉的一片深情，是他与绛雪遇合的引线。虽然黄生初时未始不是对绛雪有心，但绛雪既愿以友处之，黄生也尊重她的意志，谓之曰："香玉吾爱妻，绛雪吾良友也。"绛雪一旦有刀斧之难，托梦与他，他即"急命仆马，星驰至山"，赶去救护，使绛雪得以全生。他以至诚待友，急友之难，赢得了绛雪的信任，使她敢以生死相托，最后三人才能同生共死，永不分离。

化赤芽则既表现了黄生的情深，亦表现了他的义重。结尾的这段描写着实精彩：黄生病后，"其子至，对之而哀"。这时，黄生不仅无丝毫留恋人世的哀伤之情，而且不以死为意，反以死为生，笑曰："此我生期，非死期也，何哀为！"如此欣然面对死亡，并不是像某些佛教徒那样期待着灵魂投生极乐世界，而是由于爱得太深，爱而不舍，竟使得他乐死而忘生了。黄生初见香玉时，即对她说："卿秀外惠中，令人爱而忘死。"既忘死，便可出生入死，更何况死亡能带给他解脱人身束缚、与花木为伍的绝好机遇呢！黄生对死亡的来临自是不胜庆幸。他留下遗言，说："他日牡丹下有赤芽怒生，一放五叶者，即我也。"黄生的形体虽已消亡，实际上却是如他所愿，跨越了生死的界限，消除了与异物的阻隔，黄生从此可以自由自在，日日夜夜与妻、友长相随、无别离了。所以，这不仅不是死，在黄生看来反而是得生了。本来近乎荒诞的呓语，从黄生口中吐出，却成了确凿不移的信语，并且非此不足以显出黄生的情深义重，也非此不足以写尽作者对美好的人与人之间关系的向往和赞颂。

如果说蒲松龄是用对起双收的方法写黄生，即以哭香玉显其情深，救绛雪显其义重，又以化赤芽将两个侧面合拢为一，那么，对于香玉与绛雪，他主要用的则是对比写法。

蒲松龄善于捕捉描写对象的形貌特征，在作品中巧妙地赋予这些化身为人的异物以其固有的外在标志与带有自身特点的语言。如香玉为白牡丹精，即写她身着"素衣"；花枝摇曳多姿，即状其"盈盈而入"；花易凋零，即自言"妾弱质，不堪复戕"；花遭风雨吹打，即自表"妾忍风雨以待君"。香玉的外表、动作、言谈，无一不妙合其身份。但更高明之处，则在蒲松龄不仅能于外形刻画上做到惟妙惟肖，而且在精神气质上也各得其神韵。牡丹的花瓣繁复，加之此一株"牡丹高丈余，花时璀璨似锦"，给人以热烈的印象，似乎有浓郁的感情积蕴其中，勃发而为盛开的花朵。当蒲松龄从这一感觉出发，运用艺术通感，把它转化为人物形象时，多情很自然地就成了故事中香玉的最大特点。香玉看到黄生的树上题诗后，即感其"相思苦"情，登门相见；受其知遇，即以身相许，"凤夜必偕"；感其至情，已化为花之鬼，仍赶来相聚；为使黄生无"以身就影"之遗恨，又甘忍一年风雨，以待神气复凝，报其眷顾之恩。其中又如助黄生迫绛雪来舍，烦她陪黄生一年，不仅显示了香玉的聪明、顽皮，而且在在显出她的痴情。一当她得到了黄生的知己之爱，便以炽热、浓烈而不衰减的感情回报。这种执着、专一的爱情可超越时空的限制：花株移至即墨，花魂却归返劳山；本已萎死，却又秉情再生。生时无一夜不相从，自誓"愿如梁上燕，栖处自成双"；死后失其神，即以鬼相从，失其形，即以影相从；有重生之望，即以娇弱之质而苦忍风雨，以待再相从之日；直至黄生脱化的赤芽遭人斫去，她也憔悴而死，最终以死相从。这种生死不能离散的热烈情爱，在香玉身上表现出来，具有最大的自我牺牲精神。她把黄生的爱看作自己生命的全部意义，她为了黄生而求生，又为了黄生而求死。因此，故事中的香玉一举手、一投足，一言、一笑，无不充满了爱意。难怪但明伦单以一"情"字评香玉，谓其："种则情种，根则情根，苞则情苞，蕊则情蕊。"通身上下无不是情所凝成。这与她以"情痴"自评也正相合。

绛雪的性格正好和香玉形成对照。香玉的感情表现为热而浓，绛雪的感情则表现为冷而淡。内中的原因有二：绛雪为耐冬树精，此"耐冬高二丈，大数十围"，既得名于耐冬之寒，又以其高拔，使人凛凛然见而肃然起敬。因此，当其保留着这些特点，化身为一女子时，就会带有冷、淡的气质。只有这样写耐冬，方合其神理，使人与物合一，准确精当，不可分离。再者，香玉与绛雪感情表现方式的不同，也是由她们与黄生的关系不同所决定的。香玉为爱妻，夫妻之情自是如胶似漆，情热难舍；而绛雪乃良友，为友之道本该是"君子之交淡如水"。但绛雪毕竟为一懂得爱与信的女子,所以她的情冷、情淡并非无情之意,而是以一种持久而有节制的方式将感情表露出来。故事一开始,她与香玉一起被黄生撞见,立即退却,曰:"此处有生人!"其戒备、防范之心毕现,自我保护的意识极为强烈。香玉与黄生得谐欢好后,每邀绛雪,她也从不一至,其原因正如她后来所说:"妾以年少书生,什九薄幸;不知君固至情人也。"说明在黄生未取得她的信任以前,她是不会为之浪费自己一点一滴的感情的。绛雪年长于香玉,处事比香玉老成得多。她不会因黄生能诗,为"骚雅士",即轻易出见;而一定要从众多的事实中,从黄生对香玉生死不渝的恋情中得到证实,方以黄生之泪为媒介,在他哭祭多日后,相遇穴侧,感其至情而不再回避。而且当黄生有香玉为伴,二人情投意合时,绛雪也绝不肯相扰。直待黄生因失香玉,陷于哀痛中不能自拔时,绛雪才出现为他分忧。由此可见,绛雪之情淡,不过是"淡者屡深",实则还是个有情人。香玉虽不在,绛雪仍守姐妹之义,遵从友道,与黄生约:"然妾与君交,以情不以淫。""妾不能如香玉之热,但可少慰君寂寞耳。"所以只在黄生无聊时,她方才一至,与他饮酒、酬唱,使黄生在寂寞中得到知友的同情与安慰,更让他睹友思妻,终不能忘怀香玉。但正由于绛雪有情有义,并非一绝情人,所以她才能答应香玉的央求,陪侍黄生,以友"代人作妇"。而依绛雪之性情,这样的行事本是勉为其难,然而终于不辞而应诺,适见其为友、为情不惜殉身之义。因此,香玉还魂后,绛雪虽以可退而为友自幸,但在黄生魂化的赤芽与白牡丹相继死去后,她也义不容辞,以死殉友。封建社会中，以妻殉夫倒是司空见惯，不足为奇，以女子殉男友，却是从未有过的大胆想象。而绛雪殉黄生之所以可信，就在于蒲松龄令人信服地写出了绛雪对黄生的极大信赖。绛雪对黄生的疑虑一旦消除后，便不怕以出身的绝大秘密相告，黄生果然也不负所托，赶来营救。比较香玉遭难之时，虽已托身为夫妇，尚不敢以实情告黄生，使其代为设法，则绛雪的胆识又在香玉之上。有了这样的胆识，她才会做出殉友这样的惊人之举。绛雪与黄生的友情堪称刎颈交，其中有义也有情，而她最终是以至情、至义谢知己。

在文末的"异史氏曰"中，蒲松龄做了这样的概括："情之至者，鬼神可通。花以鬼从，而人以魂寄，非其结于情者深耶？一去而两殉之，即非坚贞，亦为情死矣。人不能贞，亦其情之不笃耳。"热情赞颂了黄生、香玉、绛雪坚贞不渝的爱情、友情。为情而生，为情而死，为情而超越生死，是三人的共同处。由此看来，三人都是至情人。然而作为人物来表现，其情与情之流露又因人而异。能于同中显其不同，使人物各具面貌，各具性情，各具声口，各有其行动方式，这样，《香玉》才成为具有长久欣赏价值、以人物取胜的佳构。

（原刊吴组缃等著：《聊斋志异欣赏》，
北京大学出版社，1986年）

张维屏《三元里》赏析

三元里前声若雷,千众万众同时来。
因义生愤愤生勇,乡民合力强徒摧。
家室田庐须保卫,不待鼓声群作气。
妇女齐心亦健儿,犁锄在手皆兵器。
乡分远近旗斑斓,什队百队沿溪山。
众夷相视忽变色,黑旗死仗难生还。
夷兵所恃惟枪炮,人心合处天心到。
晴空骤雨忽倾盆,凶夷无所施其暴。
岂特火器无所施,夷足不惯行滑泥:
下者田塍苦踯躅,高者冈阜愁颠挤。
中有夷酋貌尤丑,象皮作甲裹身厚。
一戈已摏长狄喉,十日犹悬郅支首。
纷然欲遁无双翅,歼厥渠魁真易事。

不解何由巨网开，枯鱼竟得悠然逝？
魏绛和戎且解忧，风人慷慨赋同仇。
如何全盛金瓯日，却类岁绪岁币谋？

在中国近代史上，三元里人民的抗英斗争是光辉的一页。1841年5月，正当清政府委派的靖逆将军奕山向英军求降，与侵略者签订丧权辱国的《广州和约》，议定七日内向英军缴纳"赎城费"六百万元等卖国条款时，广州城北郊三元里附近一百零三乡的人民却自发奋起，集众抗英，给骄横的侵略者以沉重打击，显示了中国人民的伟大力量，揭开了中国近代史上人民群众大规模武装反抗外来侵略斗争的序幕。

三元里人民英勇壮烈的抗英斗争本身就是一部可歌可泣的史诗，值得大书特书。它也确曾激发了诗人们的创作热情，使他们竞相用诗笔记下了这一震撼人心的历史场面。在同一题材的诗篇中，老诗人张维屏所作的七古长诗《三元里》最为杰出。

张维屏1836年辞官后，即退隐于广州近郊花地，终日读书、吟诗，过着不问政事的生活。但鸦片战争这场空前的历史大变动打破了诗人内心的平静。敌寇近在肘腋，派来抵敌的清廷要员又腐败无能，令诗人忧心如焚，痛愤不已。于是，在他的诗中出现了激昂的音调，唱出了时代的最强音。

"三元里前声若雷，千众万众同时来。"劈头两句诗即有先声夺人之势。在三元里一带汇集了成千上万的老百姓，群情激愤，发出了雷霆般的怒吼。1841年5月30日，由侵华陆军司令卧乌古率领的数百名侵略军，在三元里村外的牛栏冈被愤怒的村民围住，人们从四面八方潮水般涌来参战。"同时来"正写出了当时真实的情景。反侵略的斗争是正义的事业。"因义生愤愤生勇，乡民合力强徒摧。"对侵略军的满腔义愤激生出无比的勇敢，面对着同心协力、无所畏惧、踊跃向前的村民，再强大、顽固的敌人也抵挡不住。何况乡亲们是为了保卫自己的家园不受侵略者的蹂躏，在战斗中更是勇气百倍，一往无前。"家室田庐须保卫"说出了一个最普通的自卫反击的道理，因而是"不待鼓声群作气"。"一鼓作气"本是成语，出自《左传》"夫战，勇气也。一鼓作气"。古代打仗时，擂鼓可激励士气。这里却反其意而用之，说不须擂鼓，人们已是斗志高昂。自5月27日《广州和约》签订后，人民对清朝官吏与军队的投降行为无比痛恨，对他们已不抱任何希望，而把保家卫国的责任自己担当起来。牛栏冈战役便充分体现出人民这一高度的觉悟。除直接上阵杀敌的青壮年男子外，妇女们也自动组织起来。她们不但呐喊助威，而且送水送饭到前线。"妇女齐心亦健儿"是以妇女为代表，再现了当时不分男女老幼、同仇敌忾配合作战的壮观景象。参加战斗的大多数是农民，他们热爱和平，希望在自己的田园里安定地劳动、生活。然而一旦侵略者逼到了家门口，他们也不畏强敌，平时用来从事和平生产的劳动工具，此时便用作杀敌的武器。尽管实际上乡民们手中的兵器并非全是犁锄，还有不少大刀、长矛，但诗人只写"犁锄在手皆兵器"，是为了强调说明这些围歼侵略军的群众原本是和平的居民。而使用这样落后的武器，与携带现代化武的侵略军搏斗,三元里人民该具有何等巨大的勇气!被诗人摄取入诗的这个镜头,反映出三元里人民抗英斗争以及近代中国人民反侵略斗争所具有的悲壮色彩。牛栏冈之战也是一次有准备、有统一部署的战斗。在此之前,英军到三元里一带骚扰,激起民愤,附近一百零三乡的人民随即联合起来,共同拟定了协同作战的计划。到这一天,"乡分远近旗斑斓,什队百队沿溪山"。前来参战的各乡队伍以色彩不同的旗帜为标志,从四面八方汇集拢来,分进合击,把侵略军团团围住。"众夷相视忽变色,黑旗死仗难生还。"这两句诗后,原有诗人的自注:"夷打死仗则用黑旗。适有执神庙七星旗者,夷惊曰:'打死仗者至矣。'"这面吓得敌人丧魂落胆、以为必死无疑的黑旗,正是三元里人民从村北三元古庙(即北帝庙)中取来作令旗的三星旗。旗为三角形,黑底白边,三颗白色星相连。当时约定"旗进人进,旗退人退","打死无怨"。

以上一段诗从各个角度描绘了交战前的场面:诗人忽而纵览全景,忽而细描局部;不仅绘声(声若雷),而且绘色(旗斑斓);既有声势浩大的正面描写,又通过侵略者的眼睛和心理从反面映衬。乡民们"因义生愤愤生勇""不待鼓声群作气",与英军的惊恐、怕死也形成了鲜明的对比。这样充分的铺叙,只是为了表明:正义在反抗侵略的人民一边,胜利必将属于他们。

以上主要写了"人和"的因素。中国古代作战很讲究天时、地利与人和,如果三者齐备,必能克敌制胜。牛栏冈战斗恰恰集中了全部有利条件,因而,长诗第二段便再从"天时"与"地利"两方面展开，集中描述交战的经过。并且，前面着重从我方写，此段着重写敌方。

"夷兵所恃惟枪炮，人心合处天心到。晴空骤雨忽倾盆，凶夷无所施其暴。"侵略军所倚仗的是先进的武器，但当日下午一点钟左右，原来燥热、晴朗的天气，忽然乌云密布，雷电交加，下起倾盆暴雨。敌军的枪炮全部湿透，不能施放，完全丧失了战斗力。而且"岂特火器无所施，夷足不惯行滑泥：下者田塍苦踯躅，高者冈阜愁颠挤"。此处"颠挤"应作"颠陨"，意为坠落。英军士兵都穿着笨重的牛皮鞋，牛栏冈一带却全是水田，又是丘陵地带，下雨后泥泞溜滑，侵略者寸步难行。被围困的英军，在田垄间的拔不出脚，行走困难；在高冈上的立脚不稳，害怕跌下。寥寥几句，活画出侵略军的狼狈不堪。数万群众将英军包围后，短兵相接，分割歼敌。本来，漫山遍野追杀敌人的战斗场面也是很好的诗材，然而诗人却放弃了全局把握，单单把焦点对准英军少校毕霞，通过这个侵略军重要头目的被击毙，以一个典型事例，概括表现了战斗的经过与所取得的胜利。"中有夷酋貌尤丑，象皮作甲裹身厚。一戈已揕长狄喉，十日犹悬郅支首。"英人高鼻深目，在对敌人充满仇恨与憎恶的中国村民看来，他们一个个相貌丑陋。而对毕霞这个侵略军军官，诗人更以漫画笔法加以描述。所谓"象皮作甲"，不过是极言其防护之严密。尽管如此，他还是难逃一死。据传，在战斗中，乡民颜浩长奋勇向前，用长矛把毕霞刺死，其首级也被人割下。诗人叙述此事，借用了古代史书中击杀异族首领的两个典故。《左传》文公十一年："获长狄侨如，富父终甥椿其喉以戈，杀之。"长狄是古代中国北方的一个少数民族，其首领侨如被鲁国武士富父终甥以戈直捣其喉杀死。又，《汉书·陈汤传》记：汉元帝时，西域都护甘延寿与副校尉陈汤等攻入康居国，杀死匈奴郅支单于，悬首于长安十日。两件史事用在这里都十分贴切，不仅如实地传写出当时的战况，而且显示出人民痛歼侵略者的自豪感与对敌人的刻骨憎恨。

被包围的敌军已成瓮中之鳖，欲逃无路。全歼敌人、擒其主帅已是易如反掌。据当时人记载：被围在牛栏冈的英军"方舍命突围出，无奈人如山积，围开复合，各弃其鸟枪，徒手延颈待戮，乞命之声震山谷"（梁廷枏《夷氛闻记》卷三）。这部分敌人基本被歼灭。而逃回四方炮台的英军，包括司令卧乌古与英政府在华全权代表义律，也被随后赶到的各乡义军四面围住，形势大好。然而，战局竟不可思议地发生了变化。诗人酣畅淋漓的笔墨至此一顿，发出了沉重的叹息。

从"纷然欲遁无双翅，歼厥渠魁真易事"转入第三段。"不解何由巨网开，枯鱼竟得悠然逝？"原来网开一面，送即将干死的涸辙之鱼重回水中，任其安然自在游走的人，正是广州知府余保纯。英军被围后，第二天，卧乌古遣人威胁余保纯，要他救助。余保纯害怕和议破产，遂带人到阵前，用恐吓、欺骗的办法将村民驱散，为侵略军解了围，使前功尽弃。诗人自然是知道此事的，然而明知故问，假作不知，一方面是由于时代的原因，不敢直接指斥清廷官员，另一方面是出于艺术上的考虑，要遵守儒家"怨而不怒""温柔敦厚"的诗教，于是把正面的谴责化作委婉的嘲讽，而诗人的气愤与痛心已是溢于言表。诗人有感于现实，不禁回顾历史："魏绛和戎且解忧，风人慷慨赋同仇。"和与战历来是两条不同的方策。前者以春秋时期晋国大夫魏绛为代表，在山戎请和时，他权衡利害，力主和戎。他认为，晋悼公刚刚受到诸侯拥戴，不应因伐戎削弱自己的力量；而且和戎也可增加晋国的威望，使边境地区人民能够安居乐业。根据当时情况，和戎确是正确的主张。但诗人反对和议的态度在这句诗中仍明白显露出来。他用了一个"且"字，说明他把和议看作下策，并不赞成。在此前提下，他才承认，魏绛和戎还是于晋国有利的。诗人更倾向于战，因而赞扬《诗经》中《无衣》一篇的作者，因为他在诗中唱出了"修我戈矛，与子同仇"这样慷慨激昂的声音，鼓励秦国战士同心同力抗击西戎的侵扰。特别是由于张维屏本人与《无衣》作者身份相同，都是"风人"，即诗人，所以在这句诗中，也倾注进张维屏本人的一腔激愤。总之，无论是和是战，都应以国家利益不受损害为先决条件。反观现实，诗人感到极度的困惑，无法理解眼前的事实："如何全盛金瓯日，却类金缯岁币谋？"张维屏认为，当时国势强盛，国土完整，国家巩固，与魏绛和戎时晋国的情况不同，本来应该坚决抗击侵略，并一定会获得胜利。然而清廷遣派的官员在十分有利的时机，却断送了马上就要到手的胜利成果，反而像历史上遭人耻笑、每年向敌国大量输送金帛的孱弱宋室一样，与敌人签订屈辱的和约。诗句反映出诗人对投降行径的强烈不满，尤其对订立赔款乞和的《广州和约》表示出极大的义愤。

在这段诗中，诗人愤怒地谴责了奕山、余保纯等人的卖国、纵敌行为，并尖锐地揭示出投降派是导致整个战争失败的罪魁祸首。

《三元里》是一首长篇纪事诗。我们以史证诗，可以清楚地看出，诗人虽未亲临前线，但确实掌握了大量有关材料，所以，整首诗几乎句句有据可查。显然，张维屏是自觉继承了中国诗歌中的"诗史"传统，以诗记史，用诗歌的形式为后代人留下了当时斗争的真实记录。而"诗史"传统又并非意味着单纯客观的记述，像中国古代的历史著作一样，它还要发挥"史鉴"的作用。《三元里》一诗也不例外。诗人在诗中也严肃地为后代人提供了历史的教训：对于外来侵略只有抵抗到底，放纵敌人便会后患无穷。

三元里人民抗英斗争所具有的史诗性质，固然为诗人的创作提供了便利。但这是一场有数万人参加的战斗，如何驾驭题材、剪裁材料，却还要费一番匠心。诗人采取了详略结合的铺叙手法，在描绘气势宏大的群众斗争场面时用足了笔墨，饱含激情，而写英军的狼狈相则相对简略，充满鄙视。他从众多被歼的敌人中，单单挑出军衔最高的毕霞详述，正符合"擒贼先擒王"的古训，并足以代表整个战斗的战果辉煌。诗歌在描写角度上也有变化：前面正面表现了牛栏冈之战的经过，后面叙余保纯为英军解围，则改用旁敲侧击。角度的转换正准确地透示出诗人的心情从兴奋到失望的转变。

由于这首诗既描写了人民抗英斗争的悲壮场景，又表露了诗人的悲愤情怀，因而形成一种雄浑的格调，具有磅礴的气势，感情激越、沉痛。全诗一气呵成，最后以反问句结束，犹如急流的河水突然被关在闸内，还在不断冲击，要破闸而出，奔流向前，显示出一股羁勒不住的力量。张维屏诗素以"伉爽高华""沉郁顿挫"（林昌彝《射鹰楼诗话》卷二）为人称赞，此诗成于六十岁以后，诗人已入暮年，但作诗恰是老当益壮，风格更趋苍劲，诗味愈加醇厚。因此，《三元里》长诗创作的成功，不仅得力于时代的刺激，也与诗人的艺术功力深厚分不开。

（原刊袁行霈主编：《历代名篇赏析集成（下）》，中国文联出版公司，1988年）

黄遵宪《度辽将军歌》简析

闻鸡夜半投袂起,檄告东人我来矣。
此行领取万户侯,岂谓区区不余畀。
将军慷慨来度辽,挥鞭跃马夸人豪。
平时搜集得汉印,今作将印悬在腰。
将军乡者曾乘传,高下句骊踪迹遍。
铜柱铭功白马盟,邻国传闻犹胆颤。
自从弨节驻鸡林,所部精兵皆百炼。
人言骨相应封侯,恨不遇时逢一战。

雄关巍峨高插天,雪花如掌春风颠。
岁朝大会召诸将,铜炉银烛围红毡。
酒酣举白再行酒,拔刀亲割生彘肩。
自言平生习枪法,炼目炼臂十五年。

目光紫电闪不动，袒臂示客如铁坚。
淮河将帅巾帼耳，萧娘吕姥殊可怜。
看余上马快杀贼，左盘右辟谁当前！
鸭绿之江碧蹄馆，坐令万里销烽烟。
坐中黄曾大手笔，为我勒碑铭燕然。

么麼鼠子乃敢尔，是何鸡狗何虫豸！
会逢天幸遽贪功，它它籍籍来赴死。
能降免死跪此牌，敢抗颜行聊一试。
待彼三战三北余，试我七纵七擒计。
两军相接战甫交，纷纷鸟散空营逃。
弃冠脱剑无人惜，只幸腰间印未失。
将军终是察吏才，湘中一官复归来。
八千子弟半摧折，白衣迎拜悲风哀。
幕僚步卒皆云散，将军归来犹善饭。
平章古玉图鼎钟，搜篚价犹值千万。
闻道铜山东向倾，愿以区区当芹献。
借充岁币少补偿，毁家报国臣所愿。
燕云北望忧愤多，时出汉印三摩挲。
忽忆《辽东浪死歌》，印兮印兮奈尔何！

近代杰出的诗人黄遵宪所写的《度辽将军歌》，是一首著名的长篇讽刺诗。这首诗以1894年中日战争爆发后，湖南巡抚吴大澂率湘军出关与日兵作战,大败而归的史实为题材,运用夸张、讽刺的手法,无情地揭露与鞭挞了那些遇敌即逃的无能将官,从一个侧面表现了黄遵宪的忧国之思与爱国激情。

当时,日本帝国主义的侵略是中国面临的最大危险。日本利用朝鲜国内爆发起义,朝鲜政府请求清政府派兵协助镇压的机会,极力怂恿中国出兵,随后即以此为口实,派出侵略军去朝鲜,袭击牙山的清兵。清军在平壤之战与黄海大海战中先后失利,日军步步进逼,占领了大连、旅顺,辽东半岛全部失陷。李鸿章指挥的北洋海军龟缩威海卫,被日军全歼。由于淮军在前方连吃败仗,清政府又起用湘军,任命湘系首领、两江总督刘坤一为钦差大臣,指挥山海关内外各军。湖南巡抚吴大澂也于1895年1月26日(阴历正月初一)整队出关,派兵攻海城。3月,日军反攻,冲出重围,攻占了牛庄、田庄台、营口等地,湘军大败,一路溃逃。至此,清政府派出李鸿章为全权大使,去日本乞和,签订了卖国的《马关条约》。其主要条款有:清政府承认日本对朝鲜的控制权,割让辽东半岛、台湾及澎湖列岛给日本,赔偿日本军费银二万万两等。

这一阶段的历史事实构成了《度辽将军歌》的时代背景。

全诗大体可分为四段:

第一段写吴大澂自请率兵赴辽作战及此前折冲樽俎、训练精兵的功绩。开头四句用夸张的手法模拟吴大澂的口气,写他闻警而起,气壮如山。"闻鸡夜半",典出《晋书·祖逖传》:东晋抗敌将领祖逖与刘琨,年轻时曾共被同寝,夜半听见鸡叫,祖逖即唤醒刘琨，乘兴起舞。后来常以"闻鸡起舞"比喻志士奋发有为。"投袂起"，拂袖而起，形容毅然奋起。诗人先声夺人，以这样气势十足的诗句开篇，有意给人一种错觉，似乎对这位将军的大有作为是不该产生什么怀疑的。况是师出有名，将军早已布告敌方："我来了。""檄"是古代用来征讨敌人的文告。"东人"，这里指日本人。"檄告东人我来矣"一句，逼肖地传写出这个志得意满的官员不可一世之态。原来，这位气宇轩昂的将军却把国家的危亡视为博取个人功名的良机，一心在盘算着"此行领取万户侯，岂谓区区不余畀"。"万户侯"，封地万户的侯，喻高官厚禄。"区区"，微小，此处指万户侯。"畀（bì）"，给予。满以为此一去必然是马到成功，加官晋爵易如探囊取物。接着八句转换了语气，由作者出面交代吴大澂自以为稳操胜券的原因。"将军慷慨来度辽，挥鞭跃马夸人豪"是承接上文而来的过渡句。前面既已对将军的内心活动做了表露，与之相应，在外部行动上，将军也必然是慷慨激昂、挥鞭跃马、直奔前方，其威武勇壮令人叹羡不已。在写足了将军的威风之后，诗人把笔锋陡然一转，直截了当地向人们露了底：原来将军如此兴头十足，是因为他"平时搜集得汉印，今作将印悬在腰"。"汉印"，指的是"度辽将军"印。"度辽"，意思是渡过辽河。汉代为征伐居住在今辽东一带的乌桓，曾设"度辽将军"官职。王遽常在《国耻诗话》中有吴大澂得此印的一段记述："吴好金石，适得汉印，文曰'度辽将军'，遂大喜，以为万里封侯兆也。"有了这样吉祥的预兆、护身的法宝，加之过去立下的赫赫功勋，他早已威名远扬，令敌国胆寒，还有什么敌人敢来交手！诗中用四句诗概括描述了吴大澂1884年出使朝鲜、定其内乱及1885年赴吉林与俄使会勘边界、争回被侵占的珲春黑顶子地区两桩伟绩。"将军乡者曾乘传，高下句骊踪迹遍"两句，述在朝鲜平乱事。"乡（xiàng）者"，意为过去。"乡"通"向"。"传"，传车，即驿车。"高下句（gōu）骊"，代指朝鲜。"高句骊"在王莽时曾被改称"下句骊"。"铜柱铭功白马盟，邻国传闻犹胆颤"二句，记与俄使斗争胜利事。吴大澂勘定边界后，特立界碑，建铜柱，亲自篆刻，题铭其上："疆域有表国有维，此柱可立不可移。""白马盟"，则取古代杀白马而盟誓之意，以示约言的可靠。末四句再转成吴大澂自述口吻："自从弭节驻鸡林，所部精兵皆百炼。人言骨相应封侯，恨不遇时逢一战。""弭节"是停车之意。"鸡林"，即"乌拉鸡林"，今吉林市，为清朝吉林将军驻地、吉林省省会。吴大澂于1880年赴吉林办理防务时，曾创设机器局，修筑炮垒，训练军队。上面既已由作者代为宣扬了吴大澂的威震敌国，这里再由本人出面表白：当年我在吉林办理防务，早已练就了一支精兵。人们都说我有封侯之相，正遗恨没有机会再去杀敌立功。

第二段叙写吴大澂率部出关及大会诸将的"豪情壮举"。前六句作者着意铺叙了吴大澂领兵出关的雄壮军容。"雄关巍峨高插天，雪花如掌春风颠"二句，以巍峨的山海关高耸云天，大片的雪花在春风中飘舞来衬托将军的威风凛凛。"岁朝大会召诸将，铜炉银烛围红毡。酒酣举白再行酒，拔刀亲割生彘肩"四句，以大会诸将、饮酒割肉的热烈场面，烘托出将军的得意与豪放。"岁朝（zhāo）"，即正月初一。"举白"，干杯。"行酒"，依次斟酒。"彘（zhì）肩"，猪前腿。这里用汉将樊哙（kuài）闯鸿门宴，项羽赐他一条生猪腿，樊哙当即拔剑就盾上切割而食的故事，形容吴大澂的"豪壮"。接下去十二句借吴大澂之口，让他尽兴大吐狂言，不留余地，以取得覆水难收之效。"自言平生习枪法，炼目炼臂十五年。目光紫电闪不动，袒臂示客如铁坚"四句，夸说自己操练多年，枪法精熟，目光如电，臂肌似铁。与上文的"所部精兵皆百炼"联系起来看，是说从部下到自己，都具备了百战百胜、所向无敌的本领。"紫电"，状目光炯炯；"闪不动"，面对刺目的闪光也不眨眼。在标榜了自己以后，自然就要对畏敌而逃的淮军将领加以轻蔑的嘲笑了。"淮河将帅巾帼耳，萧娘吕姥殊可怜。"所说的"淮河将帅"，指赴朝对日作战、遇敌而逃的叶志超、卫汝贵等淮军将领。"巾帼"，女子所用的头巾及发饰。"萧娘吕姥"，指的是南朝梁临川王萧宏带兵攻魏的故事。萧宏畏敌不敢进兵，召诸将商议。吕僧珍说："知难而退，不亦善乎？"萧宏表赞同。魏人很看不起他们，送来巾帼，以示羞辱。又编歌嘲笑他们为"萧娘吕姥"，不足畏。在将军看来，淮军将领正是一些像萧宏、吕僧珍一样胆小、可怜的家伙；还是"看余上马快杀贼，左盘右辟谁当前"的英雄本色吧！"辟"，此处意为冲开。此时，将军只觉得打过鸭绿江、平息朝鲜境内的战火已是指日可待，在座的诸位文学之士只管挥舞你们的如椽大笔，为我勒石记功吧！末四句"鸭绿之江碧蹄馆，坐令万里销烽烟。坐中黄曾大手笔，为我勒碑铭燕然"，恰切地摹写出将军目空群敌的狂态。"碧蹄馆"在朝鲜汉城西边,用来代指全朝鲜。"坐令",致使。"销烽烟",战火平息。"黄曾",两位随军的文人。"大手笔",著名的文章家。"勒碑铭燕然",借用东汉大将窦宪故事。《后汉书·窦宪列传》记载:窦宪大破匈奴后,登燕然山(今蒙古境内的杭爱山)刻石纪功,显示汉朝的威德。诗中用此语,表现了吴大澂幻想流芳千古的大言不惭。

第三段记吴大澂接战时的轻敌狂言与一触即溃的实迹。前八句"么麽鼠子乃敢尔,是何鸡狗何虫豸!会逢天幸遽贪功,它它籍籍来赴死。能降免死跪此牌,敢抗颜行聊一试。待彼三战三北余,试我七纵七擒计",极力表露了将军的骄纵、狂妄心理。"么(yāo)麽",小小。"鼠子""鸡狗""虫豸(zhì)",都是辱骂之辞,犹言"下贱东西",这里用来斥骂敌人。"会逢",正好遇到。"天幸",托天之福,指很偶然的机会。"遽(jù)",骤然。"它(tuó)它籍籍",纵横交错,杂乱众多。将军根本没有把敌人放在心上,认为他们不过是些微不足道的鼠辈,侥天之幸,以求一逞,实在是前来送死。但他还是愿意最后一次奉告敌人,为他们指出一线生机:投降者可免一死,抗拒者自食恶果。"颜行(háng)",即队列前排,指大军前锋。"北",意为败北。吴大澂的讨日檄文中本有"待该夷人三战三北之余,看本大臣七纵七擒之计"的句子,见出他以神机妙算的诸葛亮自比之心。他以为,此次出兵也会像孔明七擒七纵孟获一样,势必连战皆捷,彻底降服敌人。接下去,我们马上就会看到这位"智勇双全"的将军的另一副尊容:"两军相接战甫交,纷纷鸟散空营逃。弃冠脱剑无人惜，只幸腰间印未失。""甫"，刚刚。才一交战，将军的部队立即作鸟兽散，纷纷空营而逃。将军本人也弃冠丢剑，狼狈不堪。此时唯一可以庆幸之事，是将军腰间的大印没有丢失，还有翻本的希望。描写兵败的这四句叙述，与上面八句吴大澂的自言适成鲜明的对照。

　　第四段述吴大澂回湖南后的景况。前六句"将军终是察吏才，湘中一官复归来。八千子弟半摧折，白衣迎拜悲风哀。幕僚步卒皆云散，将军归来犹善饭"，用作者记述的方式，写吴大澂虽然吃了败仗，但还是保住了原官。只是回到湖南，子弟兵已损失过半，众人白衣迎拜，未免大煞风景。幕僚、士卒都离散了，将军的胃口仍如从前一样壮健。"察吏"，即明察的官吏。"湘中一官"，指湖南巡抚。辽东归来，吴大澂仍任此职。"八千子弟"一语，出自《史记·项羽本纪》。项羽率江东八千子弟兵渡江与刘邦战，兵败，不肯过江，因无颜见江东父老。此处以"八千子弟"代指吴大澂率赴东北的湘军，同时，用此典故也有暗寓将军厚颜无耻之意。"白衣"，则是用荆轲的故事加重悲凉的气氛。荆轲受燕太子丹之托去刺秦王，众人着白衣冠为他送行，知其抱定必死的决心。而此诗中改成"白衣迎拜"，将军既是不死归来，众人偏拿白衣迎接，虽然表示了对八千子弟中战死者的哀悼，但对生还的败将不能不说是有着强烈的刺激意味。"善饭"，是说饭量很大，《史记·廉颇蔺相如列传》记：赵国老将廉颇欲报效国家，但前去查看情况的使者受了廉颇的仇人郭开的贿赂，尽管"廉颇为之一饭斗米、肉十斤，被甲上马，以示尚可用"，使者仍回报赵王说："廉将军虽老，尚善饭。然与臣坐，顷之三遗矢矣。"赵王遂不用廉颇。随后六句是吴大澂自表他报国的耿耿忠心。"平章古玉图鼎钟，搜箧价犹值千万"二句，有吴大澂的本事为据。"平章"，辨明。"古玉""鼎钟"，均为古文物。吴大澂精金石学，有《愙（kè）斋集古录》《古玉图考》《恒轩所见所藏吉金录》等著作。"箧（qiè）"，小箱子。"闻道铜山东向倾"，是以"铜山东向倾"喻对日战争赔偿。"愿以区区当芹献"，是说自己愿把平日搜集的一点金石古物像献芹于富人一样，奉献给国家。芹既不能适富人之口，则自己的所献也是十分微薄，不足当意，不过是"借充岁币少补偿"，为巨大的赔款聊尽杯水车薪之力。"岁币"，每年交纳的钱币。"少"，略微。对这"岁币"的由来，将军不仅毫无负罪之心，反而很欣赏自己的慷慨解囊，自许为"毁家报国臣所愿"，真令人哭笑不得。最后四句接续以上的自述语气而来："燕云北望忧愤多，时出汉印三摩挲。忽忆《辽东浪死歌》，印兮印兮奈尔何！""燕云"，即燕州、云州，在今河北、山西北部地区。五代时，石敬瑭曾以燕云十六州贿赂契丹，至宋代仍未收复。诗中用来代指北方失地。《辽东浪死歌》全名为《无向辽东浪死歌》，为隋末农民起义的领袖之一王薄所作，意在号召民众反对隋炀帝征高丽。在这四句诗中，将军表白自己北望失地，满怀忧愤，不时拿出汉印抚摸一番，以寄托杀敌报国之志。但当他忽然想起了《无向辽东浪死歌》时，未免又感到无限惆怅。最末一句的慨叹，隐含着这位度辽将军无可奈何、茫然若失的复杂感情。

很清楚，吴大澂参加的攻打海城，并不是中日战争中最重要的战役。在此以前，清军在平壤、旅顺等陆战中的节节败退及在黄海与威海卫两战中海军的彻底失败，已使战争呈现出不利于我的局面。腐朽的清政府从战争一开始即缺乏信心，不断派人去日本寻求和谈，也为战争的前景投下了浓重的失败主义阴影。海城战役是清军最后一次有组织的抵抗。而战事的失利，使清政府从此死心塌地走上投降的道路。黄遵宪选取了这个虽然不很重大，却有重要意义的军事行动作为《度辽将军歌》的表现内容，又把表现的焦点定在一方小小的印章上，便收到了因小见大、发人深省的效果。他把导致战争失败的无比愤怒与对清王朝的无限失望，浓缩、凝聚在这枚印上，以一件小物品反映了重大的时代主题，这的确是一个巧妙而又深刻的构思。

《度辽将军歌》是一首体制宏大的歌行体讽刺诗。这样的体裁形式在以前的诗歌中还是不多见的。杜甫虽然写过《北征》《自京赴奉先县咏怀五百字》等长诗，但都是正面表现诗人深广的忧愤。李商隐也写过不少讽刺诗，一般却只采用短小精悍的七绝。到了晚清，随着国内外各种矛盾的不断深化，帝国主义瓜分中国的危机已迫在眉睫，清政府的腐败、没落一如江河日下。感受着这一时代气氛的诗人，心情自然更为沉痛。但是，尽管他们对清政府的投降政策充满了怨恨，却又不敢把它直接表露出来，只好以那些投降、失地的败将作为攻击的对象。他们把强烈的愤怒化为辛辣的嘲讽，用长篇巨制的歌行抒发自己深长的忧思。因此，近代诗歌中便出现了长篇讽刺诗这一反映新内容的新形式。

《度辽将军歌》就是其中的成功之作。黄遵宪纯熟地运用了讽刺艺术，塑造了"度辽将军"这一活灵活现、令人难忘的形象。

这首诗在结构方式上很有特点。全诗以一枚"度辽将军"印为纽结，围绕这颗印展开了一系列戏剧性的场面。由于有了这个贯穿前后的中心线索，就使这篇六十二句的长诗显得十分紧凑，长而不散。尤其是首尾的呼应，就是因为充分发挥了印章的妙用。诗人在开篇以"我来矣"的一声喧呼，送这位腰悬古印、横枪跃马的将军趾高气扬地登场，大有灭此朝食的气魄；而在诗的结尾，却以摩挲古印、垂头丧气的哀叹，为将军补足了最后一笔，完成了人物的肖像刻画。前后截然相反的两个形象，通过一颗印的联结，统一在一人身上，不仅表现了这位狂妄自大、轻敌惨败的将军的可笑，而且也揭示出他把升官发财的希望系于一方小小的汉印上的可悲，从而深化了全诗的主题。而且，这颗"度辽将军"印本身，它的讽刺意义也是多方面的。首先，由于它的适时出现，并为吴大澂所得，遂以为万里封侯之兆。所以，他慷慨请缨，出关赴敌。一枚印章竟牵连、决定了一桩如此重大的行动；而对于汉印的迷信，又像一场黄粱美梦，顷刻间即彻底幻灭。这样的描写既显得十分荒唐，却又真实地表现了封建官僚的愚不可及。汉代将印的偶得被作者郑重地作为吴大澂的请战之因提示给读者，就为全诗奠定了幽默滑稽、令人啼笑皆非的基调。其次，这位凭恃汉印、慷慨度辽的将军，本人实际并未渡过辽水。据吴大澂自撰的《愙斋自订年谱》所记：他行抵辽河西岸的田庄台后，即驻扎下来，派各军过河进攻海城，但旋即失败，全军溃退，吴大澂也丢弃田庄台，奔向锦州。这一印文与事实的矛盾，又为全诗添一妙笔：所谓"度辽将军"，只不过到辽河边打了个转身，即弃辽而去，而渡过辽水的手下人马也来了个再渡辽水，仓皇退逃。当然，如果我们知道了这颗在诗中被大肆渲染、寄予重托的汉印，实际上只是一件仿制的赝品，我们便会感到其中的挖苦更是十分尖刻，而印章的讽刺功用也可谓发挥到了绝顶。黄遵宪当时可能并不了解内中的详情，据钱仲联先生说：有人告诉他，此印是近代书画、篆刻家吴昌硕所制，为他人得到，献与吴大澂的。在这样一个作伪的背景中，对这枚古印的神奇和宝贵夸耀得越起劲，度辽将军的处境就越尴尬、可怜。因为他寄予厚望的汉印，不仅成了损兵折将、身败名裂的契机；而且由于古印本是赝品，更使他失去了最后的一点精神寄托，陷入完全的绝望之中。不知道这一点，并不妨碍我们对全诗的理解，而揭开了这一层，全诗的讽刺意味就更足了。尽管这"度辽将军"印落入吴大澂之手，并与之发生联系是一个偶然的巧合，但吴大澂确有收藏金石古玩的癖好。诗人正是扣紧了这一点大做文章，才使这首诗显得虚中有实，令人可信。

一首长诗铺叙得体，重在诗人的剪裁功夫。《度辽将军歌》可以说是一篇布局合理的讽刺长诗。黄遵宪并不因为篇幅放长，即乱施笔墨；而是把铺张的重点选放在最易施展讽刺特长、产生讽刺效果的交战前后，对于战斗过程本身的叙述则十分简略。他一连用了四十二句诗夸张地描写吴大澂出战前的言谈举止与心理状态，然而这一大篇夸功、蔑敌的狂言，只消"两军相接战甫交,纷纷鸟散空营逃。弃冠脱剑无人惜,只幸腰间印未失"四句诗,便被击得粉碎。可见,简略并不等于无足轻重,在这首诗中,四行诗便有一以当十的功效;而尽情地铺扬反倒暴露了大言欺人的毫无分量。最后,诗人又用了十六句诗摹绘败将归来后的无聊,却又奇峰突起,以献古董与忽忆《无向辽东浪死歌》的神来之笔把文章做足,给这位失意的度辽将军一个不能再好的善后安排。

这首诗的语言也很有特色。人物语言始则神气活现,最后则义形于色,与叙述语言冷峻的揭露相对照,充满了喜剧色彩,起到了让人物当场出丑的效用。典故虽然用得较多,但都恰到好处,妙趣横生,为全诗增色不少。如"将军归来犹善饭"一句,套用廉颇的故事,却又并无廉将军破敌立功、威震敌国的战绩,而只有败将辱国的可耻记忆。于是,这期于一用的"善饭",移来此处,也就隐喻其为"饭桶"了。

需要指出的是,黄遵宪既然是为了讽刺时事而作此诗,他笔下的吴大澂也是集中了当时许多清朝将官的共同劣行的一个代表人物,因此诗中便有不少夸大的成分。我们不可一概信以为实,拿来作为评价历史人物的根据。文学作品毕竟与历史记录不同。吴大澂在海城一役中虽然扮演了一个很不光彩的角色,但他在历史上还是有一定功劳的,如他勘定、争回被俄国侵占的中国领土,就是应该充分肯定的。

(原刊赵齐平等编:《阅读和欣赏(古典文学部分8)》,北京出版社,1984年)

张謇《留别仲弢》鉴赏

拂衣去国亦堪哀,辛苦男儿草莽来。

直分儒冠称沟壑[1],何知人海战风雷!

嵚崎似我归犹得[2],禄养怜君气益摧。

闽县已亡丁沈散[3],更谁相煦脱嫌猜。

张謇最为近人所称道者,是他以状元身份而弃官不做,走"实业救国"之路,"专一振兴工、商、农、渔诸业,恳恳不懈"(狄葆贤《平等阁诗话》);对他所以转向的内在原因则探究不够,

---

1 直分:犹言早料到。称(chèn):恰合。
2 嵚(qīn)崎:山高耸貌。
3 "闽县"句:闽县指王仁堪,福建闽县人,卒于1893年。丁、沈指丁立钧与沈曾植。当时,丁在山东任沂州知府,沈在武昌两湖书院执教。三人曾与张謇、黄绍箕过从甚密。

或仅以"旷世之度"解之。而《留别仲弢》一诗却透露出另一种信息。

仲弢,黄绍箕字。这是张謇1898年7月离京前写给知交黄绍箕的赠别诗。颔联"人海战风雷"之语,实已明白揭出张謇的困境。张謇与光绪皇帝的师傅、帝党领袖翁同龢关系非同一般,翁对张的才识极为赏识。而戊戌变法刚刚开始,光绪帝即迫于慈禧太后的压力,将翁同龢免职放还。翁氏一走,张謇不仅失去政治靠山,而且"一损俱损",身为得意门生,势必受牵连。何况,早在1894年中日甲午战争时,张謇即曾上书弹劾李鸿章失机,结怨权贵,至此在朝中愈形孤立。他本已着手在南通筹办纱厂,翁同龢的开缺回籍,使他去志益决。不过,其素志虽自表为"愿成一分一毫有用之事,不愿居八命九命可耻之官"(《与沈曾植书》),但在此境况下出京,心情还是痛苦的。他在离京当日的日记中说:"读书卅年,在官半日,身世如此,可笑人也!"确是感慨系之。

于是,该诗起句即以"亦堪哀"三字概括自己离京时的心情,并为全诗定下了基调。"辛苦男儿草莽来",说尽了"读书卅年"以至四十余年来人生道路上的艰难。古人已有"百无一用是书生"的真言,在张謇诗中,这书生又不只是"无用",遭人轻蔑、弃之沟壑也在意料中。先已做好最坏的思想准备,自示其弱,便该能以退让自全了吧?却又不然,社会的政治风波仍然要侵袭到你,逼你入阵,做无谓的精力与体力消耗。走上仕途的人,无论如何洁身自好,与世无争,都不可能真正超然,到头来不是自己加入就是被人拖入无休止的党派、是非之争。看清了这一点，不愿生命被浪费、想要做一番实事、性情傲岸如张謇者，自然是急流勇退，毅然脱离政坛；而且反过来，为仍须吃官俸、不能脱身的黄绍箕感到难过。更何况当年欢聚京师、无话不谈的好友已经风流云散，为黄氏设想，自己走后，还有谁来安慰他，为他洗清疑忌呢？尾联照留别诗的惯例，表现了作者对朋友的关心，集中为对其处境的担心。实际上，身受猜忌的不只是黄氏，也有张謇，这份伤感因此属于两个人。在赞同变法的新派人士中，两人同翁同龢意见相近，属于稳健派，自然遭忌更多，因为那是一个新旧势力激烈交锋的年代。

通观全诗，固然尽是可哀之事，然而并不消沉，于深哀中有激愤，嫉俗之情溢于言表。诗风仍保持了其一贯的峭峻，正像其为人。

（原刊毛庆耆主编：《近代诗歌鉴赏辞典》，安徽教育出版社，1997年）

康有为《庚子八月五日阅报录京变事》鉴赏

五凤楼前再拜辞[1]，前年此日出京师。
忽惊烽火生褒姒[2]，空有波涛泣子胥[3]。
中国陆沉谁致此？逋臣飘泊更安之[4]？
西山一角青青在，北望凭栏有所思。

1900年8月14日（阴历七月二十日），八国联军占领北京，慈

---

1 五凤楼：北京紫禁城南午门上城楼的俗称。
2 "忽惊"句：周幽王为取悦宠妃褒姒，数举烽火以召诸侯。后外敌来攻，幽王再举烽火，诸侯以为戏，不至，王遂被杀。
3 "空有"句：伍员，字子胥，春秋时楚国人，后为吴国所用。吴王夫差击败越国后，不接受其拒绝越国求和之谏，反听信逸言，赐剑命其自杀。传说临死前，伍子胥嘱咐儿子将其头悬于城南门上，以便看到预料中的越国来攻；把他的尸体装入革囊，投进钱塘江，好乘着潮水来看吴王的失败。据说以后有人看见他乘素车白马出现在潮头。
4 安之：去哪里。

禧太后挟光绪皇帝仓皇西逃。半个月后,远在马来半岛的槟榔屿上政治避难的康有为,读报感事,怀着无限忧虑写下了这首诗。

引起诗人愁肠百回的首先是"八月初五"这个日子。两年前的这一天,康有为于天未亮时连夜出京。因为光绪皇帝已预感到变法失败危在旦夕,初二日交林旭带给康有为密诏一纸,命其"迅速出外",赴上海督办官报,以图后事。康有为出走的第二天,慈禧即发动政变,再度"训政",幽禁光绪帝于南海瀛台,"百日维新"至此结束。因此,每忆及离京出走,就想到戊戌政变,在感戴光绪皇帝的知遇之恩时,康有为对扼杀新政的慈禧太后自是切齿痛恨。而这个慈禧在两年以后,又再度把中国拖进灾难的深渊。照康有为看来,慈禧太后欲废去光绪皇帝,恐列强干涉,故纵容义和团"灭洋",才惹出八国联军入京的战火。作者为了强调慈禧的玩火生祸,使用了周幽王为博宠妃褒姒一笑,举烽火戏弄诸侯,终以此亡国的故事。而此时流亡海外的康有为,则自比为春秋时吴国被赐死的臣子伍子胥。尽管子胥死后,可以素车白马,乘着钱塘江的潮水看到吴王夫差的失败,验证了他的预言,但其心情应该还是痛苦的,他毕竟未能挽救他为之效力的吴国的灭亡。诗中的"空"字与"泣"字,也同时道出了康有为痛心国事而又无所能为的悲凉心境。

伍子胥不幸而言中,吴国终竟亡于越国;康有为也未尝没有先见之明,然而,他同样不能使国家幸免残破。追究导致"中国陆沉"的罪魁祸首,康有为以为非慈禧太后莫属。从望阙拜辞出京师的首联后紧承"烽火生褒姒"的构思,已显示出诗人的思考脉络。慈禧太后庚子年的误国之罪，实在早种因于两年前。康有为等改良派人士本来期望通过维新，达致国富兵强；不料慈禧坚持顽固守旧，断送了戊戌新政，也就使中国丧失了变法振兴的良机。而康有为对慈禧的愤慨，对时局的忧虑，在很大程度上也关涉到他对光绪皇帝的忠爱与眷恋。自称"逋臣"，以"保皇"为职志，已明示其人的身份。想到被倚为"圣主"的光绪帝不仅大权旁落，而且为外敌逼迫，流离播迁，康有为心中不禁一片黯然。自己已成孤臣孽子，无所依从，流亡生活更不知何日结束。思念及此，忧国、忧君与自忧的种种思绪已是纠结在一起，无可排解。

康有为到底不失政治家气度，学杜甫诗的沉郁顿挫已得其神，在哀痛欲绝之际，偏能以大力从容脱出。国土虽然沦丧，自身虽然亡命天涯，康有为在凭栏北望故国之际，却仍然有所期盼。京郊西山的青青一角，正是诗人的思念与希望所在。对中国的不会灭亡、光绪皇帝的复位，康有为并未失去信心。

（原刊毛庆耆主编：《近代诗歌鉴赏辞典》，安徽教育出版社，1997年）

梁启超《台湾竹枝词》(十首选二)鉴赏

韭菜花开心一枝,花正黄时叶正肥。
愿郎摘花连叶摘,到死心头不肯离。

绿阴阴处打槟榔,蘸得蒟酱待劝郎[1]。
愿郎到口莫嫌涩,个中甘苦郎细尝。

1911年梁启超游台时,台湾已沦陷于日本十六年。

甲午战败,清政府屈辱地签订了《马关条约》;然而,台湾人民不甘心接受亡国奴的命运,英勇地进行了反对割台、保卫台湾的抗日斗争。战斗最终失利,台湾民众的故国之思却无时或已。所谓"亡国之音哀以思"(《礼记·乐记》),深重的遗民之

---

[1] 蒟(jǔ)酱:用蒟子制作的酱,味辣,可调食。

感，使台地流传的民间情歌也失去了往日、他乡的欢愉音声，而别具一种凄凉哀婉的情调。

梁启超亲临其地，亲聆其音，自然感慨尤深。其《台湾竹枝词》十首，内容虽不脱男女相思的旧范围，但在作者，仍是别有会心。"序"中述及写作缘起，已明言："晚凉步墟落，辄闻男女相从而歌。译其词意，恻恻然若不胜《谷风》《小弁》之怨者。乃掇拾成什，为遗黎写哀云尔。"梁启超辑录台湾竹枝词，乃是因为歌词流露的哀怨之情，与《诗经》中著名的怨诗《谷风》《小弁》一样感人，正可以见出台湾人民刻骨铭心的遗民哀思。

于是，这组诗便获得了两个解读角度：

作为情歌来读，它具备了民间创作的基本素质，感情纯朴，口吻真切，善于使用比兴、双关，所咏事物地方色彩浓重。要表达爱情的专一、忠贞不渝，就用"韭菜开花"作比，以花心的"心"关合人心的"心"。花心与叶不肯分离，正像女主人公的心里至死也割舍不下她的情人。爱的热烈、浓挚，借助大胆、坦率的自白，给人留下鲜明、深刻的印象。槟榔、蒟子，在晋代嵇含专记岭南一带植物的《南方草木状》中已有著录，台湾岛上亦食用。槟榔除有消食、去湿的功用，在与婚姻有关的场合也常出现。《南方草木状》称："槟榔……出林邑（按：古国名，地在今越南境内），彼人以为贵。婚族客必先进；若邂逅不设，用相嫌恨。"（卷下）这个风俗在闽、广一直保存下来。黄遵宪记其家乡广东嘉应州（今梅县）流传的《山歌》，中有一首，述及男女结婚时，女方送给男方含义各异的五样果实，"送郎都要得郎怜"，其中便有"第三槟榔个个圆"。从送槟榔联想到婚姻,是一条现成思路,属于民歌常用的起兴手法题中应有之义。槟榔味涩,蘸上用蒟子制作的调味品,可以蒟酱的辛辣去涩。女主人公要她的情郎细细品尝,大约两人的恋爱不顺利,男方或许尚未觉悟,或许搞不清女子的真实心意。女主人公只好采用这种托物明心的启发方式,希望她的意中人能品出真滋味,明了她的一片苦心、一颗爱心。

而作为遗民诗来读,"美人""香草"的文学传统则赋予它政治抒情诗的品格。所有的男女相思之情,都可以视为台湾人民对祖国的眷恋。并且,这种思念并不因日本的占领日久而衰减;相反,殖民者的奴役只不过使血浓于水的民族意识更增强,以致非用"到死心头不肯离"这样悲壮惨烈的诗句,便不足以表达其故国之思的沦肤浃髓、至死不移。在此情境下产生的爱,自然带有"恻恻然"的苦涩味道。不过,读者在"细尝"之后,还是会得到"个中甘苦",被台湾人民伟大、执着的爱国之情深深打动。

需要"个中甘苦郎细尝"的不只是台湾遗黎,还有竹枝词的作者梁启超。他写这组诗时,尽管不少诗句直接借自原歌词,如"韭菜花开心一枝"一首,梁启超即自注"首句直用原文";但他既能够从中体会出遗黎之哀,当然也可以借"为遗黎写哀"之际,发露自己的情怀。从戊戌政变发生,梁启超东渡日本避难起,他流亡海外做逋客已达十三年。历久弥深的思归心绪,在同时写作的《台湾杂诗》与《蝶恋花·感春游台湾作》两组诗词中,均坦露无遗。梁启超自述其《蝶恋花》五首为"托美人芳草以写哀思",《台湾杂诗》的最后一首,前半段词义更显豁:"惨绿相思树,殷红踯躅花。能消几风雨,取次送年华。"其中"美人迟暮"的相思,都可以明确解作作者的故国之思。《台湾竹枝词》所发抒的台民的沉痛哀感,因此也有梁启超一份。

(原刊毛庆耆主编:《近代诗歌鉴赏辞典》,安徽教育出版社,1997年)

附 录

并不简单的"简单"
——李金发《记取我们简单的故事》简析

在诗思朦胧、难解的象征派诗人李金发的诗作中,有一首题名为《记取我们简单的故事》的小诗。(见后文所附原诗)诗并不长,共三段,每段九行,三段都以"记取我们简单的故事"开头。所用句式也较简单,在李金发的诗中,算得上语言最浅显和口语化的了。所写的故事很明白,思乡与爱的感情也表现得很清楚。总之,一切都似乎很简单,像诗题所要告诉人们的一样。

的确,这首诗与李金发众多云埋雾掩的朦胧诗不同,就像诗中所写的月下之景一样,全诗被一片清辉笼罩着。但仅此而已,这清辉固然是满月的光,以至"星儿那敢出来望望",但毕竟不是灿烂的阳光,并未将一切事物照得轮廓分明。诗中的情景虽写得很真实,却给人以梦幻之感。这除了与诗人将抒情的背景置于一个月夜的乡场上有关外,也与诗人选择的意象及描述方式密不可分。

第一段写"秋水长天,人儿卧着,草儿碍了簪儿,蚂蚁缘到臂上,张皇了"。虽然其中也用了些拟人化的手法,但基本还是很有生活情趣的白描，每个田园诗人都可以这样写。然而，"听！指儿一弹，顿销失此小生命，在宇宙里"，蚂蚁不见了，李金发特有的气质却在这一弹中显现出来。一个渺小的生命与吞噬一切的无边无际的宇宙的对比，还不足以给人一种人生哲理的暗示吗？

第二段用的手法也类似："月亮照满村庄，——星儿那敢出来望望，——另一块更射上我们的面。谈着笑着，犬儿吠了。"到此为止，一切都一目了然。然而，转变的契机出现了："汽车发出神秘的闹声。"在乡野的犬吠声中出现了代表喧嚣的城市生活的汽车声，的确有些不协调，李金发不失时机地嵌入了"神秘的"修饰语，给家常的农村夜景染上了神秘的色彩。于是，"坟田的木架交叉，如魔鬼张着手"，死神像一个摆不脱的魔爪，也侵入这一片欢愉的氛围中。看吧，一切快乐的终点都是死。

相对来说，第三段可说是最少伤感了。"你臂儿偶露着，我说这是雕塑的珍品，你羞报着遮住了，给我一个斜视，我答你一个抱歉的微笑。"从"偶"字上，从"遮住""斜视"的动作上，都恰到好处地摹写出了李金发幻想中的这位农村少女不胜娇羞的性格。"空间静寂了好久。"这一个停顿是必要的，诗人只是要把他微妙、偶发的精神之恋的感情借助这个可爱的女子形象写出，所以写到这里也就够了。静寂中自然有"斜视"与"抱歉的微笑"这两个动作的延长和终止，也有一种美好感情的凝固与永久化。最后说："若不是我们两个，故事必不如此简单。"故事虽然简单了，感情却因象征形象——"你"的存在复杂起来。

一首"记取我们简单的故事"的小诗，就是这样由于其中哲理的暗示及神秘、象征的意象而变得并不简单了。

（原刊孙玉石主编：《中国现代诗导读（1917—1938）》，北京大学出版社，1990年）

记取我们简单的故事

记取我们简单的故事：
秋水长天，
人儿卧着，
草儿碍了簪儿
蚂蚁缘到臂上，
张皇了，
听！指儿一弹，
顿销失此小生命，
在宇宙里。

记取我们简单的故事：
月亮照满村庄，
——星儿那敢出来望望，——
另一块更射上我们的面。
谈着笑着，
犬儿吠了，

汽车发出神秘的闹声,
坟田的木架交叉
如魔鬼张着手。

记取我们简单的故事:
你臂儿偶露着,
我说这是雕塑的珍品,
你羞赧着遮住了
给我一个斜视,
我答你一个抱歉的微笑,
空间静寂了好久。
若不是我们两个,
故事必不如此简单。

(选自李金发:《为幸福而歌》,商务印书馆,1926年)

明末三大家散叶

"明末三大家"的由来

不知是否由于中国文人对数字有特殊的兴趣，排比人物时，总喜欢撮计其数。一些在今人看来应冠以流派之称的文人群体，却往往以不那么规范的数字标示法流传下来。以致今版《辞海》文学分册在"文学流派"的栏目标题后，还要补上"并称"，方切事理。诸如"竹林七贤"、"三张二陆两潘一左"、"初唐四杰"、"大历十才子"、"唐宋八大家"、"九僧"、"苏门六君子"、明代诸"五子"（前、后、广、续、末）之类的说法，在古人记述中随处可见。近人陈衍断此为"文人好标榜"之习（《石遗室诗话》卷十八），不无道理。数人聚合一处，便立个名头，说起来好听，自然易于传扬，也就能很快出名。不过，如此得名，其声誉有暂有久。偏偏是标榜之风最烈的明人，享大名者少。众多当时在人耳目的文人，只因小团体之名而被采入史册，至于其作品及历史地位，是一点也说不上了。于此可见，生前得到的称号未必可靠；倒是后人追加的名目，因评价较公允，往往可以传之久远。"明末三大家"便属于后一类。

今之所谓"明末三大家"，系指明清之际的三位著名学者顾炎武、黄宗羲与王夫之。虽然三人历清之日长，居明之时短，后人却偏以"明末"界断，自然是为了凸显其均为入清后拒绝出仕的明遗民。三家都有大量著述传世，其名在当时虽或显或隐，但最终，三人的学术思想俱产生了深巨影响，并且至今不容漠视。

这样三位有着相当多共同点的学者，获得"三大家"的共名却是很晚的事。由于王夫之避处穷山僻壤，"声影不出林莽，门人故旧又无一有气力者为之表章"（李元度《国朝先正事略·王而农先生事略》），故殁后著作散失，名亦不为当世所重。就及身之誉而言，王远不如顾、黄。

黄宗羲初时与孙奇逢、李颙合称"三大儒"（全祖望《二曲先生窆石文》），明显是从宋明理学的传承着眼；而汪中拟作《国朝六儒颂》，以顾炎武与胡渭、梅文鼎、阎若璩、惠栋、戴震同列（凌廷堪《汪容甫墓志铭》），又纯粹从注重考据的汉学统系出发。二人虽同有名属，却不相关。当世也有同时推服二人者。如朱鹤龄《传家质言》，记时论以李颙、黄宗羲、顾炎武并己身为"海内四大布衣"，当是因四人行迹相近。作《尚书古文疏证》、直接开启乾嘉考据之风的阎若璩，治学颇自负，而论及学界翘楚，则坦言："生平所心摹手追者，钱也（按：指钱谦益），顾也，黄也。"（《潜邱札记·与戴唐器》）并称此一推举极为慎重，"当发未燥时，即爱从海内读书者游。博而能精，上下五百年，纵横一万里，仅仅得三人焉"(《南雷黄氏哀辞》)。不限于学问，推而广之，此名单也曾扩大为"十二圣人"(《又与戴唐器》)，顾、黄却始终在内。

这种并列方式广泛为后人认同，尽管附入者或有增减出入。如程晋芳以顾炎武、黄宗羲、李光地为"三学人"(《正学论五》)；江藩撰《国朝汉学师承记》，虽曾想把顾、黄沟而出诸外，终于采纳友人建议，将二人合卷，附于书后，但焉知这不是躲避文字狱的障眼法？江藩关于二人学术不纯及坚持反清故不为立传的理由，到底敌不过"客曰"清代汉学之风"二君实启之"，岂能"数典而忘其祖"的有力论断（卷八）。后一事例恰好从反面证明了，顾炎武与黄宗羲在学界占据高位的事实已深入人心，谈清代学术不首及二人，便是违反常情。

相比之下，王夫之没有顾、黄那么幸运，他最终能与二人齐名而成"三大家"，很大程度上是靠了他的湖南同乡、因平定太平天国而成为清朝功臣的曾国藩。这件事本身颇具反讽意味。而在曾国藩同治四年（1865）刊印《船山遗书》之前二十余年，先有邓显鹤刻书撰文，阐扬王氏之学，以王夫之与李颙、孙奇逢、顾炎武、黄宗羲相比较，认为其"刻苦似二曲（按：指李），贞晦过夏峰（按：指孙），多闻博学，志节皎然，不愧顾、黄两先生"(《船山著述目录》)，即无论从宋学还是汉学的功夫讲，王夫之都可与早已得名的诸大儒比肩。邓显鹤的说法显然被认作十分得体，其后，李元度的《国朝先正事略》及成于众手的《清史稿》，都一再抄袭这几句评语。也有别出心裁的组合，如梁启超在《论中国学术思想变迁之大势》中，推崇顾炎武、黄宗羲、王夫之、颜元、刘献廷为"五先生"，称之为"近世学术史之特色者"；刘师培除去刘献廷，而作《咏明末四大儒》，都是成例。

不过，由博返约，对其人的学术、思想做综合考察，而以顾、黄、王三人并称，首倡者大约仍应归功于湖南人。邓显鹤在《沅湘耆旧集》中表彰王夫之：

> 先生于胜国为遗老，于本朝为大儒。其志行之超卓，学问之正大，体用之明备，著述之精卓宏富，当与顾亭林、黄藜州［梨洲］诸老相颉颃。

这是我所见到的三人并提的最早说法。而邓氏分析"世鲜知"王的原因，是因"其书之若存若没，湮塞不行久矣"（《沅湘耆旧集》卷三十三《船山先生王夫之》），也有相当道理，但其揄扬乡先贤的心思亦分明可见。到了谭嗣同，更径直称之为"国初三大儒"（《上欧阳中鹄书》），显示在湘籍学者中，此说已成通论。

三家相提并论，原本是借顾、黄已有之名望提升王夫之。而王氏既"显"之后，近世学者不免又于三人中再分高下。1896年，谭嗣同致书其师欧阳中鹄，以新近输入的西方政治学说为依据，裁断三家，肯定"惟船山先生纯是兴民权之微旨；次则黄梨洲《明夷待访录》，亦具此义；顾亭林之学，殆无足观"（七月二十三日《上欧阳中鹄》）。1906年，章太炎在《民报》发表《衡三老》，则另辟思路。从反清革命的立场衡量，章氏认为王夫之最清白；顾炎武虽为清廷"假借其名以诳耀天下"，但其人不忘恢复，志行可嘉，故与王"未有以相轩轾也"。"三老"之中，章对黄宗羲独多贬词。"陈义虽高"的《明夷待访录》，被指为"将俟虏之下问"；其子百家之入明史馆，又以诛心之论断为"明臣不可以贰，子未仕明，则无害于为虏"，章氏以王夫之"《黄书》种族之义正之"，料定黄亦当"嗒然自丧"。而谭、章颇具近代意识的独重王夫之，无疑为现代学术界的研究走向奠定了基调。

尽管说法不一，但所谓"三大儒"或"三老"仍然代表了学界共识。此一并称随后也得到了官方的承认。1908年，清廷决定以顾炎武、王夫之、黄宗羲从祀文庙。能与孔圣人一同享受后人的祭拜，在古代读书人实为梦寐以求却百年难遇的殊荣。予三人如此优渥的礼遇，自然是因其在汉族士大夫中享有崇高声望，内外交困的清政府为收拾人心、笼络人才，不得已才出此计策。

然而，不论朝野之间推许的动机差异如何巨大，"三大家"的身份到清末已然确立，则是毫无疑义的事实。

1992年4月29日

（原刊《瞭望》1992年8月第35期，后有添改，此处为全稿）

并世三人　缘悭一面

顾炎武原名绛，字忠清，入清后更名炎武，字宁人，世称亭林先生，江苏昆山人，生于1613年，卒于1682年；黄宗羲字太冲，号梨洲，浙江余姚人，生于1610年，卒于1695年；王夫之字而农，号姜斋，世称船山先生，湖南衡阳人，生于1619年，卒于1692年。就生活年代而言，三人是严格意义上的同时代人。论出生地域，江、浙素来声气相通；衡阳虽偏远一些，却为控扼粤、桂、黔的交通要冲。在明末清初那个动荡的时期，大批士大夫为奔走国事或流亡避难，人员的流动区域相对扩大，频率明显增加。读当时人的传记或年谱可以发现，凡有所作为的士人，几无一株守一乡者。顾、黄、王也不例外。早年的应试、求学，明亡后的抗清、隐居，经历仿佛，行踪所及，都非一省所能限。以理揆之，三人似乎总该有机会相遇。不过，考察的结果却令人失望，三人不仅从未谋面，而且连交往也不多，甚或绝无音问。

王夫之便属于后一种情况。遍阅《船山遗书》，连王氏与顾、黄交游的蛛丝马迹亦不可得。这当是因其有意不与当世闻人相接，"足迹不出里巷"（《（同治）衡阳县志》卷七《王夫之传》）所致。但并不能因此而排除顾、黄之知晓其名。清人罗正钧纂《船山师友记》，即把顾炎武列入"外间知闻之友"一类，根据便是邓显鹤在《沅湘耆旧集》中的说法。由于顾氏《楚僧元瑛谈湖南三十年来事作四绝句》二、三首均有自注指明所咏人物，唯一、四首未加提示，邓氏便认定，"第一首则船山先生无疑也"（卷三十四）。其诗曰：

共对禅灯说楚辞，《国殇》《山鬼》不胜悲。
心伤衡岳祠前道，如见唐臣望哭时。

顾炎武于后两句有注云：《宋史·朱昂传》记梁篡唐后，唐旧臣朱葆光等寓居潭州（今湖南长沙），每逢正月初一、冬至，必立于南岳祠前，北望号恸，殆二十年。而近人王蘧常作《顾亭林诗集汇注》，则依据左宗植《京师九日同人慈仁寺祭顾先生祠赠同集诸君》四首之三所加注解，"或谓此诗为船山作也"，从而指认第四首诗乃咏王夫之，并加以疏证。其诗曰：

梦到江头橘柚林，衲衣桑下惬同心。
不知今日沧浪叟，鼓枻江潭何处深？

前者着眼于地理、事迹的相合，后说侧重于辗转隐避的影写，虽莫衷一是，却不约而同都联想到王夫之。"诗无达诂"，解诗必定符合作者原意，本是很困难的事情，何况是这种藏头露尾、若有若无的本事。说无道有，似乎都言之成理，而确凿无疑的证据怕都拿不出。

与诸家考证王夫之的揣测之词不同，顾、黄间的交往倒是有案可稽。

黄宗羲《南雷诗历》中有《喜万贞一至自南浔以近文求正》一诗，系于丁未年（1667）。诗中叙及其友徐枋（字昭法）论近世文章家，入眼才四人，"生者宁人（顾）及太冲，死者归德侯方域，其一昭法不多让"。黄氏虽称"其言然否不敢白"，但对徐枋之推崇自己，不但列名四人之中，而且特以归有光相比类，内心实深为自得。当年所作《与徐昭法》的赠诗及晚年撰《思旧录·徐枋》一则，均一再称引后说，可见一斑。然而，中国文人的小狡狯在这里也显现出来，以感激知己掩饰高自标榜，方不致引起世人的讥议，此乃通行的做法。而必须做出比较与评判时，谦虚又是为人看重的美德。黄宗羲在撮述徐枋之言后，照例该表态，所说"余于三子仅为役"，并不出人意料。其是否为写实语，则不得而知。可以相信的是，黄之"余交侯、徐不识顾"的自白，证明起码到1667年，黄、顾尚未见过面。

再查顾炎武集，也未提供二人相聚的实证。逝世前三年（1679），顾有《答李子德》一书，大约是李因笃来函以黄宗羲、吕留良比论顾氏，表示崇敬，顾炎武才答以："梨州［洲］、晚村，一代豪杰之胤，朽人不敢比也。"于自谦之中，显示出对黄氏的熟悉，而其实仍不过是如黄之于顾的知名而"不识"。只是这并非意味着二人之间从无往来，并且，鱼雁之通首先发自顾氏。

1676年，顾炎武在京城见到黄宗羲的弟子陈锡嘏与万言，二人出示黄著《明夷待访录》，顾氏读后，十分佩服，于是主动修书与黄宗羲结交。信中先叙十五年前，一到杭州，"便思东渡娥江，谒先生之杖履，而逡巡未果"，说明顾炎武对黄宗羲钦慕已久。此后，游踪相左，遇合无时。虽"于圣贤六经之指，国家治乱之原，生民根本之计渐有所窥，恨未得就正有道"。读《明夷待访录》，"于是知天下之未尝无人，百王之敝可以复起，而三代之盛可以徐还也"。其书所指陈，可以为后王之师，顾氏对此深信不疑。又告之："炎武以管见为《日知录》一书，窃自幸其中所论，同于先生者十之六七。"也有不同处，如黄氏于《建都》一篇认为，有王者起，当都金陵（今南京）；并比较关中与金陵之利弊，以为关中久经战乱，无论人才、经济，均无法与雄踞东南的金陵抗衡。顾炎武对此议不以为然，凭借其往来南北的阅历及实地考察的心得，指出："惟奉春一策必在关中，而秣陵（按：即金陵）仅足偏方之业，非身历者不能知也。"（此数语在中华书局版《顾亭林诗文集》中刊落）但到底是知音难得，顾氏因此将自己可谓"英雄所见略同"的《日知录》八卷本及《钱粮论》二篇奉上，希望黄氏有所了解与指正。信末殷殷表示：

> 倘辱收诸同志之末，赐以抨弹，不厌往复，以开末学之愚，以贻后人，以幸万世，曷任祷切。

一种嘤嘤求友、相见恨晚的意绪流贯全篇。

黄宗羲对此信有何回应，今存各种黄氏文集中未露端倪。而据顾炎武1679年复陈锡嘏信所言，"黄先生弟前年曾通一书，未知得达否"（《与陈介眉》），可知黄氏并未作覆。但信黄宗羲确实是收到了，其子百家在顾发函之次年，有《上顾宁人先生书》，即叙及"冬间忽得先生所寄家大人书暨所著《日知录》、《钱粮论》"。至于黄宗羲为何不亲自命笔作书，或许自有缘故，后人已不可确知。不过，按照黄百家开篇之语，称年幼时，其父"屈指当世人物"，仅得五人，顾炎武便在其内，则黄宗羲对顾炎武应是心仪已久，相当敬重的。

虽不做答，黄氏对顾炎武的信其实极为重视。1888年，其时已在顾去世后六年，黄宗羲手订《南雷文定》印行时，附刻了交游尺牍二十六篇，顾札即在其中。又，黄氏逝世前二三年，作《思旧录》，追忆"桑海以前之人"，"其一段交情，不可磨灭者"（《跋》），内中也有《顾炎武》一则，云："顾炎武，字宁人，昆山人。不得志于乡里，北游不归。"接下来便叙述顾通讯事，且引录信件原文，再无他话。其间不无借机自炫之意，而对于顾炎武的眷顾之情，黄氏到底不能忘怀。二人至死未能一会，也于此得到证实。

1992年5月6日
（原刊《人民政协报》1998年6月22日）

顾、黄、王家世略说

中国人崇拜祖先，天然具有复古倾向，这是近代以来许多中外学者参照西方社会所得出的共同结论。作年谱，专有"谱前"部分追述历代祖宗；论学术，也首重学者的家学渊源；甚至宋人郑樵撰写皇皇史著《通志》，也以"氏族略"列于二十略之首。说不清何为因、何为果，更多是在因果不断置换的过程中而逐渐强化、根深蒂固的传统，使得家世对于大多数中国人确实成为如影随形、无法摆脱的"背景"。从民间流传的"龙生龙，凤生凤，老鼠生儿会打洞"，到"文化大革命"中的"老子革命儿好汉，老子反动儿混蛋"，无一不是这种敬祖观念的变种。而推至极端所招致的谬误，并不能说明原初命题的不正确。因而，家族史对于人物研究便并非无用的长物。

事实上，顾炎武、黄宗羲、王夫之都是古老传统的信奉者，作为学者，他们都留下了关于家世的记述。其中，顾炎武的《顾氏谱系考》起于"辨得姓之本",止于"本宗世系"表,最具学术性;黄宗羲的《黄氏家录》与王夫之的《家世节录》,则在很大程度上带有传示子孙的意义。或许,顾氏的无后而由其侄承祧,使他对家族的溯往偏向于考证,较少如黄、王之文的情感与文学色彩。

就祖上而言,顾炎武是道地的大家子弟。顾姓在江东为望族,魏晋南北朝时期,尤烜赫一时。顾炎武所录的这一支,从其高祖辈开始显达。曾祖顾章志官至南京兵部右侍郎,本生祖顾绍芳曾任左春坊左赞善兼翰林院编修。顾炎武的过继祖、绍芳之弟绍芾则未入官场,仅为国子监生。自此,直至明末,顾家虽书香不断,却不再出达官。顾绍芾原有一子同吉,不幸早逝,没有留下后代。按照古代宗法的规定,必须为同吉立嗣,绍芳之子同应的第二个儿子顾炎武便成为当然人选。其家庭教育,于是由非亲生的祖父与母亲两代人共同构成。

顾绍芾平生淡于名利,用顾炎武的话说,"盖古所谓隐君子也"。其癖好中影响顾炎武最深的,是浓厚的史学兴趣。他有过一件很少人会如此去做的"壮举",即抄录邸报,且持之以恒,从万历四十八年(1620)七月至崇祯七年(1634)九月,除失落的三年半记事,抄成的文字尚存二十五函。停笔的原因,也非怠惰或厌倦,而是由于年老体衰,精力不济。尽管如此,他每次阅报时,仍于要目处做标记。这些史料,后来经顾炎武采辑补充,编成《三朝纪事阙文》,以为明史研究的参考。

祖父的历史癖对于顾炎武不只是外在的感染,还落实为具体的课督。年仅十岁，顾绍芾即教其读《左传》《国语》《战国策》《史记》，次年又授以《资治通鉴》。虽然老友认为这种史学教育过于"阔远"，劝顾绍芾改教其孙学八股文，绍芾亦因年愈老，望孙成龙之心愈切，但当顾炎武由习科举文而进一步显露出"独好五经及宋人性理书"的倾向时，顾绍芾仍忍不住教导他："士当求实学，凡天文、地理、兵农、水土，及一代典章之故，不可不熟究。"（俱见《三朝纪事阙文序》）这种话在顾炎武年轻好游之当日，未必很在意。而明亡后，家国之痛改变了其生活道路与学问追求，祖父的言传身教便成为富有启示的家法，为顾炎武所继承与光大。

如果说顾绍芾留给顾炎武的学术遗产是务实学，将历史与现实融贯起来，那么，母亲王氏留给他的人格遗产，则是节义精神。王氏最早为顾炎武开蒙，读至朱熹《小学》中"忠臣烈女之言，未尝不三复也"。此后，在协助顾绍芾教炎武读史书时，也多选忠臣烈士的事迹，寓节义教化于历史学习中。这种先入为主的教育，影响及于顾炎武一生。王氏虽是位弱女子，却有过两桩不寻常的举动。她只是顾同吉的未婚妻，未及成婚，顾氏即病亡。王氏不食数日，借赴顾家祭奠的机会，便往依不归。今日评说，可以视之为封建礼教的牺牲品；而在古代社会，这种为理念而献身的女子，因行事非常人所能为，反能获得世人的尊敬。明朝政府的批准以"贞孝"二字旌表其门，也成为顾家最风光的大事。崇祯皇帝自尽后，清兵下江南，破南京，南明福王政权顷刻覆灭。不久，常熟、昆山先后失陷。王氏闻讯，即绝食十五天身亡。她为顾炎武留下的临终遗言是:"我虽妇人,身受国恩,与国俱亡,义也。汝无为异国臣子,无负世世国恩,无忘先祖遗训,则吾可以瞑于地下。"(《先妣王硕人行状》)此语顾氏奉行终生,无片刻或忘。

顾炎武虽因继嗣,出离亲生父母,但毕竟骨肉相连。其家庭在清兵南下时遭受的重创,肯定令顾氏痛彻心脾。顾家原本兄弟五人,也算人丁兴旺。只是长兄先已去世,三弟患眼疾目盲。昆山保卫战后,入城的清军大肆杀掠,炎武的四弟与五弟一并遇难。其四弟妇朱夫人"知事急,引刀刺其喉,气息才属,僵卧瓦砾中"。顾母何夫人守护其旁,不肯离去,被清兵斫伤右臂。"久之,朱夫人得苏,起觅其姑,悲不自胜。手裂旧襦,为姑裹缠重伤,复自塞其颈,相抱匿庑下破屋以免"(徐乾学《舅母朱太孺人寿序》)。这段记述出自在清朝位居高官的顾炎武外甥徐乾学之手,自是真实可信。而家破人亡的惨遇,也只会加深顾氏对新朝的仇恨,并坚定其遗民信念。

黄家没有顾家那样久远的名望,但若论当世家声,顾炎武与王夫之均无法与黄宗羲相比。照黄宗羲的说法,黄家之儒雅彬彬,乃其曾祖黄大绶以后事。而振起之先声,却在高祖黄稔时。其间不无戏剧性。黄稔有一姊妹嫁与姜姓,姜为读书人,起初很贫困,黄稔常施周济。后姜氏考中进士,大宴宾客,而置其妻兄于别席。黄稔大为愤怒,"覆觞而誓姜氏曰:'不及黄泉,无相见也。'"(《黄氏家录·东河公黄稔》)所言出自《左传》。春秋时,郑庄公因母亲姜氏屡助其弟共叔段谋反,打败段后,即幽禁其母,并发出如上誓言,以示决绝。后来还是在孝子颍考叔的安排下,挖通地道,母子于地下相见,既维护了"君无戏言"的尊严,又巧妙地使姜氏获得赦免。黄稔则恐怕没有理由违背誓言。受此刺激,他自己尚无亲子,便发愤专请师傅教侄子读书,家人之饮食亦不敢与师徒二人相比,确乎在家中施行了"万般皆下品,唯有读书高"的森严等级。这种强烈的出人头地意识与求取功名欲望,虽然在黄稔生前无法得到满足,却在家族的血脉中沉潜下来,予后代以无形影响。

黄宗羲的曾祖父尽管早孤失学,靠耕田为生,仍念念不忘封典之荣,曾追问其孙黄尊素曰:"孙之推封其祖父,何品及之?"黄尊素对曰:"三品。"(《黄氏家录·赠太仆公黄大绶》)黄大绶终于享受到了"赠太仆寺卿"的荣名,然而也付出了孙子死难的沉重代价。黄尊素死时官爵仅为七品,但因其为魏忠贤一案的受害者,冤狱昭雪后,崇祯皇帝特加超格之封,才使黄大绶梦想成真。

使黄家真正出名的还是黄尊素。虽然黄宗羲称其父"志在济险,不欲声名自高",故谋事比其他东林党人持重;无奈党争已成水火之势,身为朝臣,非此即彼,必然要加盟一方。黄公最后之遇害,亦因上书请诛魏忠贤,与一般东林党人之政见并无二致。入清后,黄宗羲所以表彰其父"弥缝其阙,先事绸缪",不欲激怒宦官集团的苦心,焉知不是由于其时舆论对东林党的批评,认为诸人为求名而使党争加剧,造成明亡?黄宗羲尽管也不得不承认"使小人计乃无聊,借阉人以报怨者,天启诸君子之过也",但还要出脱其父,于是为"天下但闻其婞直之风",而深觉"岂不可叹"(《黄氏家录·忠端公黄尊素》)。当然,黄尊素被害一事,对黄宗羲毕竟是刻骨铭心之痛。祖父在其出入处大书"尔忘句践杀尔父乎"八字(《先妣姚太夫人事略》),用春秋时期吴王夫差立志报越王句践杀父之仇时每日重复的警言,时刻提醒着黄宗羲的复仇意识,也不断加强着他的党人成见。黄尊素临终遗命,一为指示黄宗羲读史书:"汝近日心粗,不必看时文,且将架上《献征录》涉略可也。"(《补历代史表序》)一为教黄宗羲师从王阳明学派重要传人、同为东林党人的刘宗周。黄宗羲日后均遵嘱而行,这对他兼治汉、宋学与关注现实政治的学术选择,有预为导向的作用。

"三大家"中,只有王夫之非名门出身,却也不是平头百姓,其祖父数代为世袭武官。也是到高祖时,家庭中才发生了对王夫之有意义的变化,"始以文墨教子弟,起家儒素焉"。不过,在科举仕宦上,王家一直没有大发迹。曾祖只做到县学谕。父亲王朝聘五十多岁时,才以副榜身份蒙恩进入国子监。虽明知"选政大坏,官以贿定",他仍委曲自己,不肯即行引退,意欲侥幸一搏,代功名未就之乃父实现遗愿;而终于不堪折辱,愤言"若出赇吏胯下,以重辱先人,是必不可",于是辞归。并且,从此闭门隐居,除亲戚、学生外,不与官吏及宾客来往,也不入城市。

王朝聘治家"以方严闻于族党"。他的教育方针颇为特别,遇子辈有错,并不立加指责,只是"正色不与语,问亦不答",让犯错误者心中发毛,自省后"流涕求改,而后谴诃得施"。王夫之描绘他的父亲是"大欢不破颜而笑,大怒不虓声而呵",的确给人一种威严感。而处世接物,给王夫之印象最深的则是"和粹"。《家世节录》记其两次受有力者推荐,均将信函、咨文扣留不发,亦不退还举荐人,其言曰:"何用做此晓晓,折彼意为。"因其固隐,凡走官府门路的同里儒生,"皆令携巾衫人走间道",不敢过其门前,他反而长叹说:"夫我奈何使人徒畏!"并从此不出门。王夫之对其父行事的解释是,"求尽于己,而不标君子之名以自炫",基本可信。而"以不求异于人为高,以不屑浮名为荣",固然值得尊敬,也有颇为拘谨、显得平庸的一面,所谓"处人己之间,当令有余"的教诲,便多此种意味。其做人因此每每自苦,"生平未尝败一陶器,残楮废稿,岁聚而焚之","诸非时蔬果、烹饪失宜者,绝不入口",让人感觉他活得很累。王朝聘于入清后去世,遗言葬于隐身处南岳潜圣峰下,"无以榇行城市,违吾雅志,且以茔兆在彼,累汝兄弟数见诸不净事也"(俱见《家世节录》),表现出拒绝清朝统治的态度,故王夫之称其"始终为明征士"(《武夷先生暨夫人谭太孺人合葬墓志》)。凡此内严外恕、不求闻达、小心谨慎、敌视新朝的行止,王夫之耳濡目染,自有所得。

其父当明末王学盛行之际,独"宗濂洛正传"(《显考武夷府君行状》),以周敦颐、"二程"所代表的正统理学对抗时风,故"敦尚践履,不务顽空",向自家身上验证学理,以修身进德为治学目的,归根结底,是"以克己为之基也"(《家世节录》)。据说因不欲近名,他虽于"天人理数财赋兵戎罔不贯洽,而未尝一语及之"(《显考武夷府君行状》),闲坐时,又常"举先正语录辩析开晓,及本朝沿革史传所遗略者,与前辈风轨,下及制艺"(《家世节录》),与儿子们讲论。本人尽管未有著述,但王夫之的治学路数,仍可说是渊源有自。

略为篡改一下旧时人家最喜欢用的一副对联,"忠孝(原作"厚")传家久,诗书继世长",移用在家庭背景各不相同的顾炎武、黄宗羲与王夫之身上,倒都是非常恰当的概括。

1992年5月12日
(原刊《人民政协报》1998年11月9日)

顾、黄、王行迹合述

共戴"三大家"之名的顾炎武、黄宗羲与王夫之，既然是同时代人，又因家世的影响而具有大致相近的思想背景，其在行迹上的相似本是情理中事。而令人惊异的是，三人人生轨迹的重合点竟然如此之多，以致在每一个阶段上，我们都可以把他们放在一起叙述。

不论上辈为官为民，顾、黄、王都算是儒门出身，读书自为本务；"学而优则仕"在古代社会又是通例，假如没有什么特别的事件发生，书生也不会放弃仕宦之途。因此，读书考科举，在三人都是顺理成章之事。明亡以前，顾炎武与黄宗羲的身份是生员，相当于俗语所谓"秀才"，且都在十四岁那年获此资格；王夫之最幸运，已考中举人。三人之中，似乎王氏最有希望到达科举阶梯的最高层。1643年，即崇祯皇帝自杀的前一年，王夫之本已动身赴京参加会试，却因张献忠起事，道路梗阻，行至南昌而折返。顾炎武则自进学后，连续参加乡试，直至二十七岁，仍未能中举，退而读史地书。黄宗羲又是别一种情况。十七岁时，家中发生变故，其父遇难。此后虽也应试，却不太上心，因自有成名之路。

在明末，文人出名不只靠科考或文章，还可以借重社集。这是为其他各朝所没有的。当时，大大小小的社团遍布大江南北，虽然宗旨不一，但文酒之会总是最基本的内容。与顾炎武和黄宗羲有关系的复社，即是江南一带政治倾向颇为鲜明的文人团体。顾炎武十七岁入社；黄宗羲则先曾参与杭州读书社的活动，二十一岁到南京，又正式加入复社。不过，在顾炎武当日，入社只是为朋友聚会提供了便利，没有很强的加盟某一政治集团的意识，因而事后回忆这一段生活，也只说是"臣少年好游，往往从诸文士赋诗饮酒，不知古人爱日之义；而又果以为书生无与国家之故"（《三朝纪事阙文序》），看来是把复社作为一般的文社来对待的。黄宗羲却不同。由于他所具有的死难名臣之后的特殊身份，天然地带出党派色彩，本人也很容易认同社中的政治氛围，于是，在复社发动的反对魏忠贤余党的斗争中，俨然成为重要人物。只有王夫之相对冷清些，衡阳自然无法与人文渊薮的江浙相比，但时风流被，总还少不了三五友人相聚唱和的小结社。王夫之即曾厕身其中。在《家世节录》忆述其父远声名的品德时，也提及："崇祯初，文士类以文社相标榜，夫之兄弟亦稍与声气中人往还。先君知之，辄蹙眉而不欢者终日。"不悦亦是无法，文人雅兴、书生意气加上少年人不甘寂寞的天性，都使得社事产生极大的吸引力。王夫之与友人正式结成的社集名匡社，主意不过是论诗评文，逞才较艺，即其所谓"论艺终长宵"（《广哀诗·文明经之勇》），"墨冷袜材客，巾残垫角雄"（《再哭季林兼追悼小勇匡社旧游》），与政局没有太大关系。

而清兵入京，不啻一股突然施加的外在强力，把三人从原先设定的生活轨道上弹射出来，彻底改变了其人生选择。无论是以为书生无与国事的顾炎武，还是流连诗酒的王夫之，抑或是党人意识浓厚的黄宗羲，此时都自觉地以抗清复明为职志，并实际参与其事，和树旗号于各省的南明流亡政权建立了联系。1645年，清兵南下之际，顾炎武先后参加了苏州、昆山两城的起义，此时身份是南京福王政府授予的兵部司务。起义失败，又有即位于福州的唐王政权遥授顾氏兵部职方司主事一职。他虽派家人前往联系，却因母亲未安葬，不能即刻赴召，而唐王朱聿键也很快被杀。当福王立国时，阮大铖当权，重兴党狱。黄宗羲因有攻阮事，早与之结仇，正成为阮氏的报复对象，几遭其害，自不能有所作为。踉跄东归后，即率家乡子弟数百人，组成"世忠营"，投入流转于浙东、闽东一带的鲁王麾下，由职方司员外累迁至左副都御史。他以一介书生，参谋军事，曾计划率师渡海攻取海宁、海盐，适鲁王大军溃败，而退守四明山寨。鲁王遣冯京第赴日本乞师求援时，也以黄宗羲为副使，行至长崎，不得所请而还。终因清廷实行连坐法，危及老母，他才不得不请求归去。自1645年至1649年，黄宗羲一直追随鲁王，于三人中，从军时间最久，所起作用亦最大。王夫之之行事也不逊于顾、黄。因衡阳直至1647年才被清兵攻占，王氏即于次年举兵反清。失败后，赴广东肇庆，入桂王朝中，拜行人司行人，辗转于广东、广西与湖南之间。1650年母亲去世，王夫之才脱离桂王，潜行返家奔丧。

三人各自回乡后，清朝的统治日益严密。顾炎武、黄宗羲虽仍不时与抗清人士暗通消息，秘密联络同志，有所谋划，却是明朝的灭亡已成定局，死灰不可复燃。并且，在生命时刻受到威胁的情况下，保存自己已属不易。顾炎武于顺治十二年（1655）、康熙七年（1668）两次入狱，黄宗羲自称"自北兵南下，悬书购余者二，名捕者一，守围城者一，以谋反告讦者二三，绝气沙墠者一昼夜，其他连染逻哨之所及，无岁无之，可谓濒于十死者矣"（《怪说》），都与反清活动有关。顾氏之远走关中，往来塞上，黄氏之东迁西徙，隐姓埋名，确乎当得起"真宇宙间之劳人也"（黄百家《先遗献文孝公梨洲府君行略》）一语。直到清廷自觉统治稳固，放松了对南明遗臣的追捕，顾炎武才得以著书立说，黄宗羲才能够讲学授徒。只有王夫之沾了点"天高皇帝远"的光，但也须遁入穷山野岭间的石船山，变姓名为瑶人，才可享其天年，并奇迹般地在剃发令推行数十年后，"完发以殁"（《清史稿·王夫之传》）。

1992年5月15日

（原刊《人民政协报》1998年11月23日）

难识古人真面目

后人无论是出于尚友古人还是"读其书，想见其人"的欲望，总希望知道人物的容貌，以缩短历史的距离，增加亲近感。在没有照相技术的古代，真正的传真写照其实很难做到。王安石因此为毛延寿抱屈，认为王昭君未得汉元帝赏识，最终被遣出塞，并非宫廷画家毛延寿有意丑化其形象，而是"意态由来画不成，当时枉杀毛延寿"（《明妃曲》其一）。高明如顾恺之，以"颊上益三毛"画裴楷，虽说是得其神矣，又毕竟为其人本无（《世说新语·巧艺》）。更不要说那些平庸的职业匠人，所画对象的形、神都有走失的可能。

生前传影已有如许难处，何况现在所见古代人物画像，多半是其人殁后，子孙为缅怀、祭奠先人，而请画师追写的。即使想象力再丰富，未见本人，也难形似，更无论神似。黄宗羲于其父逝后，请见过黄尊素的同邑画人追摹其像，也"仅得仿佛"，钱

黎洲先生小像

七世孫炳垕敬摹

黄炳垕摹梨洲先生小像

　　谦益所称"状若天神"者，已不可复现。黄母生前倒是留下不少小像，可惜皆出凡手，终不能令黄宗羲满意。反而是母亲去世八年后，得杭州画家黄子期为之图其母礼斗诵经像，黄氏瞻望之下，"恍然当日喃喃景象，不觉泣下沾巾"。黄子期未见过黄母，当是据历年小照影写，竟然"能得其神"（黄宗羲《赠黄子序期》），实在不易。

　　大多数死者便没有这么幸运，不过是就画匠所有的"百像图"中，指认一个近似的，摹写下来充数。至于像不像，只有子孙心里明白。吴趼人专写晚清社会丑态的小说《二十年目睹之怪现状》，也曾以此为话柄。其怪状之一，是写上海滩上的奸商买办李雅琴借朋友华伯明母亲的喜神，为自己的母亲做冥寿，即是钻了画像不像的空子。本来也可瞒天过海，偏是李氏又要装门

王船山先生遗像　　　　　　禹之鼎绘顾炎武

面，请来戴红顶子的华父行礼，这才被华父识破机关，回家大骂儿子"逼着你已死的母亲失节，害着我这个未死的老子当一个活乌龟"（第七十九回）。这事虽有极尽形容之嫌，到底还是说出了图像大抵失真的实情。只有认真拘执如程颢、程颐，才会以"一髭发不当，则所祭已是别人"（《程氏遗书》卷六）为理由，反对家祭用肖像。

　　说到"明末三大家"，今日所见到的诸种遗像，不知有几分相似。后人图写的，如黄炳垕为其七世祖黄宗羲所摹之像，便难保不走形。而生前留影，又不多见，佳作亦难得。如刘思肯为王夫之画小像，王氏便认为"不尽肖"（《鼓棹初集·鹧鸪天》）。以致我们比较同治四年（1865）金陵刻本《船山遗书》前所刊"王船山先生遗像"及禹之鼎所绘顾炎武像，竟会觉得相差无多。相

朱彝重摹顾炎武像　　　岑钟陵绘亭林先生中年以前小像

反,同一人之像,出自不同画师之手,也可以判若两人。鸠江朱彝重摹的顾炎武像,与后学岑钟陵的"亭林先生中年以前小像",别的不说,单是面形,便出入甚大,后者显然长于前者,这自然非年龄增添所能改变。

究竟"庐山真面目"如何,观像只是一方面,即使努力写实,也不免溢美,因而还需要时人客观的描述作为补充。

顾炎武自然不可能貌似王夫之,虽然关于王氏的尊容,我们未找到前人的记载,想来不致有什么特异处。而顾氏却有其好友归庄为之作评,语其"寝貌";或者用吴翔凤的话说,是"貌极丑怪"(《人史》)。以归庄与顾炎武的关系,自不会含丑诋之意,不过是向人引荐顾氏时,担心对方以貌取人,故要求"兄试略其寝貌，听其高言，知弟之非妄许也"(《与王于一》)。此种记述，在各种顾炎武画像中便都看不出来。

貌寝还是一句宽泛的实话，真正的原因也许与"传神写照正在阿堵中"的眼睛有关。据说顾炎武三岁时出天花，愈后一目眇；又说他双眼瞳仁中有一圈白翳，见者异之（据顾衍生所编《年谱》及全祖望《亭林先生神道表》）。不过，赵俪生撰《顾亭林新传》，对此说表示怀疑，因"亭林终生诗文中未见对目力不济作出任何抱怨叫苦的迹象"，而且顾氏晚年挚友王弘撰对其有"蝇头行楷，万字如一"(《山志》卷三《顾亭林》)的追忆，都表明顾氏"不像是留下目疾的样子"。只是，顾衍生为顾炎武嗣子，随行身边有年，记目眇不应有误。顾氏晚年自述其衰老相，亦有"齿豁目盲，已在废人之数"(《与李湘北学士书》)的话，可能言重，却不致全假。而"双瞳子中白而边黑"的传闻，则可能是"弟冠兄戴"。顾氏的外甥徐乾学所作《舅母朱太孺人寿序》，曾述炎武同胞弟顾纾"目眚"，即双眼患白内障。但无论如何，顾炎武的学者生涯并未因眼疾受很大影响，总不会错。至于天花出后是否留下麻瘢，却不见有人提及。

也许是出于"奇人异相"的心理，黄宗羲也从一出生，便被追述为与众不同。所谓其母"梦有麟瑞"而生黄氏，还可能是附会之辞；而黄百家称其父"额旁发际有红黑痣如钱，左右各一"，当系记实。本来应该是形象欠佳，叙述者偏有本事利用相面套语，"或曰此日月痣也，或曰此肉角相也"(《先遗献文孝公梨洲府君行略》)，将其圆满地转化为贵人相，却是与麟瑞之说同样不必认真对待。这两方痣想来不会自然消失，然而在画像中也寻不到，尽管黄氏留有一张足够大的侧面写真。

现在我们有了高度保真的摄影术，似乎可以妍媸毕现，不用再担心像古人那样有意无意地被"歪曲"了形象。但事情也未必如此。君不见高超的修版术仍然能够游刃有余，部分弥补人物的缺陷。既然爱美之心人皆有之，"为尊者讳"又不失忠厚之道，那么，我们便不该过于苛求古代的画师们了。

1992年5月20日

（原刊《瞭望》1993年9月第36期）

说"顾怪"

大致名人有点怪僻的多，或者正因为性格怪僻，才显得不一般。"明末三大家"中，要论怪，首数顾炎武。早年在家乡，他即与归庄有"归奇顾怪"之称（朱彝尊《静志居诗话》卷二十二）。而得名之由，实因二人与里中"以浮名苟得为务"的文人志趣不同，"独喜为古文辞，砥行立节，落落不苟于世，人以为狂"（顾炎武《吴同初行状》）。看来，所谓"狂""怪"，都是特立独行、不合时宜的贬义说法。若不以世俗之好恶为准，其"狂"其"怪"倒正是值得嘉许的品德。

与顾炎武仅有一面之交的李光地，对其个性也早有耳闻："孤僻负气，讥诃古今人必刺切，径情伤物，以是吴人訾之。"（《顾宁人小传》）猜想吴人訾之的缘故，还以关乎今人为多。其发言立论，常有骂尽世人之嫌。如云：

> 今以天下之大，而未有可与适道之人。……凡今之所以为学者，为利而已，科举是也；其进于此，而为文辞著书一切可传之事者，为名而已，有明三百年之文人是也。(《与潘次耕札》)

> 饱食终日，无所用心，难矣哉，今日北方之学者是也；群居终日，言不及义，好行小慧，难矣哉，今日南方之学者是也。(《日知录》卷十三《南北学者之病》)

如此说去，自不会得人欢心，只会遭人嫉恨。其数次被人倾陷，虽另有主因，亦未始不与其禀性有关。顾氏自然明白个中关联，却是无意敛性改容，反以"持身类迂阔"(《寄弟纾及友人江南》其三)、"绝无阉然媚世之习"(《与人书十一》)傲视世人。

顾炎武之任性直行，不容于世，连同被"狂怪"之名的归庄也觉其太过，为之担忧，而于数千里外，殷殷相劝。顾氏第二次于山东入狱事解后，归庄寄诗曰：

> 忽闻吾友事，亦如涉大川。
> 迢迢三千里，惟闻道路言：
> 事起两相仇，客子宜得全。
> 但忧吾友性，迂怪终不悛。
> 远祸在人为，岂容独恃天！
> 此世宜敛迹，知我惟龙泉。

(《顾宁人去冬寄诗次韵答之》其二)

诗语虽只及系狱事，而所说"迂怪不悛"，照归庄同时寄给顾炎武的信中解释，乃"初非因此事而发"，不过是有此一再发生、危及性命的大祸，而不得不沉痛言之。归庄到底是个儒生，其规劝之词也与世人不同，专为顾氏之讥诃古人深怀忧虑：

> 兄前书自言精于音韵之学，著书已成，弟未及见。但友人颇传兄论音韵必宗上古，谓孔子未免有误，此语大骇人听。因此，度兄学益博，僻益甚，将不独音韵为然。其他议论倘或类此，不亦迂怪之甚者乎！（《与顾宁人》）

归庄以为，"迂"已足招杀身之祸，何况又加上"怪"。故曰："此平生故人所以切切忧之。愿兄抑贤智之过，以就平庸也。"（《与顾宁人》）以一"峻节冠吾侪，危言惊世俗"（顾炎武《哭归高士》其二）的狂士，而出此言，非情逾骨肉不办。虽其意可感，对于"江山易改，本性难移"的顾炎武，这番忠告还是难以生效。

以顾氏此种性格，其取友必极严；而能够容忍他峻刻的直言不讳、愿与之为友的，其实也不多。内中尝与毛奇龄论音韵学，因毛氏诋斥其所信从的顾炎武之说为邪妄，而奋拳痛殴毛氏成重伤的李因笃（见全祖望《萧山毛检讨别传》），即对顾炎武怀有敬畏之心。李氏因谋生而入幕，不合顾炎武不为清朝做事的处世原则，顾氏去信有责难之意。李因笃于申诉不得已之情时，还要表示："然本来狂异，终亦未敢少贬。先生他时游履所在，如闻有纤毫之疵，则因笃不堪为亭林手足矣。"(《复顾先生》)其被迫应征入朝后，给顾炎武信中，又有"勿遽割席"之请（顾炎武《答潘次耕》引）。顾氏对于李因笃，真正是所谓"畏友"，令其于出处之间，总要仔细掂量，逆虑顾氏之有言。

这种交友之道，在先贤尽管奉为理想，而在现实社会中，往往使人敬而远之。世上人毕竟喜欢听好话的多，"忠言逆耳"虽有利于行，总不那么受用。何况时时处处有一人在暗中督责，这种精神压力也非人人所愿承受。幸好明清之际尚有相互砥砺志节的理想之士遗存，顾炎武才不致因其"迂怪"，而成"孤家寡人"。

经过严格的甄选，有幸成为顾氏挚友的人，得到的也不只是苛责，最终还有生死不渝的友情。一同参加抗清起义的知交吴其沆，遇难后，顾炎武曾三次去其家中，安慰吴母，以后又遣仆夫探望，使吴母感觉"几其子之不死而复还也"(《吴同初行状》)。曾因举兵反清被俘而被顾氏赞为"忠义性无枉"(《赠万举人寿祺》)的万寿祺，明亡后与顾氏定交；当其去世，顾炎武"素车白马，走九百里"哭之（归庄《与王于一》）。惊隐诗社的同志潘柽章与吴炎，为清初著名文字狱庄廷鑨明史案牵连被杀，顾炎武不仅在山西汾州遥祭友人，而且写成《书吴潘二子事》一文，立意将二人事迹传之后世。甚至有过北谒降清、衣蟒腰玉、从军南征之行的程先贞，辞官家居后，大约为着某种我们现在还不清楚的隐情，讲究民族气节的顾炎武却与之结识，且交往甚密，每过山东德州，必至其家，于其殁时，亦亲临送葬。凡此数例，已足见顾炎武之笃于友道。

而无论是直言规过，还是生死交谊，主持其间的其实都是真性至情。因而顾氏之被认作"迂怪"，倒恰好证明了世人的多伪。

1992年5月24日

（原刊《瞭望》1992年7月第30期）

说黄宗羲的"名士风流"

有一幅对子"惟大英雄能好色,是真名士自风流"流传甚广。不过,若非大英雄,尽可以好色(通常英雄倒是不好色,例如传说中的关羽);即使假名士,亦必定风流。可见"风流"已成为"名士"的特点标志。

而照贺昌群先生的考证,"名士"一词在中国古代实经历了内涵的演变:其原初意义应为知名之士,《礼记·月令》中所云"聘名士"者即是;汉末则大抵指反对宦官政治、以澄清天下为己任的士大夫;魏晋之际,那些借清谈与醉酒逃避现实、对政治感到绝望的不合作者,被冠以"名士"之称;最终,南朝时期,名士中的杰出之辈说妙语,美风度,精义理,其末流便只剩下放诞不羁、哗众取宠的本事,即王恭所总结的:"名士不必须奇才;但使常得无事,痛饮酒,熟读《离骚》,便可称名士。"(《世说新语·任诞篇》)不幸的是,后世正是从这一意义上接受"名士"

的概念（贺昌群《英雄与名士》）。

既然"名士"的身份有阶段性的变异，"风流"自然也与时推移，而呈现语义差别，从品行卓异，到不拘礼法，降而至于性行为不检点。又不幸，后世也更多从末一意义上使用这一词语，仿佛"名士"总是与"艳遇"一类的风流事联系在一起。我本无意矫正千百年来形成的语言习惯，之所以辨析其间的异同，原是因为用"名士风流"的字眼来状写顾炎武或黄宗羲时，有加以区分的必要。

读《亭林文集》和《黄梨洲文集》，会有一个发现，顾炎武与黄宗羲都使用过八俊、八顾、八及、八厨的典故。只是顾炎武用得不多，《与原一公肃两甥》信中回忆平生所历，有"未登弱冠之年，即与斯文之会，随厨、俊之后尘，步杨、班之逸躅，人推月旦，家擅雕龙"之语，描述早年参加复社活动的情况。黄宗羲集中则所在多有，既用以自述生平，如《避地赋》中"遂猖狂骂为党人兮，祸复丛夫俊、及"；又用以推许朋辈，《仇公路先生八十寿序》数及昔日交游之张溥、吴应箕、艾南英等人，"一时为天下所宗，几于三君、八俊"。而辞意所指，也不离复社中人，其所谓"复社之名，俨然如俊、及、顾、厨之在天下"（《钱孝直墓志铭》），已说得十分明白。

查考八俊、八顾、八及、八厨（包括"三君"）之典，无一例外，均出自《后汉书·党锢传序》，其人都属汉末名士。复社之反对宦官魏忠贤余党，标榜气节，自视、也被人视为东林党后进，正与以党锢被祸的汉末名士行事、志节相近。用此典故于复社之情事，不仅极为贴切，也见出顾、黄年轻时的名士风流，实以汉末清流为榜样。

不过，相对而言，黄宗羲比顾炎武的名士习气更重。顾氏此后始终以救天下为己任，与东汉名士的澄清天下仍有相通处；而其避名就实，不好标榜，则又与之相异，故亦可谓之"志士"或"烈士"。黄宗羲却是从始至终，名士心态不改。

六十八岁时作《黄复仲墓表》，便有充足表现。文章起首即慨叹明亡后士大夫之忧色苦面，语多卑俗，"名士之风流，王孙之故态，两者不可复见矣"。而所述黄子锡，恰是身兼二者的劫余人物。从黄宗羲的描述中，我们可以看到他对于"名士风流"的理解："北海南馆，投壶卜夜，广求异伎，折节嘉宾；出有文字之游，入有管弦之乐；绕床阿堵，口不言钱"，为明末之黄子锡的写照。"入杼山种瓜，培壅如法，瓜味特美"；"即甚困乎，然焚香扫地，辨识金石书画，谈笑杂出，无一俗语；间画山水，清晖娱人"；"其硕宽堂，兵后瓦砾堆积，复仲遂因瓦砾位置小山，古木新篁，亏蔽老屋，正复不恶，盖复仲不以奔走衣食，失其风流故态"，为入清后之黄子锡的意态。套用贺昌群的分法，其为人物，最多可上溯到魏晋名士，尤近于南朝之上等名流。

文中固然也述及黄子锡于明亡之际有举兵之议，隐居后，"壮怀未能销落"，本与东汉名士同怀，而黄宗羲对此未加渲染，显然并不以"名士风流"之固有情态视之。可以这样理解，若在明末一类衰世，激扬清议的政治热情原不可少，仅从黄宗羲对俊、及、顾、厨的偏爱，不难悟到。只是在黄氏眼中，此乃"风流"之变态，与本文在全面意义上的使用尚有些许出入。

虽然如此，黄宗羲之早得大名，毕竟是在晚明末世，这便注定了他与汉末名士心迹相接。当其出而应世，即是以东林被难大臣之后这一有强烈政治色彩的身份出现。崇祯皇帝昭雪冤案，众孤子皆"讼冤阙下，叙其爵里年齿，为《同难录》，甲乙相传为兄弟，所以通知两父之志，不比同年生之萍梗相值也"（见黄宗羲《顾玉书墓志铭》）。同难兄弟的同病相怜、同仇敌忾，使他们成为晚明社会中很有号召力的一股政治力量。黄宗羲也因此知名于世，并成为主持科举的考官争欲罗致门下以资夸耀的对象（黄宗羲《前乡进士泽望黄君圹志》）。尽管阴错阳差，黄氏终未入选，其名声却照样蒸蒸日上，腾于众口。

就中具名《留都防乱揭》，为其早年最风光之事。除《同难录》中的兄弟外，黄宗羲当时还交结了一批志趣相投的同志。形迹最密的沈寿民、陆符、万泰，都是一时名士。三人也一同列名于《留都防乱揭》，而尤以沈氏对揭帖出力最多。

崇祯十一年（1638），因魏忠贤余党阮大铖避居南京，观望时势，拉拢复社名流，以图再起，复社领袖张溥也有意加以利用，增强在朝中的势力，南京一班独持清议的青年学子于是发起驱阮，以伸张正气。先是沈寿民以诸生上疏弹劾宰相杨嗣昌，末尾并及阮大铖，由此而引发了留都防乱的公议。吴应箕对阮氏以逆党人物而公然招摇过市早已十分愤慨，遂与顾杲、陈贞慧商量，推沈氏之意，拟成《留都防乱揭》，大张阮大铖种种罪状，并痛言：

> 当事者视为死灰不燃,深虑者且谓伏鹰欲击。若不先行驱逐,早为扫除,恐种类日盛,计画渐成,其为国患必矣!

此揭草成,东林子弟顾杲以顾宪成从孙,义不容辞,名列揭首;受魏党迫害致死的死难诸家怀有深仇大恨,推黄宗羲领衔,名居第二。"一时胜流咸列其姓名",计有一百四十二人(一说为一百四十人)。这确实是一次名士的大聚会。公揭一出,阮大铖气焰顿沮,"杜门咋舌欲死"(黄宗羲《陈定生先生墓志铭》),并因此埋下了南明弘光朝党争的伏线。

《留都防乱揭》不仅打击了阮大铖的复出活动,显示了清议的力量,而且提高了黄宗羲等具名者的声望。驱阮的政治意义如此鲜明,毋庸置疑;而这一行动中所蕴藏的名士风习,也不应漠视。黄氏的《陈定生先生墓志铭》即记述了他们在反阮的同时,任情纵性的一面。

揭文公布的次年,吴应箕与陈贞慧又在金陵发起组织了国门广业之社,参加者大致仍是揭中署名人。黄宗羲也在其内,并与陈贞慧、张自烈、梅朗中、沈士柱、冒襄以及不在揭中的侯方域等关系最密切。数人"无日不连舆接席,酒酣耳热,多咀嚼大铖以为笑乐"。其"咀嚼大铖"的情状,在陈贞慧长子维崧的《奉贺冒巢民老伯暨伯母苏孺人五十双寿序》中有更详尽的描绘:陈贞慧、冒襄于崇祯十一、十二(1638、1639)年在金陵,广交宾客,尤喜与东林被难诸孤儿游,"游则必置酒召歌舞。金陵歌舞诸部甲天下,而怀宁(按:即阮大铖,其为安徽怀宁人)歌者为冠，所歌词皆出其主人。诸先生闻歌者名，漫召之。而怀宁者素为诸先生诟厉也，日夜欲自赎，深念固未有路耳，则亟命歌者来，而令其老奴率以来。是日，演怀宁所撰《燕子笺》，而诸先生固醉，醉而且骂且称善。怀宁闻之殊恨"。阮大铖的《燕子笺》传奇作得确实不坏，所以这些精于赏鉴的顾曲行家听到好处，也会"称善"；却是绝不因此而宽宥阮氏，于是仍少不了痛骂。

本来，驱阮作为一场政治斗争，建起堂堂之阵，树起正正之旗，将《留都防乱揭》公之大庭广众，造成一种不容抵御的社会舆论，便已完其使命。而黄宗羲等人犹以为未尽兴，又逞意嘲骂，便是青年名士的做派。老成持重的政治家自不会如此行事。虽然我们不会因此而原谅阮大铖日后处死周镳、欲将黄宗羲与顾杲等人下狱的大肆报复，却还是可以理会，其恼羞成怒并不全在防乱一揭。

黄宗羲的顾曲雅兴原不始于金陵，此前已甚浓。《郑玄子先生述》记其1634年到杭州，读书社的郑铉常来访，而"夕阳在山，余与昆铜（按：即沈士柱）尾舫观剧。君过余，不得，则听管弦所至，往往得之，相视莞尔"。而且，据黄氏《感旧》诗其五自注，"昆铜在西湖，每日与余观剧"，兴致之高，直是无以复加。

宴游除酒、乐之外，助兴还少不了善解人意的二八佳丽。何况秦淮名妓天下闻名，又何况与之连舆接席的诸人多有此嗜好。冒襄之于董小宛，侯方域之于李香君，已成流传不绝的风流韵事。黄宗羲的忆旧文章中虽避而不谈自己，并对侯方域"必以红裙"侑酒不以为然，吴应箕于宴饮中欲招顾媚，也被黄氏引烛烧去纸条（见《思旧录》中《张自烈》《吴应箕》二则），然而晚年所作《怀金陵旧游寄儿正谊》第四首《秦淮河》一诗中，还是隐约透露出个中消息：

> 河房曾挂榻，不异蕊珠宫。
> 数里朱栏日，千家白苎风。
> 渡烦桃叶泪，舟赛角灯红。
> 昔日繁华事，依稀在梦中。

这里正好可以用上余怀的《板桥杂记》做注脚：

> 秦淮灯船之盛，天下所无。两岸河房，雕栏画槛，绮窗丝障，十里珠帘。主称既醉，客曰未晞。游楫往来，指目曰"某名姬在某河房"，以得魁首者为胜。薄暮须臾，灯船毕集，火龙蜿蜒，光耀天地，扬槌击鼓，蹋顿波心。自聚宝门水关，至通济门水关，喧阗达旦。桃叶渡口，争渡者喧声不绝。

则"河房挂榻"，应是指名妓礼待名士。难怪私淑黄宗羲的全祖望，对其学推崇备至，以为"有明三百年无此人"（《答诸生问南雷学术帖子》）；而语及"明人放浪旧院，名士多陷没其间"，又为"黄太冲亦不免焉"而惋惜（《记石斋先生批钱蛰庵诗》）。

金陵冶游，或许还可以少年荒唐解之；而黄宗羲七十四岁高龄，作诗尚不忘此情，七十五岁又有《童王两校书乞诗》三首与《送二校书还天台》二首，以"蓝桥再到望云英"（后诗其二）的诗语预订后约，便只能归之于根深蒂固的明代名士旧习了。

品题人物，作为裁量公卿以批评朝政的一种清议手段，历来是名士的特权。当年与黄宗羲交好的少年名流，个个有拯救天下之志。沈寿民、周镳、陈贞慧、吴应箕等皆研习"佐王之学"（见黄宗羲《征君沈耕巖先生墓志铭》《陈定生先生墓志铭》），大有"如欲平治天下，当今之世，舍我其谁也"（《孟子·公孙丑下》）的气概。黄宗羲自然也不例外。观其明亡后著《明夷待访录》，以伊尹、吕尚事业相期许，已可知其自视之高。

名士的一种惯态是出言轻而视事易，黄宗羲的一班朋友也不免此习。陆符便"热心世患，视天下事以为数著可了"（黄宗羲《陆文虎先生墓志铭》）。而清议也被他们当作一步登天以施展王佐之才的通天梯。这番心事在黄宗羲的《寿徐掖青六十序》中有明白表述：

> 当坊社盛时，吾辈翘然各有功名之志。居常如舍瓦石，品核公卿，裁量执政，不欲入庸人小儒之人度。直望天子赫然震动，问以此政从何处下手。

只是崇祯皇帝对这些雄心勃勃的青年士子并不感兴趣，对结社的形式更深为忌讳，故黄宗羲等人的欲为王者师，终究只成为一厢情愿的清梦。

借品题人物以干预朝政之计虽不行，仍可退而求其次，向地方官通报人才。黄宗羲名噪一时，自然少不了摆弄此事。实际他所从事的，也更多是名士间的排行。日后回忆说：

> 是时一方名士皆有录，学使者至，以公书进之，大略准之为上下。（《思旧录·刘应期》）

> 余累执笔，聚同社而议之曰：某郡某人，某县某人，某也第一，某也次之。多者十余人，少者四五人。（《郑元澄墓志铭》）

黄宗羲既为人所重，握有品鉴一方人物的大权，形势便与东汉名士李膺很有些相似。经李氏接待的士人，立时身价百倍，谓之"登龙门"。无独有偶，读书社社友郑铉、冯惊等人赴黄竹浦访黄宗羲，因村路泥滑，不能下脚，郑氏也笑言："黄竹浦固难于登龙门也。"（黄宗羲《郑玄子先生述》）虽是玩笑话，亦可见黄宗羲在时人心目中的地位。

于是，除朋友来往外，奔走其门前的也不乏希图青睐以得好处之人。吕留良记其时黄宗羲兄弟气势之盛，谓"一二新进名士欲游其门，不可得至，有被谩骂去者"（《友砚堂记》），当与此有关。不予接纳，固然显示了黄宗羲的不滥交，却也见出其名士领袖少所许可的心态。而谩骂以去，虽未必是黄宗羲所为（倒像其弟黄宗会的举动），但也活现出黄家兄弟共有的名士狂态。

此外，名士必不可少的品行还有独持己见，尽管其原非名士所专有。黄宗羲于明亡后，众口非难王阳明之学空疏亡国、援佛入儒之际，创作《明儒学案》，以王学为主，述其学派占全书多半篇幅，且"独于阳明先生不敢少有微词"（仇兆鳌《〈明儒学案〉序》），正见其举世非之而不疑的品格。

黄宗羲晚年治学沉潜，其特立独行自是经过深思熟虑；而青年时代的标新立异、不同流俗，虽更多为意气之争，也未可与后期行止斩然判分。还在参与读书社时，好争辩即是社中风气：

> 月下泛小舟，偶竖一义，论一事，各持意见不相下。哄声沸水，荡舟沾服，则又哄然而笑。

争到激烈处，如沈士柱与刘同升论某人意见针锋相对，各不相让，竟至闹到"揎拳恶口"，由黄宗羲劝解才算罢手（《郑玄子先生述》）。黄氏虽不至如沈士柱之挥拳相向，但前述月下争论也有他一份。《思旧录》为读书社旧友江浩撰写的一则云："余与之月夜泛舟，偶争一义，则呼声沸水，至于帖[沾]服。"喜与人不同，甚至故意颠倒时论，本是名士好奇的表现。不过，在黄宗羲当日，其不肯轻易附会，即便是好友亦不苟同的为人，仍有其可爱可敬处。

如果就"名士风流"的全部语义来说，黄宗羲可说是集大成者。南朝名士缺少东汉名士的政治热情与风节，东汉名士也很少南朝名士的放浪形骸与玄思。黄宗羲以一身而兼之，谓为"名士",自是当之无愧。不过,明亡前的热心政治与入清后的拒绝合作,仍是其名士生涯的主导面。因此,他为一位与之经历仿佛的同辈人所作"始为名士,继为遗民"(《寿徐披青六十序》)的评语,用来概括其本人与顾炎武的一生,倒也十分恰当。

1992年6月5日

(原刊邵燕祥、林贤治编:《散文与人》第2集,花城出版社,1993年)

逾矩与守法

据说孔子为劝人向学,才隐圣同凡,自述其问学次第为:

> 吾十有五而志乎学,三十而立,四十而不惑,五十而知天命,六十而耳顺,七十而从心所欲不逾矩。(《论语·为政》)

"矩"者,法也。终生修行所达到的最高境界是动辄合法,可见守法实为孔门最要紧之事。人们又往往不理会孔子"同凡"的苦心,而比论即使孔子这样的"圣人",要把本来相互对立、排斥的"欲"与"矩"调适好,使天人合一,可自我作法,尚须七十年,则其艰难至极可想而知。既然我们所知道的读圣贤书的学子们多数只是平庸的守法者,他们压抑自我,忍受中规合矩之苦,显得拘谨小气,现代人不免要对那些能够葆其天性、享受随心所欲之乐的少数杰出的逾矩者表示歆羡，而忘掉了孔子所指示的和合二者的人生化境。

用世俗的二元对立法来区分，就行为方式与心态而言，顾炎武可说是偏于守法，黄宗羲则偏于逾矩。观其所读之书，也可见一二。

顾炎武虽然强调"博学于文"（《日知录》卷七《博学于文》），而读书实取专精一途。自称"五十以后，笃志经史"，鄙薄诗文为"雕虫篆刻"，无益天下（《与人书二十五》），晚年自以读经史研究类书为务。即使早年专心治学以前，习科举，作诗赋，所读也不逾子部、集部书。《与归庄手札》中，即描述了其当时最放纵的读书情状：

> 别兄归至西斋，饮酒一壶，读《离骚》一首，《九歌》六首，《九辩》四首，士衡《拟古》十二首，子美《同谷》七首、《洗兵马》一首。壶中竭，又饮一壶。夜已二更，一醉遂不能起，日高三四丈犹睡也。

用来下酒之物，仍不过是屈原、宋玉的楚辞以及陆机、杜甫的古诗，终不脱传统文人本色。

黄宗羲却不然，其所习已不无越出正业处。尽管认定用世之学宜专，所谓"丈夫出而用世，无论学术之醇疵，所最忌者杂耳"（《东庐记》），原因在于专一才能见效，驳杂只会偾事；但读起书来，黄氏却是杂而不专。他从小便"好窥群籍"。十四岁时，于做完八股功课之余,已偷偷购买《三国演义》《东周列国志》等小说,藏在床帐里,夜晚拿出来看。此事对于黄宗羲日后的读书生涯颇有预示意义,表明黄氏从来不是个循规蹈矩的书呆子。阅读通俗小说虽为士大夫阶层所鄙薄,黄父尊素先生倒很开明。他对付黄母"揭发"的回答是,读小说"亦足开其智慧",而不取禁读之方(黄百家《先遗献文孝公梨洲府君行略》)。这对黄宗羲的读杂书无异起了鼓励的作用。此种嗜好又并非少年人一时心血来潮,其《南雷余集》中所录《胡子藏院本序》,《南雷诗历》中所收《听唱牡丹亭》《题宿香斋小说》,即显示了黄氏对包括小说、戏曲在内的杂书持久不断的兴趣。

而在丧葬这类儒家视为有大礼存焉的人生事项上,更可见出二人的差异。顾炎武每以守制为行事准则。其友王弘撰之父有一后死妾张氏,守节五十余年,侍奉家中老小。王感念其恩德,丧礼有意从丰。顾炎武虽也说"君子以广大之心而裁物制事",却只能"广大"到认可王氏的"为位受吊,加于常仪",以报答、表彰张氏做庶母数十年的苦节深恩;对于王弘撰欲将张氏与其父合葬之议,则"以为非宜",理由自然是不合礼制。在他看来,庶母的身份是"位",节行属"德",德可报,位不可越,故安葬规格不能改变。他以自己身历的祖父二妾"葬之域外"为例,谓其合于《周礼·冢人》所言,而提请王弘撰效法;又详细指授其入葬程序:"将葬,当以一牲告于尊公先生而请启土。及墓,自西上,不敢当中道。既窆,再告而后反。其反也,虞于别室,设座不立主,期而焚之。"(《答王山史》二书)其斤斤守矩,在熟读经书的友朋中亦不多见。

表面上，黄宗羲处置此类事也遵制而行，然而暗地里实有轶出规则之举。他为友人高斗魁撰写墓志铭，便一反"铭之义称美弗称恶"（吴讷《文章辨体·墓碑墓碣墓表墓志墓记埋铭》）的传统格式，而显露褒贬之意。一则曰高氏行医得名，并非纯靠医术，亦得力于揣摩人情；一则曰其命短志高，名将不免随其身一同泯灭。此文一出，不仅招致与黄宗羲有嫌隙的吕留良的攻击，而且黄门弟子陈锡嘏（字介眉）也以为措辞不妥，请其师更易此数语。

黄氏答书中，一如顾炎武的引经据典，却只在为自己的打破常规辩解，出发点已相距遥遥。他教训门人："夫铭者，史之类也。"同时也承认："史有褒贬，铭则应其子孙之请，不主褒贬。"尽管如此，黄氏还是强调"铭"与"史"即记实的关系具有决定意义："而其人行应铭法则铭之，其人行不应铭法则不铭，是亦褒贬寓于其间。"这种溯古，还是以阙文代替贬语，并非直言不讳，如同黄氏于《高旦中墓志铭》中所为。黄宗羲对此有一解释：后世铭法失落，正需要一二大人先生公行直道，"以埤江河之下，言有裁量，毁誉不淆"，举例则有韩愈、欧阳修诸大家文。他因此告诫弟子当"是是非非，一以古人为法"，而不宜"复徇流俗，依违其说"。是非鲜明不只是黄氏对碑志文作者的要求，于请求作文的家属，他也认为其应取直与信的态度。否则，"诬则不可传，传亦非其亲"，非"贤子孙之欲不死其亲"（《与李杲堂陈介眉书》）之道。

这番议论似乎很有道理，然而也只能博得敬仰黄氏、谊兼师友的李邺嗣的赞许，以为"益知名文大家下笔深意，是非之严，使新学小生不敢轻议作者，其有功于文章之事不小矣"（《答黄先生书》），却无法获得笃信程朱理学的吕留良的原宥。吕氏逐一驳斥了黄宗羲的论点，以其"称人之恶"的志铭之义为"不仁之甚"；以其比拟韩、欧为"不伦"，因初心不同，一致"叹惜"，一施"巧诋"；以其标榜古文之法而撰高氏墓志铭，为"岂惟古文之道亡，将生心害事，其为世道人心之祸，又岂小小者乎"（《与魏方公书》）。所言虽取道德语，却未尝不合乎志铭的本意。在吕氏可谓之"为贤者讳过"，而高氏子孙之不以黄文示人、刻墓，也正是遵循了《春秋》"为亲者讳疾"（《春秋穀梁传·成公九年》）的古法。

分别考察，顾、黄已有如许不同；若面对同一事件，如为黄宗羲夫人叶氏撰写碑志，二人所显示出的差异更明显。

顾炎武曾主动致函黄宗羲，表示仰慕与交友之意。黄宗羲虽未复信，却由其子百家（原名百学）恭恭敬敬写了一封《上顾宁人先生书》。除推服之语外，其中心意图是请求顾炎武为其母作一墓志铭，并提供了行略。话已经说到"遍思当世大人，能以如椽之笔留其姓氏者，止有先生"，"使不得先生片辞志其幽石，俾先母一生苦衷付之冷焰，则学辈之罪不益深乎"的份上，顾炎武该有所动心了；何况这个主意很可能出自黄宗羲本人，只因黄氏自觉不便直接出面，故由其子代言，未亲自回复顾信的道理也许在此。

谁知顾氏生性迂怪，且处事守法，到底没有满足黄家的要求。不写的理由在《与陈介眉》信中讲得十分清楚："但黄先生见存，而友人特为其夫人作志，所据状又出其子之词，以此迟回，未便下笔。"即顾氏以为友人代替黄宗羲撰文及黄宗羲未亲笔提供夫人行状，都是不合规制的。不过，顾氏毕竟与黄初交，又颇怀敬意，故提出友善建议：由黄宗羲自作墓志铭，"友人别作哀诔之文，则两得之矣"。如此，既不负黄家之请托，又不违反礼仪，这才是真正的两全其美。其实，再仔细想来，连信札系写给黄门弟子而非黄家人这样的微末处，都体现出顾炎武的周到。

黄宗羲似乎也不乏周到。因黄百家作其母行状，呈请黄宗羲过目，他于是写了《庭诰》一文。开篇便征引南宋理学家王柏的话，谓"妇人不当有行状"，通常只可"附夫"而志；如必须独立为文，"书其妇德，亦不过数言"。因此批评其子之文乃"徇世俗而为之"。

《庭诰》的主要部分是所谓"按古法而书之"的叶氏生平略历，特别突出其"黄忠端公之子妇，梨洲山人宗羲之妇"的定位，以及黄尊素生前对叶氏所下"贤孝"的评语。但于"古法"实际仍有变通处。如述及三子之婚娶时，黄氏自注："子妇法不宜叙，今援王元之（按：即北宋文人王禹偁）例。"此种援例，恰如上述引据韩愈、欧阳修之碑志文，乃所谓"变"，而非古法之"常"。悠悠百代，若要违例，原不愁找不到前人以为借口。这应该是很浅显的道理，博学如黄宗羲，自然心中有数。而文末命其子持此篇往告郑梁，请郑作志，预言"其必不以世俗之文诳汝也",不过是故示正大,落在顾炎武眼中,仍属有违古例。

郑梁撰《叶安人墓志铭》,固然很能领会黄宗羲心意,叙事置黄氏于主位,铭文也大赞"忠端之妇,梨洲之偶,谈何容易,无惭箕帚";然而,既要使叶氏其人其事表见于世,行文便不得不求详求备,这又违反了数言书之的古法,而沦为黄氏所称"世俗之文"。并且,黄宗羲请郑梁写墓志,可说是一开始就错,这与他引以为据的王柏拒绝刘朔为其母撰文的请求完全背道而驰。如王柏代表"古法",黄氏所行便是不遵古法的逾矩。

逾矩在今天很容易得到同情。而我想说的是,守法对于顾炎武也并非我们所想象的苦役,却是自觉服膺的信念,并成为一种性格特征,与正直、刚毅、有操守、不曲学阿世等品德联系在一起。无论其是否迹近"圣贤",都更需要获得今人的理解。

1992年5月30日

(原刊《人民政协报》1998年12月21日)

坐而言　起而行

自来在人们眼中，书生是最无用的。所谓"无用"，指的是能说不能行，或曰"思想的巨人，行动的矮子"。这一点，连书生本人也不讳言。唐代诗人杨炯写诗说："宁为百夫长，胜作一书生。"（《从军行》）书生还远比不上古代军队中最下级的军官对国家有用。到了清代的黄景仁，自省自责的意识更痛切，索性直言"百无一用是书生"（《杂感》）。不仅不能治国平天下，连养活自己、维持家庭亦有所不能，书生无用，已无过于此。也有不使用这类贬语，而以"精神胜利法"自慰者，如曰"君子动口不动手"。书生本动不了手，动辄吃亏。于是以动口者为君子，动手者便被打入小人之列，吃了亏的书生还可以获得某种道德上的优越感。而究其实，仍不过是"书生无用"的"美其名曰"。也因此，坐而言、起而行便成为期于有用的文人心向往之的崇高目标。

不过，据清代学者程晋芳的意见：

> 由明以上，迄于秦汉，儒家者流学博而精，所见者大，坐而言可起而行者，殆无几人。

而程氏接下来提到的顾炎武与黄宗羲，便是这不多几人中的两位。尽管他所称道的"实有可见诸行事者"，乃专指二人之学（《读〈日知录〉》）；推而广之，顾、黄之处事举措，实也体现出这一品格。

说来有点耸人听闻，顾炎武与黄宗羲都曾亲手杀过人。还不是从军之际的战场杀敌，而是平居之日的致人死命。一介书生，有此举动，自是非同寻常。

黄宗羲的杀人乃出于为父报仇。黄父尊素被魏忠贤党羽逮捕入狱，惨遭杀害。明思宗继位后，立即打击魏忠贤势力，魏党成员也以逆案论罪。受其迫害的东林党后裔，纷纷上京诉冤，为仇家定罪作证。黄宗羲时年十九岁，于诸孤中年最少。除奏疏外，他带入京城的还有一把长锥。五月会审许显纯与崔应元，因许氏曾经拷问黄尊素，黄宗羲于当堂对簿时，"以长锥锥彼仇人，血流被体"；并痛殴崔应元之胸，拔其须发，携归，祭于黄尊素灵位前。二人罪证确实，均被判斩刑。黄氏又与周延祚、夏承一起，痛打直接杀害诸大臣的牢子颜咨与叶文仲，二人被"登时捶死"。六月会审李实等人，黄宗羲再次出锥刺之。在黄氏虽然是"自拚一死，以冲仇人之胸"，犯下杀人之罪；而明思宗顾念黄宗羲等为"忠死孤儿",终未加罪(黄宗羲《思旧录·周延祚》、黄百家《先遗献文孝公梨洲府君行略》及全祖望《梨洲先生神道碑文》)。

古代中国本不乏孝子报仇的故事,其举动的触犯刑律,也往往因得到舆论的同情而不予论处。不过,此类情况多半发生在对手势力强大之时,复仇者力薄身单,唯有拼死一击,别无他法。而黄宗羲其时并非必须挺身而出,依靠皇帝的决策与刑部的审理,完全可以达到置仇人于死地的目的。黄却以为尚不解恨,渴望品尝亲手报仇的快感。于是与一般人的坐听好音不同,起而动手,杀人偿命亦在所不惜,黄氏的勇于任事于此可见。

孝子为父报仇,历来受人称誉,因此黄宗羲的杀人能于光天化日下做成;其情虽可原,到底不是非出手不可。顾炎武的杀家奴陆恩则不同。顾氏的意图是杀人灭口,身家性命系于一身,不得不铤而走险;既要灭口,便不能为人知晓,故须隐秘从事。

此事经过,在顾炎武的《赠路光禄太平》诗序中有自述:

> 先是,有仆陆恩,服事余家三世矣,见门祚日微,叛而投里豪。余持之急,乃欲告余通闽中事。余闻,亟擒之,数其罪,沉诸水。其婿复投豪,讼之官,以二千金赂府推官,求杀余。余既待讯,法当囚系,乃不之狱曹而执诸豪奴之家。同人不平,为代愬之兵备使者,移狱松江府,以杀奴论。

这段话仍嫌简略，顾氏好友归庄有《送顾宁人北游序》，叙事便较为详细。其词曰：当崇祯末年，顾炎武的祖父顾绍芾与胞兄顾缃先后去世，"一时丧荒，赋徭猬集，以遗田八百亩典叶公子，券价仅当田之半，仍靳不与。阅二载，宁人请求无虑百次，乃少畀之，至十之六，而逢国变"。顾炎武又遭母丧，家势更衰。叶氏本以"凌夺里中"闻名，其田产与顾氏相邻，早蓄意侵吞——

> 适宁人之仆陆恩得罪于主，公子钩致之，令诬宁人不轨，将兴大狱，以除顾氏。事泄，宁人率亲友掩其仆，执而箠之死。其同谋者惧，告公子。公子挺身出，与宁人讼，执宁人囚诸奴家，胁令自裁。

同人为之告官，"始出宁人"。初审在苏州府，判其"杀无罪奴"，当服筑城苦役，刑较重；友人又设法移狱到松江府再审，"坐宁人杀有罪奴，拟杖而已"，刑已很轻。此中所言"叶公子"，即叶方恒，字嵋初。

归庄于叶氏设计侵夺顾氏家产前后经过虽言之甚明，然而，对于顾炎武杀陆恩之内情，因关系重大，反语焉不详。倒是陆陇其的《三鱼堂日记》中所录闻诸陆元辅之言，可以补阙：

> 鼎革初，（顾）尝通书于海，糊在《金刚经》后，使一僧挟之以往。其仆知之，以金与僧，买而藏之。后其仆转靠叶方恒，叶重托之。宁人有所冀于此，仆曰："《金刚经》上

何物也，乃欲诈我乎？"宁人惧，遂与徐封翁谋，夜使力士入其家杀之，取其所有，并其所托亦尽焉。（卷五）

所云"徐封翁"，应为顾炎武的妹夫，康熙朝显贵徐乾学、徐元文之父。此处的"通书于海"与顾氏自述的"通闽中"，都是指顾炎武于清初顺治二、三年（1645、1646），与即位于福州的南明唐王政权联系之事。《亭林诗集》中有《李定自延平归赍至御札》，即因顾氏所遣家人李定从唐王处归来，带回唐王授顾炎武兵部职方司主事一札而志感。狱发时，正当顺治十二年（1655），其时南明永历政权尚存，清朝统治还未稳固，故凡参与复明抗清活动，均被视为重罪。陆恩掌握了顾炎武与唐王交通的证据，要挟告发，顾氏为死里求生，迫不得已而杀陆，也是可以想到的。

不过，三人关于杀人过程说法不一，归庄记为聚众打杀，陆陇其记为遣人代杀，究竟仍以顾炎武自承"擒之"而"沉诸水"为最可信。通海既是大罪，杀人亦属犯法，顾氏虽可与亲友相商，却不便兴师动众，人亦未必愿分其责；即使遣力士前往，仍有可能留下把柄。自己亲手治家奴之罪，毁去证据，实在是诸策中最稳妥的办法，也符合顾氏刚毅果决的个性。

经朋辈多方营救，顾炎武总算是大事化小。只是其杀人动机尽管也是情有可原，却不比黄宗羲的容易被社会认可，特别是因其背后包含的那段政治隐情。连出力最多的顾氏至交归庄，在《与叶嵋初》信中也承认，陆恩虽为家奴，也"不可杀"，杀陆"误在顾"。叶方恒以地方豪强，更不肯善罢甘休。顾炎武狱解后，寓居南京，叶氏竟遭"刺客及之太平门外，击之，伤首坠驴，会救得免"，并趁机指使陆恩家属劫掠顾家，以遂其霸产之初愿（归庄《送顾宁人北游序》）。而所凭借者，仍然是顾氏杀人理不直，无法与之较量。

社会舆论虽各有说道，若单从黄宗羲与顾炎武采取的报复方式看，均与人们心目中的文弱书生行止迥然不同。"状貌如妇人好女"的张良所使用的雇力士暗杀秦始皇为韩国报仇（《史记·留侯世家》），本是书生中最通行的做法。既无力杀人，又不敢承担杀人所带来的道德压力，便只有借刀一策了。陆元辅称顾氏亦有力士代劳，不过是以常理推之。而顾、黄之计不出此，偏自为之，正见出二人确是古来书生中少见的敢作敢当、"言必信，行必果"者。黄宗羲的被"指之为游侠"（黄炳垕摹"梨洲先生小像"题词），顾炎武的人称"古所谓义士"（王弘撰《山志·顾亭林》），都指出其于案头研读外，别有践履。"无用"之说，可谓与之无缘。

1992年6月11日

（原刊《东方文化》1993年10月第1期）

读万卷书　行万里路

作为学者,"读书破万卷"自是看家本领,不然何来学识渊博?顾炎武与黄宗羲之能读书,当日已是有口皆碑,以致阎若璩于二人殁后,有"自是而海内读书种子尽矣"(《南雷黄氏哀辞》)的感叹。阎若璩不知道同时代还有个王夫之,故未加论列;即使熟谙其人,也难保阎氏不除之于外,因为他对"读书种子"的要求原本极高。不过,在我看来,王夫之读书的刻苦、勤勉,绝不在顾、黄之下。

不妨略作引述。王弘撰称顾炎武:

> 四方之游,必以图书自随,手所钞录,皆作蝇头行楷,万字如一。每见予辈或宴饮终日,辄为攒眉。客退,必戒曰:"可惜一日虚度矣。"其勤厉如此。(《山志》卷三《顾亭林》)

顾氏弟子潘耒也据其闻见，谓顾"精力绝人，无他嗜好，自少至老，未尝一日废书"(《〈日知录〉序》)。而李邺嗣记黄宗羲：

> 且先生年逾六十，尚嗜学不止。每寒夜，身拥缊被，以双足置土炉上，余膏荧荧，执一卷危坐。暑月，则以麻帏蔽体，置小灯帏外，翻书隔光，每至丙夜。以先生所造，然犹老而好学若此，此真古今人所绝少也。(《奉答梨洲先生书》)

黄子百家更有亲身体会："与府君钞书，寒夜必达鸡鸣；暑则拆帐作孔，就火通光，伏枕摊编，以避蚊嘬。算历未符，力索穷搜，心火上炎，头目为肿而不辍。"(《先遗献文孝公梨洲府君行略》) 无独有偶，王夫之季子王敔为其父所作《行述》亦云：

> 自潜修以来，启瓮牖，秉孤灯，读十三经、廿一史及张、朱遗书，玩索研究，虽饥寒交迫，生死当前而不变。迄暮年，体羸多病，腕不胜砚，指不胜笔，犹时置楮墨于卧榻之旁，力疾而纂注。

当然，因王氏僻居山野，访书不易，所见不及顾、黄广博；而其刻意求精，深思细究，亦可掩其不足，或时有过人处。

除了"读万卷书"，古语还同时强调要"行万里路"。"纸上得来终觉浅，绝知此事要躬行"(陆游《冬夜读书示子聿》)，是一解；"孔子登东山而小鲁，登太［泰］山而小天下"(《孟子·尽心上》），是又一解。前者讲究的是实际考察，后者注重的是开拓心胸。若做真学问、大学问，求实与闳达均不可少。而顾炎武对"读书"与"行路"的关系还另有高见：

> 独学无友，则孤陋而难成；久处一方，则习染而不自觉。不幸而在穷僻之域，无车马之资，犹当博学审问，古人与稽，以求其是非之所在，庶几可得十之五六。若既不出户，又不读书，则是面墙之士，虽子羔、原宪之贤，终无济于天下。（《与人书一》）

即是说，哪怕"读万卷书"，其学问亦不完全，所缺之近半，尚须靠"行万里路"求得。如果二者一无所有，即使如孔门弟子子羔、原宪一般具有良好的资质与品德，也属无用之儒。至于顾氏以为"出户"是为了访求学友，破除偏执，原也是"游学"题中应有之义。

顾炎武、黄宗羲与王夫之自然都非囿于一乡的书生，三人于明末共同经历的参加科举考试与反清斗争，驱使他们离开家乡，奔走在外。而清朝政权由建立而逐渐稳固以后，王夫之日益隐入深山，黄宗羲虽仍不时走动，登庐山，游虎丘，踪迹却很少逾出江南。只有顾炎武走路最多，且多半在北方活动。若说"行万里路"，顾氏诚然当之无愧。

离乡远游，在顾炎武初时主要是为了避仇。对这一点，他并不讳言。叶方恒勾连顾家奴仆陆恩，欲置顾炎武于死地之情状，在顾氏的《赠路光禄太平》诗前小序中已有叙述，且明言："豪计不行，遂遣刺客伺余，而余乃浩然有山东之行矣。"归庄的《送顾宁人北游序》说得更坦率："宁人度与公子讼，力不胜，则浩然有远行。"叶方恒在地方上势力强大，顾炎武与之较量既不能取胜，生命反受到威胁，只好一走了之。不过，即便如此，凡出门远行，掉首不归，总该有个光明正大的题目，比"避难"说起来更体面。归庄为顾氏送行时，即明确表示，"吾辈所以望宁人者"，非如古代"伍员之奔吴""范雎之入秦"为避仇报仇而出走，却更有大于此者。顾炎武本是读书人，这大名目便很容易派定为访书求友。顾氏的一班朋友正是如此行事。

顺治十四年（1657），顾炎武决意出游。其同学好友二十一人联名作《为顾宁人征天下书籍启》，为之送行。文以"东吴顾宁人（名炎武）驰声文苑垂三十年"开场，叙顾之家世、学历，尤着重于其学术志向：

> 自叹士人穷年株守一经，不复知国典朝章、官方民隐，以至试之行事，而败绩失据。于是尽弃所习帖括，读书山中八九年，取天下府、州、县志书及一代奏疏、文集遍阅之，凡一万二千余卷。复取二十一史并实录，一一考证，择其宜于今者，手录数十帙，名曰《天下郡国利病书》。遂游览天下山川风土，以质诸当世之大人先生。

据此，顾炎武之出行，乃是为了完成《天下郡国利病书》这一巨著，以达其学以致用、言可安邦的治学目的。于是，同学好友为之向四方人士鼓吹说：

> 昔司马子长遍游四方，乃成《史记》；范文正自秀才时，以天下为己任。若宁人者，其殆兼之。今且北学于中国，而同方之士知宁人者敬为先之以言，冀当世大人先生观宁人之文，以察其志，而助之闻见，以成其书。匪直一家之言，异日天下生民之福，其必由之矣。

署名者多为江南名士，抗清志士，故词气慷慨，宗旨正大，直以司马迁与范仲淹之事业寄望于顾炎武。

这一年，顾炎武四十五岁。此后，他便如孟子的"辙环天下，卒老于行"，岁岁出游，几乎终年都在路上。十年后，重读友朋辈的送行启，顾氏感慨系之，题跋中述其读书、行路所得，自是言之亲切：

> 自此绝江逾淮，东蹑劳山、不其，上岱岳，瞻孔林，停车淄右。入京师，自渔阳、辽西出山海关，还至昌平，谒天寿十三陵，出居庸，至土木，凡五阅岁而南归于吴。浮钱塘，登会稽，又出而北。度沂绝济，入京师，游盘山，历白檀至古北口。折而南，谒恒岳，逾井陉，抵太原。往来曲折二三万里，所览书又得万余卷。爰成《肇域记》，而著述亦稍稍成帙。然尚多纰漏，无以副友人之望。（《书杨彝万寿祺

等为顾宁人征天下书籍启后》）

十年之内，于"行万里路"的同时"读万卷书"，古往今来，怕是没有人可与顾炎武比肩。何况在读书、行路之外，他还有大著作完成，则顾氏毅力之强，尤令人感佩。

周游北地，得山川之助，影响虽在潜移默化中，但顾炎武著作的体大、著实，未始不受其感染。而结识众多北方学者，切磋学问，对于其治学风格的形成及研究思路的开阔，更可切实指出。尤为重要的是，顾炎武本为留心世务的有用儒，并不满足于书本的传写，期望能见诸行事。故每至一地，考察政情民俗、地势物产，以印证所学，便成为必不可缺的功课。江山易形，人事代谢，世界的变动不居使得学无止境，顾炎武于此中感到兴味无穷。友人朱彝尊谓其"侨居日少，暇辄周览山川，考古今治乱之迹，证以金石铭碣，著书盈箧"（《静志居诗话》卷二十二），尚属老实而简略的记述；李光地的描写便颇具文学色彩：

骑驴走天下，所至荒山颓阻，有古碑版遗迹，必披榛菅、拭斑藓读之，手录其要以归。（《顾宁人小传》）

所言为其行路状。落店情景，则有潘耒"旅店少休，披寻搜讨，曾无倦色"（《〈日知录〉序》）之语，可补李氏叙事之不足。

至于李光地以为顾炎武的交通工具是毛驴，多半是想象之词。顾氏出行之初，本"跣行二百七十里"。其后二年，"一身孤行,并无仆从"。又二年,乃与行商结伴,"提挈书囊"。1662年以后,才有"仆从三人,马骡四匹"(《答人书》)。其《与潘次耕》信中也明白承认,"频年足迹所至,无三月之淹。友人赠以二马二骡,装驮书卷。所雇从役,多有步行。一年之中,半宿旅店"。这应是最权威的说法。最终,全祖望综合种种材料,写出集大成的一段文字,便为顾炎武的走读形象定了型:

> 凡先生之游,以二马二骡,载书自随。所至厄塞,即呼老兵退卒询其曲折,或与平日所闻不合,则即坊肆中发书而对勘之;或径行平原大野,无足留意,则于鞍上默诵诸经注疏,偶有遗忘,则即坊肆中发书而熟复之。(《亭林先生神道表》)

全氏虽生于顾氏后,未交其人,而所述切合情理,倒如亲见一般。

学问随着行踪而见长,名声也随着交游而扩大,这本是在同学送行公启上具名的归庄,另作《送顾宁人北游序》中所深望于顾氏者:

> 宁人之学有本,而树立有素,使穷年读书山中,天下谁复知宁人者?今且登涉名山大川,历传列国,以广其志而大其声施。焉知今日困厄,非宁人行道于天下之发轫乎?

归庄果然言中，顾炎武终不负友朋之望，行半天下，名满天下。日后回首顾氏之出走，归庄不禁为其遭遇不幸而额手称庆：

> 使兄不遇讼，不避仇，不破家，则一江南富人之有文才者耳，岂能身涉万里，名满天下哉！（《与顾宁人书》）

这才是艰难困顿，玉汝于成。顾炎武若足不出户，虽也可以做学问，却必不能成其大而施于用，是可以断言的。因而，其能够成为天下闻名的大学者与有用儒，端赖"行万里路"，此说并非过甚其辞。

先前是为了避仇，而游历日久，习惯成自然，顾炎武竟至"乐不思蜀"。他在北方生活，反如鱼得水，更为适应。或曰"使我有泽中千牛羊，则江南不足怀也"（《与潘次耕》）；或曰"黄精松花，山中所产，沙苑蒺藜，止隔一水，终日服饵，便可不肉不茗"（《与三侄》）；甚至行路也习北而不喜南："谓宜轻棹楫，翻喜跨鞍鞯。"（李因笃《哭顾征君亭林先生一百韵》）江藩称其"身本南人，好居北土，尝谓人曰：性不能舟行食稻，而喜餐麦跨鞍"（《国朝汉学师承记》卷八《顾炎武》），正是有据之言。以致出走十二年后，怨仇化解，叶方恒举家北上做官，顾炎武还乡已一无阻碍，归庄写信招之，恳切晓示，"兄今欲归，其孰御之？独无丘墓之思乎？此又平生故人所恳恳于怀者也"（《与顾宁人》），顾氏仍不为动心，终至客死他乡。

顾炎武之死不还乡，固然不只为北地风土人情殊可亲近，也并非只为著书游历成就高名，其中还有大志与隐痛在。不过这需要另作一文，此处只好从略。

1992年6月18日

（原刊《人民政协报》1999年1月20日）

遗民心事

虽说"遗民"之称颇带愚忠色彩，但对顾炎武、黄宗羲、王夫之的明遗民身份，世人至今并无异议或贬词。处在清末民族主义情绪高涨之际，梁启超作《论中国学术思想变迁之大势》，语及清学，于承认诸人学统划然为一新时代，不得以"明学"目之的同时，仍断然判定其人为"明儒"，可谓原其本心。

观三人自述，顾炎武去世前二年为妻子作《悼亡》五首，其四末云："地下相烦告公姥，遗民犹有一人存"；黄宗羲六十八岁时撰《兵部左侍郎苍水张公墓志铭》，与为抗清而死难的张煌言相比，谦称"余屈身养母，戋戋自附于晋之处士"；王夫之虑及身后事，生怕心迹难明，预留《自题墓石》文与其子，索性赫然书写"有明遗臣行人王夫之"。而无论"遗民""处士"或"遗臣"，所要昭示的都是当今天子不能臣的同一政治姿态。

遗民类乎殉道者，终生不易其心需要极大勇气。尤其在新朝坐稳江山，大有传位百代之势的上升期，恢复故国无异梦想，遗民所赖以支持的，不过是气节一类并无实体的信念。因此，遗民之为政治上的孑遗之民，日见凋零、人数稀少本不足为奇。顾炎武诗中不断慨叹的"谷口耕畲少，金门待诏多"（《关中杂诗》其三），"遗臣日以希，有愿同谁写"（《二月十日有事于欑宫》），正是无可奈何的写实语。处此时势，仍一心一意做前朝人物，这点精神便让人敬佩。尽管如何去做，在顾、黄、王还各有讲究。

王夫之或许算不上最激烈的反清分子，却可说是最热心的拥明派，取舍人物，处理事件，一以对明朝的态度划线。他不能原谅任何一点叛逆行为，即使将功补过，亦在摈弃之列。殁后，其子王敔及湖广学政潘宗洛述其生平，自然略于仇清，而对"二三其德"的明朝臣子之严责，则记载尤详。

王夫之西走桂林，入桂王朝就行人司行人职后，因上书参劾权相大学士王化澄，几遭不测。幸得原李自成部下将军、时已降明任忠贞营统帅的高必正救护，才得以大难不死。高必正对王氏有活命之恩，且其时正效力于桂王政权，揆之常情，其为"闯逆"之历史本当既往不咎。王夫之偏偏不做此想。潘宗洛的《船山先生传》尚说得委婉，言其"亦不往谢"；王敔的《行述》则明白揭出"不往谢"的理由，"以其人国雠也，不以私恩释愤"。王夫之的行事酷肖乃父。其父于崇祯末年张献忠攻占衡州后，曾被羁縻，得王夫之之文字交奚鼎铉相助而脱险。然而王父"终不与语"，原因即在奚氏"至是陷贼中为吏"（王夫之《家世节录》），私恩终不可化解国雠。

潘《传》中记王夫之处置吴三桂叛乱前后事，举措之细微处也如同其父。吴三桂叛明复叛清，潘宗洛指斥其人便少忌讳。《传》叙王夫之于康熙年间吴氏衡阳称帝时，吴之僚属知王为明遗民，有请其作《劝进表》者，王氏答以：

> 某本亡国遗臣，扶倾无力，抱憾终天。国破以来，久逭于世，苟且食息，偷活人间，不祥极矣！今汝亦安用此不祥之人为？

又叙吴乱平后，湖南巡抚郑端"闻而嘉之，属郡守崔某馈粟帛，请见。先生以病辞，受其粟，返其帛"。

吴三桂乃引清兵入关的始作俑者，在王夫之看来，其为倾覆明朝的首逆，自是百功难赎其罪，拒不劝进，原在情理中。而清朝地方官为此嘉奖他，王氏受粟返帛，却又与晋、宋之交的隐士陶渊明行事不同。江州刺史檀道济亲往陶家探望归隐田园、病饿卧床多日的靖节先生，劝导他："贤者处世，天下无道则隐，有道则至。今子生文明之世，奈何自苦如此？"陶氏终不为所动。"道济馈以粱肉，麾而去之"（萧统《陶渊明传》）。是郑端之诚心不如檀道济，而王夫之亦不因其人嘉许处只在不附逆、错会其心而拒收馈赠。

陶、王之差异，其实并不关乎气节。王夫之不过是得其父真传。王父尝以在京师见一名臣于门口张榜大书"本部既不要钱，如何为人要钱"为戒，曰："亦何至如此以为君子耶！"（《家世节录》)不事标榜,求尽其心,如此足矣。王夫之不峻拒馈粟而不见其人,与他的婉言推辞劝进,都是本此道而行。守定而始终不肯逾越的最后防线,只在不负明室。

自言"嗟我性难驯,穷老弥刚棱"(《寄次耕时被荐在燕中》)的顾炎武,便没有这么周到,而更多一意孤行。拒仕新朝,思念故国,是遗民所应有事,顾、黄、王三人于此并无出入。只是论及恢复之举,唯有顾炎武终生谋划,从无稍衰。邓之诚推原顾氏奔走塞上之隐情,谓:"盖明亡边兵多有存者,姜瓖之变,募边兵事攻战,期年清人不能克。"因此"知炎武始终不忘恢复"(《清诗纪事初编》卷一《顾炎武》)。查顾氏六十七岁移居陕西华阴后所作《与三侄书》,述及择此地栖身的理由,除人心可用,"秦人慕经学,重处士,持清议,实与他省不同";亦强调地势险要,"华阴绾毂关、河之口,虽足不出户,而能见天下之人,闻天下之事。一旦有警,入山守险,不过十里之遥;若志在四方,则一出关门,亦有建瓴之便"。若非欲图大事,不会如此思虑,可知邓之诚所说八九不离十。

顾炎武之死不还家当与此志未遂有关。孟子云:"不孝有三,无后为大。"(《孟子·离娄上》)传宗接代,在古人本视为人生最大事。然而归庄以"宗祧事重,似续无人"(《与顾宁人书》)劝其归家,顾氏终竟置之不顾,原是因为更有重于此者。魏禧无子,而曰"不忧身之无后,而忧后起者之无人"(《答南丰李作谋书》)。同为明遗民,这点心事应与顾氏共享。无怪乎顾之旧友王炜慨叹:

> 宁人身负沉痛，思大揭其亲之志于天下，奔走流离，老而无子，其幽隐莫发，数十年靡诉之衷，曾不得快然一吐。而使后起少年，推以多闻博学，其辱已甚，安得不掉首故乡，甘于客死！

全祖望《亭林先生神道表》中引录此言，以为"足以表先生之墓"，便是由于王氏能察其深心。

而顾炎武之远走他乡，云游四方，很可能也是防患于未然的韬晦之策。处身于清初强行征辟有声望的明遗民风潮中，在乡家居者易为地方官录以上闻，难以脱身，由此也演出了许多历史悲、喜剧。黄宗羲之靠在朝为官的学生斡旋，王夫之之遁入深山，终不如顾炎武之踪迹无定回旋余地大。但观顾氏方卜居华阴，寓席未暖，风闻有明史开馆、议招入局事，即火速出关，登嵩山，观洛水，与李因笃书中明言此行乃仿东汉梁鸿避章帝之招，变姓名寓居异州之意（《与李子德》）；又曾筹划于山西洪洞县"寻乡村寺院，潜踪一两月"，以避风头，因在其地无相识，行止出人意料（《与苏易公》）。凡此种种，都可以视为顾炎武不肯还乡的一种充足理由。

数十年风尘仆仆，南来北往，顾炎武不仅实践着其母"无仕异朝"的遗言，进而欲有所举动，而且还以谒陵的方式，直接表达了其故国之思。自1651年三十九岁时初谒孝陵，此后至六十五岁，他七赴南京拜孝陵，六上昌平拜思陵，谒陵次数之多、历时之久，在明遗民中首屈一指。1660年，顾炎武于北谒十三陵后又至南京行礼，因作《重谒孝陵》诗：

> 旧识中官及老僧，相看多怪往来曾。
> 问君何事三千里，春谒长陵秋孝陵？

一腔心事，尽在言外。"相看多怪"或许只是出于抒情需要的假拟，不过，如顾氏一般行事者到底不多见。

　　父母亡故，对于为人子者自是人生痛事，却也使决意以遗民终其身、坚隐不出的顾炎武与王夫之，在抉择时少了些挂虑，不比黄宗羲的"屈身养母"更多苦衷。

　　黄宗羲初时也很决绝。《南雷诗历》卷一中收有一首《陌上桑为马昼初作》，编在丙戌（1646）到辛卯（1651）年间，正是其追随鲁王及联络山寨部伍图谋大举之时。黄氏虽因清朝下令抓捕仍坚持抗清者的家属以论罪，恐株连其母，而向鲁王告退，但并未改变对新朝的敌意。他为"在江上曾任枢曹，已而入仕北都"的马晋允（字昼初）所作诗，即利用乐府古诗《陌上桑》的本事，以守志不渝的罗敷自比，而以使君用来劝诱罗敷改嫁的"东邻艳妇"比马氏：

> 东邻有艳妇，庄蹻杀其夫。
> 艳妇妇庄蹻，曼靡专房居。
> 纷泽靓脑臆，金翠缀足跗。
> 宛转欲邀人，袅袅风中蕖。

古代社会视妇女再婚为失节，而此妇更多一重靦颜事杀夫之仇，反以得宠为荣的无耻罪状，则马晋允之不齿于人类，已不言自明，讥讽可谓深矣。

以"诚哉罗敷愚"自守的黄宗羲，确实终生未曾迈进喻指清朝的"使君"门。只是"海氛澌灭"令其"无复望"（全祖望《梨洲先生神道碑文》）之后，黄氏认清了处境，对旧朝的眷恋尽管不曾斩断，对满人入主中原的事实却也改取一种现实态度。还是不奉其年号，诗文中只标甲子；也还是屡征不起，拒绝一切官方授予的包括"乡饮酒大宾"一类荣誉头衔。而私人交往中，倒也不再如前时一般泾渭分明，且很有一些与朝中显贵如叶方蔼、徐乾学、徐元文等人的应酬。其中二徐之弟、官至吏部侍郎的徐秉文，更被黄氏视为暮年依傍，"可以缓急告者"（《姜定庵先生小传》）。黄宗羲自然不必做到这一步，因此其处世不无可议处。他也有自知之明，在《前乡进士泽望黄君圹志》中自承，"余赋性偏弱，迫以饥寒变故，不得遂其麋鹿之一往，屈曲从俗，姑且不免"。不废应酬，正是性弱从俗的一大表征。

对于遗民应取的姿态，黄宗羲其实不乏考虑。赞许余增远、周齐曾"活埋土室，长往深山"之难能可贵时，作为设身处地的背景描述，原有黄氏的亲身体验在。《余若水周唯一两先生墓志铭》开篇即慨叹："嗟呼！名节之谈，孰肯多让！"而比况古人，既未修炼成仙，白石可餐；兼之体衰多病，不离药罐；父母妻儿，虽高蹈隐居，亦不能不顾。总之，"生此天地之间，不能不与之相干涉，有干涉则有往来"。即如陶渊明"不肯屈身异代"，然而，始安郡太守颜延之留二万钱，陶氏尽发往酒家买酒；江州刺史王弘送酒至，陶氏亦即便就饮，均"不能拒也"（此例不过说明，若不兼具政治目的如檀道济，靖节先生倒也并不拘执）。黄宗羲以为，"靖节所处之时，葛巾篮舆，无钳市之恐，较之今日，似为差易"，而渊明尚不能免交往。处在清初高压政治遍布全国，隐居不仕随时可能有生命之危的恐怖时代，能做到余、周二先生那般地步，确实令人敬佩。

黄宗羲之仰慕二人，多半因自己力不能及。七十一岁丧母后作《归途杂忆》诗，其三云：

> 偷生乞食总风尘，母在何能避辱身？
> 一旦于今成梦幻，可知多少不如人！

说的便是这番心事。黄氏总怕后人不领会他不避辱身的苦心，于表白"余屈身养母，戋戋自附于晋之处士"语后，又补上"未知后之人其许我否"。此说真不为多虑。即在当世，已有非议其行者。私淑黄氏之学的全祖望于乾隆年间撰文，犹为之辩解：

> 若谓先生以故国遗老，不应尚与时人交接，以是为风节之玷，则又不然。……先生之所以自处，固有大不得已者。盖先生老而有母，岂得尽废甘旨之奉？但使大节无亏，固不能竟避世以为洁。（《答诸生问南雷学术帖子》）

或许与权贵周旋，也是其脱身罗网、全节奉母之一策。得全氏这样一位后世知己，黄宗羲总可以死而瞑目了。而所谓"大节无亏"，说破了，不过是不做贰臣。这一点，黄氏确实做到了。

遗民之不合作，对于大局已定的统治者未必构成直接威胁。其不戴异朝，因而更多地表现为道义的不可战胜。与黄宗羲一同效力鲁王、事败焚身尽节的吴钟峦有一种说法，最能描画出遗民心态。客问"恢复可乎"，吴答：

> 事去矣，是非其力所能及也，存吾志焉耳。志在恢复，环堵之中，不污异命，居一室，是一室之恢复也；此身不死，此志不移，生一日，是一日之恢复也。尺地莫非其有，吾方寸之地，终非其有也；一民莫非其臣，吾先朝之老，终非其臣也。

不仅生时"国以一人存"，而且其人死后，事迹、诗文流传，亦使其国不灭：

> 故商亡，而首阳《采薇》之歌不亡，则商亦不亡；汉亡，而武侯《出师》之表不亡，则汉亦不亡；宋亡，而《零丁》《正气》诸篇什不亡，则宋亦不亡。(《岁寒松柏集·从客问》)

如是，能使国因其人之永垂史册而千古长存，顾炎武、黄宗羲、王夫之更复何求！

1992年12月5日

（原刊邵燕祥、林贤治主编：《散文与人》第5集，花城出版社，1995年）

晚清研究一得

近代文学史料的发现与使用[1]

如何为最后一门课做总结,实在是很为难的事。已经讲了一个学期的课,对于我自己的学术研究本来就带有总结的意味,所以在讲课中,也会展示研究的面向、进入的路径和其间的问题意识。特别是在第一讲《导言》中,曾概要说明了"近代文学的历史图景与研究策略",这样,关于研究方法,感觉已经没有太多可说的。当然,也可以为自己进入近代文学学科三十多年的研究做自我评价,不过,我觉得这件事不应该由我来做,还是分派给陈老师比较合适[2]。思虑再三,我想还是以举例的方式,谈一点个人在研究过程中关于史料阅读的体会。

首先需要说明,这门课程的名称虽然是"近代文学研究",

---

[1] 此为作者2016年6月10日在北京大学中文系所上最后一门课程的终课讲稿。
[2] 陈平原随后演讲"作为学科的近代文学与作为学者的夏晓虹"。

但我个人的研究其实在很大程度上涉及近代史。而且，我也认为，近代文学研究不能与近代史研究切割开来，理由在第一次课上也讲到过，即由于近代文学与古代文学的生产机制不同，报刊文学兴起，使得率意写作成为主流，纯粹的文学鉴赏批评在此类作品上并不适用，需要观其大略，确定这些作品的尝试价值，并引进史学研究的方法，考察其间蕴含的社会史、文化史甚至思想史的意义。并且，即使从学科本身来说，近代文学研究也属于一种历史研究，它所处理的不只是文学作品，也是一种史料。

另外，我也想说明，我为自己的研究工作设定的目标，就是要做原创性的研究。这个目标本来也不能说太高，因为如果一篇论文没有能够在史料上有新发现，或者是在论述上有新推进，在我看来确实可以不必写。当然，我还有更高的期待，希望以后做相关课题的人，都不可能绕过我的研究。如何做到这一点？我想还是从史料说起，因为所有的研究工作都是从阅读资料（史料）开始的。而搜集、阅读本身，应该不只是一般意义上的接受过程，而应当是一种有高度主动精神的发现的过程。对近代文学、史学研究而言，史料就是你搭建论文的基本材料。而你采用了哪些史料，实际也决定了你的论文的整体风貌与是否具有创造性。

相对于古代文学研究而言，近代文学研究者面对的最大困难是史料的浩瀚无边。第一次课我就讲过，近代报刊文学的兴起，使得研究者必须阅读的资料已不限于单本的小说、戏曲或作家的诗文集，还有大量原初发表在报刊上并未收集的作品，这还没说到巨量与文学研究密切相关的社会文化史料。所以，资料搜集的最高境界——"竭泽而渔",在古代文学研究或许还有望实现,在近代文学研究几乎绝无可能。不过,史料的浩繁,一方面会给研究带来困扰(起码在时间上要比古代文学研究投入多得多),但也会因保留了大量丰富的细节,而让你的研究变得更丰满,更有乐趣。举个例子,我写作《中西合璧的教育理想——上海"中国女学堂"考述》,对国人自办的最早一所有影响的女校,从中西文化的冲突与调和这个面向上进行了考察。后来主要利用报刊广告,我又写过《上海"中国女学堂"考实》,希望"深入到学校实际操作的细节层面","更贴近地展现晚清女学初办时期面临的种种问题",所以对校名变迁的意义、校区的设置、教员的聘任与授课、经费的来源与使用以及对于捐款人的情况都做了仔细考证,使得这所女学堂的历史年轮变得清晰可见。

对于近代文学与史学研究来说,最重要的史料是报刊。报刊阅读对于返回历史现场,会有一种氛围的体验和认知;其次,报刊也是一个巨大的史料库。关于如何利用报刊进行研究,第一次课和以前专门开设的"近代报刊研究"以及陈平原老师的文章都进行过讨论,我这里就不多说了。但可以肯定,比较早地阅读和使用报刊资料,确实让我在学界能够领先一步,拓展出一些新的研究题目。最明显的是《晚清女性与近代中国》(北京大学出版社2004年版),书出版后,社科院近代史所图书馆馆长闵杰写过书评,题目就叫《晚清报刊与妇女史研究》,已经明确指出了这一点。因为闵杰也关注近代中国社会生活与文化的变迁,所以我读他的这些评论很有知音之感:"这些以专题形式讲述的人和事,竟然多半为中国近代史学界甚至妇女史学界同人闻所未闻,而在晚清社会中,这些又确是知名的人著名的事,在一段时期或某个地区内甚至是风云人物,例如惠兴女士,例如屈彊事件。""作者发现了这些人和事,而我们没有发现,是读报与不读报之故。"实际上,这里说的不只是阅读报刊,而是指出,在资料的取材路径上需要有新的开拓。

现在我们的学生已经对报刊研究的路数很熟悉,而且,随着《申报》和其他越来越多报刊数据库的出现,对近代报刊的使用已经比过去方便了许多。需要警惕的反而是过于依赖数据库。目前这些全文数据库确实提供了检索的便捷,以前必须逐张翻查的报纸或杂志,现在输入检索词,基本就能轻易获得。但由此也会忽略对于整本杂志或整份报纸的阅读,以致遗漏很多相关甚至是必要的资讯。相对说来,电子书的形式好一些,但扫描本多半没有彩图,而且,对原刊的物质形态少了感性的体认。因此,数据库和电子书还是不应完全取代对原刊的阅读,起码在我的感觉中,自己读来的资料比检索出来的电子文本,更多了一种发现的乐趣。

而除了报刊这个巨大的资料库,如果要做原创性研究,也要对其他未经开发的史料有一种发现的眼光。要获取这些资料,读各种近代的图书目录是一个办法。要了解近代的出版情况,最先应该翻阅的是当时印行的书目。如周振鹤编的《晚清营业书目》、北京图书馆出版社出的《近代译书目》等。我写《晚清的西餐食谱及其文化意涵》时,就利用了梁启超1896年编的《西学书目表》以及徐维则辑、顾燮光补、1903年印行的《(增版)东西学书录》,因此可以发现当代人所编的《中国烹饪文献提要》里没有记录的《西法食谱》一书。另外,有收藏爱好的学者的藏书目录也值得关注,像我翻过阿英和唐弢的藏书目录,都很有收获。

翻书目之外,我自己更喜欢的一种方式是直接进入图书馆的书库。当然,在目前中国境内,入库读书还有一定的限制。北大虽然已经有一些开放的文学、社科、港台图书或报刊阅览室,但大库里学生还是不能进入。其实对我来说,真要浏览大库的图书也比较困难,因为数量太多,书也太杂,包括了各种层次的读物。所以,我的入库读书的经验,多半得自境外的图书馆。那里的书数量不那么多,但相对来说,挑选比较精,更加专业。而让我受益最多的图书馆,北大之外,其实是东京大学、香港中文大学与海德堡大学。而且,有时,比如在东京大学检索目录比较麻烦,我会选择直接入库,一架一架地翻看,熟悉各类书籍的存放位置。

因为我曾经在东京大学讲学两年,所以像文学部的汉籍中心、文学部与东洋文化研究所的图书室以及学校的综合图书馆四处都可以自由入库;并且,和文学部每位从事中国研究的日本老师一样,我也拥有一把汉籍中心的钥匙,能够随时进库(在海德堡大学汉学系的两个月,我也有那个图书室的钥匙),所以对那里尤其是前三处的藏书相当熟悉。在上次课讲"都市研究:晚清上海片影"时,我已提到在东洋文化研究所阅读《申报》和其他关于晚清上海的图书,为我和陈老师编选的《图像晚清:点石斋画报》(百花文艺出版社2001年版)配资料的情况。起码很多《点石斋画报》原刊以及《(新增)申江时下胜景图说》与《新辑海上青楼图记》,都是在那里发现的。这对我撰写《晚清上海片影》(上海古籍出版社2009年版)一书具有关键作用。

我也相信,有些史料的发现需要契机,这当然也关联着研究的展开。其实,正是因为东洋文化研究所图书室的收藏覆盖了整个东亚,我在里面翻查的时候,发现了古代朝鲜的《承政院日记》(1623—1910年的王朝记录)和一套"韩国史料丛书",加上我在汉籍中心看到"小仓文库"收藏的一册用"在朝鲜国元山港""日本总领事馆"的稿纸抄录的黄遵宪《朝鲜策略》,才会写作《黄遵宪〈朝鲜策略〉的写作与接受》(2000年)。那时,各种信息不像现在这么方便获取,所以过了好几年我才发现,近代史所的杨天石先生在我之前六年,已经就这个题目发表过论文。不过,这篇文章对我个人还是有很重要的意义,让我在近代研究中,不但关注来自日本的影响,也会感觉到朝鲜的重要性。

顺便说一下,在外面读书的一个经验是,应该充分利用当地特别的资料做研究。比如关于《朝鲜策略》的论文,如果不是在东大的机缘,我肯定不会有这样的写作冲动。还有收入《梁启超:在政治与学术之间》(东方出版社2014年版)一书中的《书生从政:梁启超与伍庄》也是如此,因为伍庄晚年居住香港,他的著作在香港保存最多,我在香港期间写成此文,这让我有机会借助考察梁启超与伍庄的关系,也了解到康有为创建的保皇会最后的归宿。

再回到近代史料的问题，刚才提到的来自日本的影响是近代非常重要的文化现象，所谓"西学东渐"，在清末民初主要体现为明治文化与文学的输入。这在现在也已成为常识。不过，当我做梁启超研究的二十世纪八十80年代，学界对于明治文献的使用还非常稀少。由于梁启超在谈到"文界革命"时提到德富苏峰，并且明治时期著名的政治小说《佳人奇遇》也作为梁启超的译作，收在《饮冰室合集》中，由此引起我对这些日文原作的追踪。北大图书馆的日文书收藏在当时算是相当丰富，确实为我的研究提供了很大方便，诸如《现代日本文学全集》《日本近代文学大系》《近代文学评论大系》这类大套的丛书都有购买，并且，虽然馆藏只有一本，那时却可以随便借出。因此，我的第一本专著《觉世与传世——梁启超的文学道路》(上海人民出版社1991年版)中最为日本学界看重的，就是下半部讨论日本明治文化、文学与梁启超的关系。这也可以算是新资料的阅读引发出新的研究课题和方向。

而由于日本众多图书馆数据库的开放，特别是国会图书馆中近代电子图书馆里大量的明治时期读物，为相关研究带来了极大便利。我自己虽然电脑水平不高，但在2005年去美国莱斯（Rice）大学开会时，听一位汉学家说到日本国会图书馆电子书的开放，便留了心。这也可以说是参加国际学术会议、与国外学者交流的一个好处吧。不过，真正开始动用这份资源，还要到2011年撰写《晚清女报中的西方女杰——明治"妇人立志"读物的中国之旅》一文，那时花了很多时间，十张十张地下载了十几本明治年间出版的西方女杰传。当然，2000年前后，我在日本两年期间，也已经复印了德富芦花编的《世界古今名妇鉴》，这本书也是过了八九年，在写作《〈世界古今名妇鉴〉与晚清外国女杰传》时才用上。

相对说来，近代知名作家或学者的著作还比较容易得到，我的感觉反而是，越是当年印刷量大的书，后世越难找到。因为此类文本大多属于通俗读物或应用性较强的书籍，使用者看过后多半会丢掉，似乎没有收藏价值，图书馆或个人藏家也都对它缺乏兴趣。不过，这类读本对了解普通知识或日常识在社会的传播状况很有用处。当然，我关注的主要是其中与新思想相关的部分，这些读本恰好承担了将知识精英的思想普及到大众的功能。在近代这个社会—文化转型的时代，研究这类带有普及国民常识性质的启蒙读物，可以让我们知道现代思想是如何渗透到社会各阶层的。所以，我对这些常识读本很看重。而在查找的时候却很费劲。以我在《晚清女性典范的多元景观——从中外女杰传到女报传记栏》中讨论的七本中外女杰传为例，其中三本——《外国列女传》《祖国女界伟人传》《祖国女界文豪谱》为北大图书馆已有；其他如《世界十二女杰》，先从《新民丛报》广告中得知此书，却一直未寻到，最终是从钟少华先生那里复印来，而这是他父亲钟敬文的收藏；《世界十女杰》在《苏报》上看到广告，北京没找到，上海图书馆有藏，我的复印件还是现代文学馆的研究员刘慧英送的；《女子新读本》是根据《女子世界》杂志所刊该书《导言》和《拟目》得知，最后从首都图书馆找到；而《（近世欧美)豪杰之细君》也是在《女子世界》看到广告,从唐弢藏书目录中发现居然有收藏,才从现代文学馆访到。本来还打算做晚清女子修身教科书研究,但查找教科书的难度更高,所以一直未能上手。

此外,对新公布的史料也应该有一种敏感,它会产生刺激效应,激发你对既有史料的重新认识,这样,新的研究题目会被带出来。我自己的感触是,2009年嘉德拍卖梁启超写给胡适的一批信,2012年匡时拍卖梁启勋收藏的梁启超书信与文稿,都勾起了我研究与利用的欲望,据此分别写出三篇论文,即《1920年代梁启超与胡适的学术因缘》《1920年代梁启超与胡适的诗学因缘》与《梁启超与〈中国图书大辞典〉》;《纸墨生辉:梁启超的书艺与彩笺》《梁启超家庭讲学考述》与《梁启超与父亲》。这种研究其实是新史料带动了先前的积累,提供了一个书写的契机。

而调动积累,也就是在新史料与旧史料之间建立联系。这样的情况可能更经常发生。比如,我最初在香港中文大学图书馆的书库中看到北京图书馆出版社2008年影印出版的《〈申报〉康梁事迹汇抄》时,立刻感觉此书应该和《梁任公先生年谱长编初稿》的编纂有关,而此书《出版说明》说的是:"从成书的情况看,该书似是在梁启超逝世后,某人因某种需要辑录而成的。"我在这个学期完成的一篇论文《〈梁任公先生年谱长编初稿〉材源考》中,借助中华书局去年出版的《梁任公先生年谱长编稿本》(即《长编》的资料汇编,或称"长编之长编"),比对文字,证实了这册抄本确实是为编写梁谱而请人专门从《申报》摘抄的相关史料。这可以让我们更深入地了解这部在史学界卓有声誉的年谱是如何编写完成的。

此外，新史料的进入也会引起对已有论述的修正。也举一例：这次课上讲到欧榘甲的《新广东》与梁启超的《新中国未来记》（发表时题为《〈新广东〉：从政治到文学》），发现这层以前未认知的关系，对于这部政治小说中两位主要人物黄克强与李去病的论争会有一个新的理解，也会对梁启超中断小说写作的原因提供另一种可能性，即不只是因为1903年的美国之行使梁启超放弃了激进的革命主张，实际上，在小说第三回的黄、李论战中，由黄克强所代表的康有为的意见，已经使"新中国"的发展方向脱离了原先设定的轨道，小说因此写不下去了。

以上依据个人的研究所得，对近代文学史料的发现和使用做了零散的介绍。傅斯年曾经说过"史学便是史料学"这类名言，对这个说法学界虽有争议，但起码史料功夫确实是一个做近代文学与历史研究的学者必备的基本素质。而我在这里特别想强调的是，史料的搜集与阅读本身也是一种创造性的工作，并且在很大程度上决定了你的论文是否具有原创性。当然，新史料的发现和使用也离不开新的研究思路或曰新眼光的照亮，这也可以说是个一体两面、相辅相成的问题吧。

2016年6月9日于京西圆明园花园
（原刊《名作欣赏》2018年第6期）

近代世变与知识者的文化选择[1]

"世变"放在清末民初的语境中,与此前所讨论的战乱、朝代更替或者异族入主中原具有完全不同的性质。此前的世变还是发生在传统社会的体制中,而清末民初的世变属于社会转型。受到西力东侵或者说是西学东渐的冲击,在外力的作用下,此时的中国不只是政治制度发生了根本改变,文化结构也出现了巨大的调整。用梁启超(1873—1929)的话来说,这个时段是从旧中国即传统社会向新中国即现代国家转变的"过渡时代"。

处在这个过渡时代的很多知识分子,其心态与价值取向也与此前的读书人大不相同。以前的士人处于世变之中,或者忧生,或者忧世,都是期盼回到传统的常态的社会状态中,是向回

---

[1] 本文为2011年9月30日参加台湾"中央"大学"世变下的中国知识分子与文化"学术座谈会发言稿。

走;而清末民初先进的知识者,已经认识到社会变革是不可阻挡的历史趋势,因此要向外看,向前走。所以,这个时代的知识者虽然也有痛苦,也有忧虑,但总的看来,传统文化的精神负担比较小,而行动与思想的自由度空前扩大。如王韬(1828—1897),在西人开办的墨海书馆工作;也曾上书江苏巡抚,献计剿灭太平军;回到家乡后,却又给太平天国的苏福省长官写信,为太平军攻打上海出谋划策。这些身份和谋略之间是互相冲突的,但他完全没有忠诚度的顾虑。这种情况只能放在传统纲常正在解体、新秩序尚未建立的时代才可以理解。当然,对于王韬来说,也还有特殊的上海洋场文化的背景。

这个时期,梁启超在价值取向上也更趋向西方而不是传统,这使他的思想以求新为标志。香港学者毛以亨在《梁启超》一书中有段话概括得非常精彩:

> 中国人向来想法,是尚旧而不尚新的。所谓新政新学,都是对王莽的贬词;……朱子以旧学新知并举,言新而不废旧。……惟任公一味的提倡新,而且同时亦排斥旧,并以思想界之陈涉自命。他自署为新史氏,创造新名词,建立新政体,以中国国民为新民,而名其报为《新民丛报》。全国从而效之,冠新字于一切名物之上,以示其高不可攀,与远不可及。此后几以新字代表好字,以旧字代表坏字。

从梁启超倡导的晚清文学改良来看,"诗界革命"强调要"新意境","文界革命"创造出"新文体","小说界革命"标榜的是"新小说"。和历史上的文学变革相比尤其明显,唐代古文运动的领袖韩愈的名言是"非三代两汉之书不读",北宋诗文革新的领袖欧阳修也以"学韩"相号召,明代前后七子更是提倡"文必秦汉,诗必盛唐",无一例外,都是以复古的形式求革新。而晚清文学改良的取法对象则明显是西方文化和日本的明治文学改良,大大减弱了对于传统资源的依赖。而梁启超所开创的这种趋新的冲动也一直影响到《新青年》,以至现在。

近代报刊的出现,其广布的通信网络与详细的追踪报道,也使世变更深地进入士人的生活与精神世界,是一种每日存在的刺激与感同身受。这和以前的读书人对世变的感知有很大的区域性的局限,可能更多是一种氛围的感染不同。所以,从报刊的角度进入,可以发现近代尤其是晚清的文学无论是出于什么样的写作目的,自娱自乐也罢,开通民智也罢,都会与新闻时事发生关联。各种文类、文体的写作,都无法摆脱时事的诱惑。即使是学堂学约这种应该说是最纯粹的教化文字,如1904年的《香山女学校学约》,里面讲到"缠足为女子之陋习,不可不戒",也会援引1903年刚刚在日本大阪发生的"人类学馆事件"("国立"民族学博物馆),因为当时在馆内用一小脚女人代表中国民俗,在留学界与国内的舆论界激起巨大的抗议浪潮,这在《学约》中也留下了痕迹:"野蛮人类,馆列大坂,腾笑五洲。我实痛之,我实耻之。"这类时政的内容出现在"学约"文体中,在过去是不可思议的。叙事类文学当然更明显,不管是何种题材的小说,转弯抹角都会与时事发生关联。谴责小说不必说，即使像梁启超的《新中国未来记》，本来希望写成一部政治预言小说，但除了开头关于1962年"维新五十年大祝典"盛况的铺排，故事开讲后的整个情节，始终没有超出梁启超写作的"现在时"。从第四回引用的1903年1月的报纸新闻看，小说的情节进展与梁启超的写作完全同步，让人疑心，梁的这部小说至少也要写上十年，而那正好是《新中国未来记》所预期的维新成功需要的时间。而无法超前，还是因为作者太关注时事。其中反映出了经由报刊的传播，文学与世变之间不可分割的关联。因此，了解其时时局、社会的真实状况，也成为理解那个时代的文学作品必不可少的先决条件。对于近代文学的研究者来说，即必须要重建阅读现场。

而近代社会的变动不居，也对时人的著述观念产生影响。从鸦片战争开始，到辛亥革命发生，事件或事变的发生越来越频密，甲午战争到戊戌变法间隔三年，戊戌变法到庚子事变间隔两年。这样一种频繁的刺激，也使得身为报刊政论家的梁启超对文章传世的传统观念发生强烈的质疑。他在《〈饮冰室文集〉自序》中，即以世变日亟作为反对以写作为名山事业的理由："吾辈之为文，岂其欲藏之名山、俟诸百世之后也？应于时势，发其胸中所欲言。……故今之为文，只能以被之报章，供一岁数月之遒铎而已。过其时，则以覆瓿焉可也。"他把自己的文章定位为"觉世之文"，以此批评严复（1854—1921）译著的古雅难懂："著译之业，将以播文明思想于国民也，非为藏山不朽之名誉也。"所以，梁启超那些启蒙、救时文字，并不期望传世，而是期望速朽，唯其如此，才可以验证社会的进步与文明思想的普及。这也是由近代世变催生出来的重要的文学观念，是对古代"立言不朽"说的根本颠覆。

(原刊《人民政协报》2011年2月6日)

打开多扇窗口，眺望晚清风景
——答陆胤问

陆胤（下文简称"陆"）：夏老师好，感谢您接受这次访谈！让我们从一个感性的话题开始：您跟我的父母是同一代人，出生在中华人民共和国成立之初的北京，念过景山学校，随后遭遇十年动乱，到东北插过队，进过工厂，恢复高考以后，才逐渐走上学术道路。能否先谈谈您早年的这段"学术前史"，对您后来的人生选择和学术研究有什么影响？

夏晓虹（下文简称"夏"）：我们这代人的经历都比较复杂。像我在吉林插队将近七年，在北京的工厂做皮毛工人一年多，"工农兵"中只差没当过兵，这样的履历在我的同龄人里相当普遍。而最后能考进大学，走上学术研究这条路，当然和整个外在政治环境的改变有直接的关系。这是个人不能选择，也无法决定的。除此之外，就要说到本人早期所接受的教育以及由此培养出的兴趣，这更是不可缺少的先在条件。

我就读的景山学校，当年是一所十年一贯制的实验学校，即十年高中毕业。在普遍小学六年、中学六年的体制中，我读到六年级时遇到"文革"，因此算是"老初一"，可见我的学历并不完整，基础知识也有很大缺陷。特别是数理化，物理和化学完全没学过，数学也只学到代数的二元一次方程。为此，恢复高考后，我只能报文科。但景山学校的教学改革，也让我在自编的《儿童学诗》《儿童学古文》与《儿童学现代文》这些教材中，比较早地接触到优秀的古典与现代文学作品。而且，我那时对中华书局出版的"中国历史小丛书"也读了不少，这应该是我日后偏爱史学的一点前因。1977年的高考幸好照顾到我们这批考生的特殊情况，考试分文、理科进行，文科只考语文、史地和数学三门。我对数学也一直喜欢，插队时唯一花时间补习的就是代数和几何，考试前的复习时间也全投在这里。而当年填志愿时，我最想报的专业是中国史，可惜北大七七级历史系只有考古与世界史招生，我才改投了中文系的文学专业。如此因缘际会，中文系最终成为我的安身立命之所，我觉得自己非常幸运。

陆：翻开您的著作目录，最早几篇论文都是关于古典诗学的。能否请您谈谈，是什么机缘使您从"诗骚传统"转向"文学改良"，进入近代文学的研究领域？

夏：我进入近代文学研究领域有相当的偶然性。在大学本科读书时，我对未来并没有清晰的规划，只是凭兴趣，对公认为中国古典诗歌高峰的唐诗很喜欢，平日读书与写课程作业，也多在此留意。可能因为比较专注吧，有两次提交的选修课作业很得老师赞赏，后来也都被杂志社接受了，这对我自然是很大的鼓舞。所以，我最初发表的论文，比如关于李白的"好神仙"与从政的关系、司空图诗论与老庄思想的关联、杜牧与李商隐的咏史诗（已收入《诗骚传统与文学改良》，浙江文艺出版社1998年版），都是本科时完成的。现在看来，这些论文很不成熟，当时却让我发现自己还有点研究能力，于是报考了硕士研究生。

只是，1982年春季的招考，没有我向往的隋唐文学研究方向。而在其他各段，我都没有什么积累。正好季镇淮先生在招近代文学研究生，其他同学都不报，我就"捡漏"，幸运地进入季先生门下。应该说，我们在北大上古代文学史课时，近代部分最不受重视，当年是作为在读研究生的教学实习，总共讲了两次，记下的是一大堆作家与作品名，实则包括我在内的同学，对这段文学史几乎一无所知。这也是报考乏人的原因，由此可见我的学习与研究起点很低。不过，还是必须承认，曾经对古代文学下过一点功夫，确实有助于我的近代文学研究。有没有这个基础训练真的不一样。

陆：从第一部学术专著《觉世与传世——梁启超的文学道路》（1988年完稿，1991年印行），到近年出版的《阅读梁启超》（2006年）、《梁启超：在政治与学术之间》（2014年），梁启超是您学术生命的中心人物。身处二十世纪八十年代以来一波又一波强调问题意识和理论方法的潮流中，您为何要对同一个对象保持如此长期的关注？

夏：梁启超确实是我投入时间、精力最多的一位研究对象。最初被梁启超吸引，是因为在他的著作里才感觉到一种近代气息。当年按照导师的要求，读近代大家的文集，一路下来，像龚自珍、曾国藩等人的著述，对我并没有太多的触动，仍然与古代文学的脉络切分不开。直到梁启超出现，情况才改观。

而且，梁启超对我的近代文学与历史的研究具有多重意义。首先，在我看来，无论做哪一时段的研究，都应该从中心进入，抓住关键人物，才能够观照全局。借用梁启超在《中国历史研究法补编》中讨论评传写作时的说法："我的理想专传，是以一个伟大人物对于时代有特殊关系者为中心，将周围关系事实归纳其中；横的竖的，网罗无遗。"而梁启超本人就是处于近代这个过渡时代的关系网中心的伟大人物，对其时的文学、文化具有覆盖性的影响。因此，研究梁启超，可以收到纲举目张之效。当然，从梁启超研究入手，起初对于我是一种学习的需要，如此才能尽快理会近代文学的面貌；但后来证明，这也是研究可以做大，并不断延伸的正确选择。其次，不同于文学史上的多数作家，梁启超在文学书写之外，还有更多的面向。或者应该说，梁启超是一位百科全书式的人物，学问非常广博。如以现代学科的划分而言，文史哲之外，他在政经法各个领域也都留下了专著。何况，不只是著述，梁启超前期的政治活动、后期的讲学生涯，都使他与近现代中国的政治与学术脉动紧密相关。这也使得对梁启超的研究，足以扩展成为对于近现代中国社会文化的研究。当然，我对梁启超始终兴趣不减，也缘于梁启超虽然沉浮政海多年，却难能可贵地保留了坦率天真的性情。所以，在《结缘梁启超》一文中，我自称是"为其性格的魅力如磁石吸铁一般所吸引"。显然，对人物的好感，也是研究得以持续的必要条件。

陆： 女性研究也是您的擅场：1995年您出版了《晚清文人妇女观》，1998年该书的日文版《放足了的女子们》由东京朝日新闻社刊行，2004年更出版了专著《晚清女性与近代中国》，在国内外学界引起较大反响。不过，与这些年方兴未艾的女性主义或性别研究相比较，您的路数显然不同，注重个案研究，力求"还原现场"。能否谈一下您采取这种独特方式进入女性研究的具体考虑？

夏： 和许多学者不一样，我进入女性研究领域，并非因为受到西方时新思潮的启悟，而具有坚定的理论立场。或者不妨干脆承认，当1994年夏接受约稿，为"女性文化书系"撰写《晚清文人妇女观》时，我对当时学界正在流行的女权（性）主义还没有多少认知。再加上此前的研究重心在梁启超与近代文学改良，对晚清的女性状况也缺乏特别的关注，因此，我是从最基本的史料读起，希望能够贴近历史现场，以便做出相对准确的研判。这本来可以算是我的先天不足，但由于发挥了在资料搜集与解读上的耐心与细致，最后倒好像是反败为胜，在藏拙中开出了不同的路数。日译本的出版初步证明了国外学界对我的研究的肯定，《晚清女性与近代中国》中的一半论文曾被译成英、日、韩文，在国外学术期刊或论文集中发表，也可见其引起的重视。诚如台湾大学历史系林维红教授在讲评我的论文时一再肯定的，我的研究乃是从史料而不是如时下流行的从理论出发。但就是这种无意得来、实际也是最寻常的研究方法，在一个特殊的情境中，反而可以起到纠偏的作用，即尽量避免了因为理论的诱导而在材料的释读与问题的定性上出现的误差。

不过，对我来说，一直很明确也更重要的是，晚清女性研究实为整个中国近代社会文化研究的一隅，我期望以此窗口，重新审视晚清社会的历史变迁。因为"女子在社会现实中的处境远较男子复杂，遭遇的困扰也远较男性繁多"，所以，"对晚清女界生活与观念的考察，也可以获致全方位的呈现晚清社会场景的效果"（《晚清女性与近代中国·导言》）。而我之注重个案研究，也仍然是延续上述"见微知著"的思路，希望通过对内涵足够丰富的"事件核"（包括人物与文本）的设定与解析，尽可能释放其间蕴藏的信息，以逼真地展现晚清社会的某一现场，揭示其间隐含的诸种文化动态。相比那种宏大叙述容易造成的疏漏，由个案分析所构成的晚清社会图景，应该更真切，也更丰盈。

陆： 在《晚清女性与近代中国》一书的《导言》中，您提到"进入报刊，返回现场，其观感以所谓'天地为之变色'来形容，庶几近之"——通过报刊进入历史现场，是您研究的一大特色。您如何看待报刊文献在近代研究中的地位？相对于诗文集、书札、日记、档案等其他文献，其优势和局限各有哪些？

夏： 前面讲到，我做晚清女性研究采用的方法其实很普通，就是历史学通常强调的"论从史出"。之所以会胜出，引起国内外学界的关注，除了个案剖析这一特别的处理方式，也与我偏向使用报刊文献有很大关系。近代化报刊是在晚清萌生，并得到了迅速的发展,报刊尤其是报纸也因此成为后人了解与体味已经消逝的近代社会各种细节的最重要的资料库。这是因为报纸逐日刊行与追踪时事的品格,使其可以最大限度地逼近社会生活的原生态。相对而言,书札与日记更多私人话语与个人偏见;野史笔记多半出自传闻或追述,不免掺杂讹误;官方档案又有维护现行体制与主流价值的既定立场。由此使得这三类过往研究中更为倚重的史料,在用于近代社会文化研究时,都需要小心过滤。而报刊作为近代公共空间诞生的有力催化剂,本以晚清报界主体——民办报刊所代表的公众立场最称合格,由此也决定了晚清报刊向民间社会倾斜的基本取向。我在研究中始终关注晚清社会中民间力量的增长,新学说、新思想的流布,以及与之相对应的朝廷权威的逐步消解,传统经典的移步变形。而报刊在其间所起的作用尤其重要。就此而言,采信报刊资料也有利于研究者把视角从官方移向民间。

并且,即使从文本的解读看,报刊所保存的发表语境的原生态,也会带来一种立体回声的效应。以文学作品的阅读为例。近代作家往往先借报刊成名,其作品也经常会先在报刊发表。这些报章文字于是成为开放的文本,我们确实是在"众声喧哗"中接触作品,很多的周边资料可以帮助你理解文本以及作家的写作过程,很多研究课题也因此被开发成立。而去翻看那些经过整理的作家诗文集,就会觉得它太干净,已经从生动、纷繁的背景中剥离出来。当然不只是文学创作,关于历史事件的理解同样如此。总之,上下追踪,左右逢源,报刊可以说是后世研究者返回历史现场的最佳通道。

当然，也必须指出，即便是民间报刊，也仍有各自的党派立场。因而，在肯定其言论相对公正的前提下，还需要与其他来源的史料以及不同政治主张的报刊相互印证，才能保证结论的可信。

陆：二十世纪九十年代以来，您的研究著作涉及了许多新领域，如记忆（主编"学者追忆丛书"）、图像（与陈平原合编《图像晚清》）、城市史（《晚清上海片影》）、社会文化史（《晚清社会与文化》）、阅读史（关于百科全书、旅游指南、教科书、尚友录、西餐食谱）等，关注社会状况、日常生活、私密体验，意在从细节"重构晚清图景"，却又始终不失对近代中国整体趋势的把握。能否结合具体的研究，谈一下您是如何在宏观历史图景与微观个案研究之间保持平衡的？

夏：近代中国研究应该是一项系统工程。我想做的是，尝试打开不同的窗口，眺望以至用望远镜观察这一"现场"，以细节展现的方式，重构五光十色的晚清图景。其实，无论从哪一通道进入，我还是有一个中心关怀，即"西力东侵"与"西学东渐"后，近代中国如何展开从古代到现代的社会过渡与文化转型。所以，在教科书中，我会讨论中国人自编的第一部小学教材《蒙学课本》中的"旧学新知"；在食谱中，我会选择出自西人之手的《造洋饭书》与《西法食谱》，考察二书所体现的"中西调适"与"食洋不化"两种西学输入思路及其现实效应；在百科辞书中，我会看中《外国尚友录》《海国尚友录》以及《世界名人传略》，探究这些世界人名辞典如何移步换形地完成了对中国古代姓氏书的改造。以上三篇论文均收入了我今年在香港三联书店出版的《晚清白话文与启蒙读物》一书。

至于图像与城市史，在我做来，多少有些彼此关联。因为由我负责为《图像晚清》中每一幅从《点石斋画报》选出的图画配文，在阅读与画面相关的各种历史文献以进行摘编时，我也对作为中国早期现代化桥头堡的上海发生浓厚兴趣，由此产生了《晚清上海片影》一书。这次谈论的话题似乎更琐碎，不过是赛马、马戏团、自行车（即现在的过山车）、洋水龙（即今日救火车的前身）、跳舞会等，但在我写来，并不只是为了介绍这些西洋风物如何传入中国，而是努力发掘此类娱乐活动中所蕴含的展示与接受西方文化的过程。为"还原现场"，我也大量插配了各种图像资料。

陆：文学形式也是您一贯关注的问题。从早年探索"文人诗套语套式""律诗语序"开始，此后持续研究晚清新文体、新体诗、白话文运动，编有论文集《文学语言与文章体式》（与王风合作，2006年），最近还新出了《晚清白话文与启蒙读物》（2015年）一书。其中一个重要观点，就是要沟通晚清文学改良和"五四"文学革命。您认为从晚清到"五四"，这两个时期的文学形式变革，在断裂之中有哪些传承？

夏：关于晚清与"五四"文学，以前强调的是断裂，而我更看重的是传承。比如白话文并非"五四"的特产，而是可以向上追溯到晚清的白话文运动。只是，和研究生阶段分析早期文人诗的套语套式以及杜甫律诗的语序问题不同，那时更着力的是比较纯粹的形式研究，而我在有关近代文体的论述中，已往往将外在的文化语境一并纳入。像考究晚清白话文运动所汲取的有效资源时，特别揭示出清朝官方晓谕大众的白话告示与定期宣讲的《圣谕广训》及其白话读本，如何借助国家机器的力量，使白话书写积淀成为时人的普遍记忆与日用常识（《晚清白话文运动的官方资源》）。

至于晚清的文学改良与"五四"的文学革命之间，更有密切的关联。简言之，晚清文学改良基本是在两个层面展开的，一为输入西方思想文化，一为文学语言与形式的改造。前者经由"文界革命"的标举"欧西文思"、"诗界革命"的提倡"新意境"以及"小说界革命"的"改良群治"与"新民"思路，使作家自觉地融贯新知识、新思想于作品中，不但促进了现代思想文化在中国的传播，也使文学创作贴近现实，题材空前扩大。而为了书写新现象、新学理，作品中夹入了大量"新名词"；为了达到启蒙功效，文学语言又趋向通俗化。这正是傅斯年所谓"欧化的白话文"即现代白话文诞生的必要条件。诸如白话小说、弹词、杂剧、传奇、民歌、新乐府、歌词等众多俗文学体裁，在晚清也引起了作者重视，地位大为提升。不少作家还有意识地引进与模仿西方文学的创作技巧与文学种类，丰富了文学的表现力，为文学写作注入了新成分，自然也部分突破了传统文学的格局。凡此，无疑为"五四"文学革命的再出发提供了基础。尚须指出的是，与内容的趋新相比，晚清文学改良在形式上的变革相对滞后。无论是文言文、古典诗体还是章回小说,仍然占据了"新文体""新派诗"与"新小说"的主流。这一内容与形式的矛盾,仍有待"五四"文学革命兴起,才获得解决。

陆: 您的许多研究专著都是课堂讲授的结晶。在近代文学的专业之外,您还开设过关于明清之际的课程,并撰写过一些相关论文,迄今尚未成书。能否介绍一下您在这方面的研究?

夏: 在大学任教,需要不断更新授课内容,以便把最新的研究成果与思路传达给学生,这也成为我撰写论文与专著的一大动力。比如,《晚清文人妇女观》一书,最初的计划完全是人物个案的叠加,只是因为上课的需要(我通常会把正在进行的研究作为选修课开讲),必须先有概说性的交代作为引子,这才添加了"晚清妇女生活中的新因素"与"晚清妇女思想中的新因素"两篇"综论",日文本正是将此部分完整译出。

不过,关于明清之际的研究有所不同。因为研究生阶段,季镇淮先生要求我从清代各家文集读起,清初的东西看得相对仔细,也写过关于顾炎武的文论与诗歌以及清初诗坛尊宋风气形成的论文,虽则粗疏,还是上过手。因此,1992年,葛兆光为香港中华书局的一套丛书约稿时,我也贸然报过《明末三大家》的选题。这套丛书的体例是采用学术随笔的写法,看似轻松,对我来说,仍然分量不轻。陆续写出十多篇后,因期限已到而字数不够,只好放弃。书虽未写成,由顾炎武、黄宗羲与王夫之扩散开去,倒促使我开设了一门"明遗民文学研究"专题课。而与研究晚清文学一样,我也是从社会大变动的角度接近这个题目,因此在讲授时，更关注"易代之际"与"华夷之辨"的交叠对文人创作、文学思想以及人物心态的影响。后来之所以没再继续用力，和已将这个题目转嫁给赵园有关，她的"明清之际士大夫研究"做得实在精彩，无法企及，以致我连专题课也不好意思再讲。至于那几篇随笔，虽未结集，还是陆续发表了。

陆： 编选整理近代学者文人的著作，也是您学术工作的重要组成部分。您先后编校有《梁启超文选》（1992年）、《中国现代学术经典·梁启超卷》（1996年）、《追忆康有为》《追忆梁启超》（1997年）、《〈女子世界〉文选》（2003年）、《〈饮冰室合集〉集外文》（2005年）、《清华同学与学术薪传》（与吴令华合作，2009年）、《中国近代思想家文库·金天翮、吕碧城、秋瑾、何震卷》（2015年）等书，被学界誉为精审之作，其中的《〈饮冰室合集〉集外文》三大册更是花费了将近十年时间；此外，您还与陈平原教授合编有《二十世纪中国小说理论资料》第一卷（1989年）、《北大旧事》（1998年）、《图像晚清》（2001年、2014年）等资料集，颇便学者利用。世人常把文献整理看作"为人做嫁衣"、吃力不讨好的事情，您却乐此不疲，能否谈一下这方面工作的心得？

夏： 一般而言，研究出色的学者，往往不愿或不屑于做资料整理。这大致由两个原因造成：一是在目前的评价体制中，编校类著作不算科研成果或计分很低；二是不少以编资料集见长的学者，往往只能写考证性的小文章。花费大量时间，投入与产值完全不能相比，再加上长期从事此业，还可能磨损了经营大制作的能力，这当然会让人望而止步，至少是看轻了文献整理工作。其实，所有人都懂得，资料是研究的基础。表面看起来，编集史料是服务他人，但我想强调的是，这项工作对于有想法的编校者本人，同样也会受益无穷。

以我的体验，编辑资料本来也与个人的研究相关。如为梁启超编文选、集外文以及追忆文章，也是因为我一直在做梁启超研究。而在搜集整理的过程中，由于当时很多文献无法复印，只能手抄，等于进行了细读，因此让我格外熟悉这批史料，在以后的研究中可以做到随手拈来。而且，在查找资料时，往往会有意外的发现，由此可能触发生成新的研究题目。像收入《〈饮冰室合集〉集外文》中自《中国图书馆协会会报》录出的梁启超诸文，就为我写《梁启超与〈中国图书大辞典〉》提供了重要的支撑材料。至于编《追忆梁启超》，则使我不只从《饮冰室合集》的文字了解梁启超，更能从周边亲友的叙述中感受其人鲜活的品性。所以，关键在于，你是不是带着想法去编资料集。如果先有自己的研究设想，编出的资料集不但价值高，甚至还会开出新的研究方向。我觉得，我和陈平原合作的《二十世纪中国小说理论资料》第一卷、《北大旧事》、《图像晚清》，都具有这样的性质。这也使得我对文献整理兴致盎然。

陆：您的研究在史学研究界也有很高评价，许多人评价您的学术风格更近史家。您如何看待近代史研究和近代文学研究的沟通与区别？

夏：说个闲话：我的《晚清文人妇女观》出版后，据说社科院近代史所图书馆馆长闵杰先生最初并不看好，认为中文系的人写的，可能玩虚的多；但读过之后，感觉很扎实，大为称赞。应该就是从这本书起，史学界开始关注我的研究。当然，如果向上追溯，史学兴趣的发生和我一直喜欢读史，考大学时，本想以历史系为第一志愿不无关系。这样，我也有理由自认，和一般的中文系教授不一样，我的研究路数是文史合一，近年还会更偏向史。

从大的范围来说，我所主攻的近代文学史专业，也属于历史学科的分支。翻开《八十年来史学书目》或者《中国史学论文索引》，"文学史"研究的成果都被纳入其中。所以，就基本的研究方法而言，做文学史与做历史研究是可以相通的。只是，文学史所处理的对象主要是文学文本，除了社会历史价值外，研究者还必须揭示其美学意蕴。也就是说，在史学判断之外，决定论述高下的还有文学感觉与审美能力。而研读文学作品的训练，也培养与强化了中文系出身的学者对文本整体上的理解与感受力。我的论文《秋瑾与谢道韫》曾有幸入选华中师大中国近代史研究所编的《辛亥革命与20世纪中国：1990—1999年辛亥革命论文选》，主编之一严昌洪教授评论说："该文出自一位文学学者之手，其角度之新颖，在史学论文中是少见的。"我在文中征引了不少秋瑾的诗词与弹词，实际上，善于把文学作品当作史料运用，确是中文人的特长。因而，我眼中最理想的研究状态应是出入文史之间，既有史学的深厚、严谨，又不失文学的灵动、敏锐。

陆：您爱好收集邮票等小物件，喜欢看侦探电影，更热衷于旅游访胜，这些个人趣味与您的学术研究是否有着某种内在联系？产生过哪些成果？

夏：不能说这些爱好都可以直接转化为学术研究的资源，但诸如集藏癖好可能和我搜求资料时尽可能求全的心态一致，看侦探剧多少会锻炼智力与逻辑分析能力，有利于辨析史实、推进论述，等等。不过，这些都只是具有内在关联。而我的旅游访古兴致，则可以真正弥补由文字进入历史的缺憾。要说"回到历史现场"，体贴那些早已消失的人物与事件的活动场景，纸面的阅读固然重要，身临其境的感受也不可缺少。这可以算是我对古人"读万卷书，行万里路"的一种引申理解吧。

由于晚清距离现在不过一个世纪，山川依旧，故居犹存。在其人生活过的空间里回味那些相关情节，"历史"才会因为"触摸"生动起来。而晚清人已经开始走向世界，像梁启超在日本流亡十四年，其间还去过美国、加拿大、澳大利亚、新加坡。我到这些地方时，也总会惦记着寻访遗踪。印象深刻的是，因为亲历了墨尔本、悉尼等城市间的飞行距离，见识了各市区的散漫阔大，我才真切体会到，百年前只能乘坐火车与汽车奔走演说的梁启超，慨叹"各埠皆散处，相距动辄数百英里"，辛苦募捐"得不偿失"的艰辛。除了这篇《寻找梁启超澳洲文踪》，我写的此类学术游记，已大体收录在《返回现场——晚清人物寻踪》（江西教育出版社2002年版）一书。其中涉及的人物，除了梁启超，还有李鸿章、黄遵宪、康有为、孙中山、章太炎、罗振玉、王国维、金松岑、陈去病、柳亚子等。而经由晚清人的眼光，恢复已被现代高科技钝化、麻木了的知觉，世界也重新在我眼前变得新鲜可喜。

陆：能否谈谈三十多年治学和教学经历中，对您影响最大的几个人？

夏：这么多年走过来，对我发生影响的人和事肯定很多。要说影响最大，一个是我的导师季镇淮先生，他引导我走上了近代文学研究之路，由此，一片充满魅力的新天地在我面前敞开；另外一个是我的先生陈平原。我和他相识正好在研究生毕业之际，而且，我从古代顺流而下，他从现代溯源而上，又正好在近代相遇。日常的交流与讨论所得到的启发，不言而喻。我的著作大多由他作序，也可以证明他对我的思路了如指掌。

陆：能否介绍您最近的研究兴趣，或者透露一点您今后的研究计划？

夏：最近几年，我的研究兴趣大体集中在三个方向：首先是晚清女性启蒙读物研究。借用梁启超关于"国民常识"乃是"现今世界公共之常识"（《说常识》）的说法，我把近年发表的七篇有关妇德经典新解、中外女杰传记与近代妇女报刊的论文，结集为《晚清女子国民常识的建构》，以探讨其时知识精英的思想如何转化为女性的公共常识。另外，我对1995年出版的《晚清文人妇女观》也进行了大幅增订，此二书2016年初将由北大出版社一并推出。

其次，如你所知，最近两年，我在商务印书馆主持了一套"梁启超史学著作精校系列"，已经印行了三种，即《中国近三百年学术史》《国学小史》与《新史学》。很感谢你为这套书所做的版本校勘，工作量真的非常大。而我希望借这套书还原梁启超当年的学术构想，在"导读"中也注重揭示其思考脉络，写作时很费心力。这项工作还要继续，好在目前出来的几种很受欢迎，已得到学界的认可。

最后一个想做的题目是"近代戏剧与社会思潮"。关于这个话题,已经完成了几篇论文,即《中国近代"戏剧"概念的建构》《旧戏台上的文明戏——田际云与北京"妇女匡学会"》《晚清外交官廖恩焘的戏曲创作》等。可以看出,我做的不是纯粹的戏曲研究,还是有意把作品还原到社会思潮变动的场域中。只是,目前的积累还不够多,这也可以视为我今后的一个研究课题吧。

我做研究其实没有太强的计划性,触手所得的题目,也可能成为不断发酵的生长点。

2015年11月25日于京西圆明园花园

(原刊《学术月刊》2016年第2期)

发近代之精微，教前人所未见
——答《北京大学教学促进通讯》郭九苓、缴蕊问

采访时间：2012年11月22日

启蒙：感谢良师的指引

记者：多谢夏老师对我们工作的支持！您上中学时正值"文化大革命"，这对您的学习产生了什么样的影响？

夏晓虹（下文简称"夏"）："文革"开始时我在北京景山学校读六年级。景山学校实行所谓"十年一贯制"，从小学入学开始，十年高中毕业，六年级就是刚进入初中部。那时景山学校直属中宣部，很多高干子弟都来这里念书，因此学校配备的师资力量很强，比如当时我们的英语老师是从北师大调过来的。景山学校在教学上也比较特殊，是用自己编的教材，我们三、四年级就有很大的阅读量，包括《三字经》《千字文》，以及鲁迅等现代作家一

些浅近的作品。

1966年全国开始停课闹革命,基本上就没有上课了,然后1969年4月我就到吉林插队。在农村我们也没别的事情可干,除了下地劳动,就是看其他同学带来的数理化教材,算是自学了一些东西。我相当于只上到初一,恢复高考后居然考上了北大,现在想起来真是奇迹。这应该与我在景山学校受到的良好教育有关,否则再努力复习也无从入手。

记者:上大学时您是如何学习的?我看您的文章,感觉资料翔实,文笔优美,既是论证严谨的论文,又兼有散文的韵味。您这种独特的研究和写作风格是什么时候形成的?

夏:因为刚经历了十年"文革",大家学习热情都很高。上课也不是为了成绩,求知是主要的。大学课程中,我觉得选修课对我更有帮助,因为讲得更自由、灵活。我印象极深的是陈贻焮先生的"三李研究"课程("三李"即唐朝李白、李贺、李商隐)。陈先生这门课不是单纯地讲解文学与历史知识,而是用了一半时间讲自己的论文《唐代某些知识分子隐逸求仙的政治目的》的写作过程——为什么想到这个题目?怎样开始构思?怎样搜集资料?怎样提炼观点?最后怎样成文?等等。那时还没有复印机,他就用手写、用蜡纸印,上课时发给我们论文中使用的材料,然后一条一条讲,把撰写论文的全过程演示给我们。我觉得这门课对我们帮助非常大,使我一下子明白了"做研究原来是这么回事"。

通过陈先生的讲解,我知道写论文不能只看某个作家的文集,还应当有其他周边材料,比如相关史料和其他相关作家的作品等。他告诉我们怎么来搜集资料，虽然每个人处理的资料可能不一样，但处理过程有通例可循。陈先生的论文为我们提供了一个范本，可以考察他的思路，然后思考自己该如何做。

受陈贻焮老师的影响和启发，我在他的课上写了一篇《谈谈李白的"好神仙"与从政的关系》，后来发表在《文学遗产》的增刊上。这篇文章是顺承陈老师的论文，进行了一些补充和延伸。我当时先给陈老师看，他批得非常认真，而且很快就还给我了，还在每个他认为精彩的观点上画了标志以示重视。现在看来，这篇论文还是模仿性的，谈不上什么自己的研究风格，但陈老师的示范和鼓励对我后来走上学术道路起到了很大的激励作用。

记者：您一直对唐代文学感兴趣，研究生阶段为什么选择了近代方向？

夏：我读研究生那年，唐代文学专业没有招生，只能转向其他方向。由于受到政治风气的影响，当时对近代文学的评价并不高，认为近代文学既不如古代辉煌，也没有现代精彩，所以没有学生愿意选择近代方向。而我不是很在意所谓"冷门""热门"的问题，既然近代文学没人报名，我就报了。

我们上文学史课时，老师没有讲这部分内容，只有一个研究生作为教学实习讲了两节课，基本上只是列出了一些书名和人名。所以我上研究生时，近代文学史的知识几乎是空白，是从头开始进入这个领域的。

近代：文化与学术的宝库

记者： 我觉得近代对中国历史来说是一个非常重要的时期。近代在文化、政治、经济、科技各方面都起到了承上启下的作用。近代的革命发源于知识分子或文化的觉醒，这与过去改朝换代或民族战争也是截然不同的。

夏： 是这样，近代的价值越来越得到学术界的认同。不仅是近代文学，也包括整个近代史，都正在被重新梳理和解读。比如过去我们曾经以嘲笑的态度评价洋务派、维新派和清政府的自强运动，这些偏见在史学界已经逐渐得到了清理。当我选择近代文学研究的时候，还处于以"极左"眼光看待历史的社会环境下，这对我个人的学术工作来说反而是一种幸运，因为很快就是思想解放，近代研究也取得了很多颠覆性和开创性的成果。我们的工作与前人的研究有了很大差别，不光是观点和角度的问题，思路与方法上也更符合学术规律，比如我们不会再单纯分析文学本身，而是把周边的东西都包括进来。

记者： 您觉得研究近代的主要特点是什么？

夏： 我经常感慨研究近代比研究以前其他任何时段都要辛苦。以前老师们都强调搜集资料应当"竭泽而渔"，我却常常告诉学生，研究近代是不可能穷尽史料的。研究唐代文学，主要的文本也就是《全唐诗》《全唐文》，中华书局版的《全唐诗》加上补编也只有三十册，尽管工作量也很大，但还是可以穷尽的。何况，现在古代文献，包括《全唐诗》《全唐文》等都有了电子版，检索、阅读都非常方便。而近代情况不同，整个印刷、出版环境都改变了，单是《申报》的影印本就有四百巨册，资料数量完全不在一个层级上。而且，大多数资料没有数字化，所以阅读时必须有所侧重和选择。

此外，我觉得研究近代的学者不能只读文集或诗集，一定要还原到它产生的语境中。这些近代的作品往往最初发表在报刊上，又往往关切时事，你必须回到原来的报刊中，才能够领会诗文本身的确切含义和价值所在，这也是与古代文学研究不同之处。如果我们将作品和语境割裂开来，那对作品的评价可能会出现偏差。比如李伯元的《官场现形记》和吴趼人的《二十年目睹之怪现状》这两部小说，上文学史课时，我们被告知写得太夸张，形容过甚。可实际上，小说里所写的故事在当时的报纸新闻中比比皆是，两位作者不过是据实书写，并没有很多夸大。包天笑（1876—1973，著名报人，小说家）就曾经提到，吴趼人有一个记事本，上面贴了很多剪报和别人讲给他的故事，他把这些材料当作小说的素材。晚清社会处于畸形的过渡时代，传统纲维已经开始解体，新秩序又尚未确立，所以在失范的社会形态下，各种光怪陆离的事情都可能出现。

近代的时间跨度虽然不长，但是资料可能比过去几个朝代都多。近代研究中，我很重视报刊资料。所以我会要求学生阅读当时的报刊，以帮助他们理解晚清社会的真实状况，因为这是我们解读文学作品的基础。这些报刊材料可以提供很多新想法，提示你想到很多以前没有想到的问题。此外，在选择资料来源时，我很重视那些我认为可以代表民间社会观点的报刊，因为他们提供的视角与官方不同。

记者：您做了这么长时间的民国和晚清的文学历史研究，您比较有感触的是什么？

夏：以前我们对晚清社会的印象都是来源于教科书，比如腐朽落后、半殖民地半封建社会、丧权辱国等，让人觉得整个中国近代就是暗无天日。近代中国政治腐败、国力衰微是事实，但另一方面，进步力量正在生长，很多与后来的社会转型，甚至现代社会建立紧密相连的新事物、新思想已经萌生。

除了文学，我在历史方面研究得比较多的是晚清的女性——女性生活和女性观念的转变。我觉得这个特别的视角能够看到社会转型更多的面向。女性受到的束缚、遭遇的问题都比男性更多，她们面临的处境也更艰难。我把女性生活史和女性观念的变化看作是整个社会变化的缩影和窗口。我的研究更多还是从个案入手，透过个案发掘其中蕴藏的信息，考察各个层面的问题，把它揭示出来。

在近代研究中，我比较习惯从个体和细节出发，不喜欢套用固定的或流行的理论。有些人做研究，觉得首先应当有一套理论框架，比如现代化理论或民族国家概念，等等，然后把材料剪裁一下放进去，即用理论包装材料。但我觉得这种做法是削足适履，容易浮在表面，不能真正发现问题，推进学术研究。而以小观大，深入体察社会或文本的肌理，才能够把握最真切的脉动，做出恰如其分的判断。这样说并不是排斥理论，而是反对生硬的、不切合对象的搬用。理论当然也可以照亮史料，实际上，我更愿意说，理论可以为你提供一个新角度、一种新思路，用晚清人的话来说就是："以新眼读旧书，旧书皆新书也；以旧眼读新书，新书亦旧书也。"只是，我们不要把理论变成预设的真理，用理论来剪辑材料，那样就很难再有新的发现。

记者：您为什么把梁启超作为研究的重点？现在有很多人对梁启超感兴趣，您觉得原因是什么？

夏：很多历史人物其影响局限在某个阶段，比如康有为在晚清绝对是个先进人物，但到民国时已经显得落伍了，甚至变成了反面形象，一般社会也不再接受他的思想。梁启超是少有的能够从晚清到现代发挥持续影响的人物。最近有一个论文引用率的排名，与鲁迅的书在文学类排名第一相同，梁启超排在史学类国内学术著作之首。其实，我们甚至可以说，梁启超的影响是越来越大。他提倡、发动的文学改良运动，使近代文学具有了区别于古代文学的特质。我读曾国藩、龚自珍的文章，老实说，都没有觉得与古代文学家有多大不同。但读到梁启超就不一样了，他的文章和思考确实具有近代气息，他的主张对改变中国文学面貌起了很大的作用。

记者：关于梁启超，您的研究有什么最新进展吗？

夏：对于梁启超，还有很多没有搞清楚的问题。比如梁启超的书信很大部分是只有日期不写年、月的，应该怎样推定这些信的写作时间？这是还原事实的基础，但又是非常困难的。只有特别熟悉梁启超的生平行事，甚至通过信纸、字迹的对比，才能确定这封信究竟写于哪一年。此外，我还打算整理、出版一套梁启超史学著作精选，里面有些是以前没有单独印行过的著作。比如《国学小史》是梁启超二十世纪二十年代初在清华开的一门课的讲稿，大部分收录在《饮冰室合集》中，但是打散分布在不同的卷里，也没有标明出自《国学小史》。现在我查到了手稿，补充了缺失的部分，正在把它整理成一个完整的新的文本。梁启超的著述太多了，而且很多材料还有待整理，能够做的题目也很多。我希望能够校订出比较完善的文本，每本书出版时写个导读，对其产生过程、价值以及学术影响做一个分疏。

研究：为了教学的目的

记者：下面想请教您一些具体教学方面的问题。您是1984年7月毕业留校的，但到了第二年才开始上课，这半年您在做什么呢？

夏：其实我的兴趣是专门做研究，不想教书，本来想去社科院的文学研究所。但问了我的导师季镇淮先生的意见，他主张我留校，我只好听他的话，就留在中文系了。

那时学校对新老师很照顾，给每人半年时间备课，以便完成从学生到老师身份的转变。与现在不同，那时只有副教授才能上专题课，新留下来的老师肯定要去讲文学史基础课。像我是学近代文学的，所以系里安排我从明清讲起。

我觉得自己在讲课方面的口才并不是很好，尤其是本科生课程，需要引起学生兴趣，表达的技巧很重要。我刚留校的时候，系里的金开诚先生（著名学者，已故）提醒我要学习一些讲课的方法。他认为，男老师和女老师的授课风格不同。他特别欣赏西语系一位姓孙的女教授，觉得她的课可以作为典范，建议我去观摩。金先生对讲课是非常重视的，他每次上课前都花很多时间精心准备，以期达到最理想的授课效果。

有的老师讲课特别有激情，富于感染力。比如和我同时毕业的同学张鸣，他上课非常投入，学生的感觉也非常好。有的学生不止一次听他讲文学史的同一内容，就像戏迷专门爱听老戏一样。这样的授课效果是我不能达到的。我属于比较冷静的类型，习惯于一板一眼地讲课，因此我认为我比较适合讲专题课，给研究生上课。

我喜欢讲专题课或研究生的课，还有一个很重要的原因是，这样的课可以让我把研究和教学紧密结合起来。比如这学期上的"梁启超研究"讨论课，我正在做的研究、写的论文，马上就会转化成讲义。同时，这样的课也能经由老师的示范，让学生领会研究方法，启发他们思考问题。实际上，这样讲课是很累的，老师要始终站在学科的前沿，每节课都要传达给学生书本上没有的东西。

记者： 为什么专题课一定要讲最新的研究成果？有些内容不可以重复吗？

夏： 现在是网络时代，各种信息、资料都很容易获得。一篇论文发表出来，很快就可以在网上找到。如果我讲的东西学生已经先看过了，我会觉得自己在炒冷饭，不太好意思。所以我对上课感觉很有压力。一般来说，我会在文章发表前讲授，就是担心我讲的内容缺少了新鲜感和冲击力。当然，这样做对老师也有好处，逼着我做了更多的研究。

今年有一批梁启勋（1879—1965，著名词学家，梁启超之弟）收藏的梁启超的东西被公开出来，包括二百多封信件以及一些讲稿等。这些材料是匡时拍卖公司提供的，都是最新的素材，我肯定要用到课堂上。老师应该让学生及时了解有哪些新的资料现世、有什么价值，这也是对学生研究能力的培训。

我觉得自己起码可以算是对学生负责，备课认真。学生也能体会到，所以他们准备讨论稿时也很下功夫，很多人的论文都有新的想法。有时我会把优秀的学生作业推荐到杂志发表，这样学生也会对这门课程以及相关的研究领域更有兴趣，更加投入。

记者：您的"梁启超研究"讨论课也有一个基本框架或者大体思路吧？

夏：授课内容除了新材料、新观点，当然基础性的知识也是必不可少的，但这些会经过我重新的梳理。比如最开始我会讲作为政治家的梁启超、作为学者的梁启超、作为文学家的梁启超，但角度和思路与前人不大一样。这门课是给硕士生以上的学生开的，梁启超生平之类的情况，学生可以看参考书目里的《梁启超年谱长编》等，就不占用课上的时间了。我觉得给学生的起点要高，听课有一定压力，这样他们才会进步得更快。

我认为，梁启超是研究近代文学不能不读的大家，这门课可以使学生对他有深入的解读，同时也引领他们进入近代文学研究领域。这是我开这门课期望达到的目标。

记者：具体您如何指导学生阅读和进行学术性的研究？

夏：以"梁启超研究"这门课为例。近代作家，尤其是梁启超，作品在发表时和收入各种集子时会有很大的不同。这些差别其实反映了梁启超思想的变化过程，是很重要的研究切入点。学生起初不会在意这些差异，因而我首先要求他们从最原始的版本着手。此外，我指定的每个文本都有两三个同学选读，我要求每个人有自己的关注点，不要大家都在讲同一个问题，这样他们自己也会分工讨论，互相也有启发。最后在他们发表的过程中，我会进行引申，指出还有哪些问题可以讨论，哪些初步设想可以扩展成论文的主体，还有哪些问题有偏差甚至思路不对，应该怎么修正，等等。

记者：您如何安排上课时间呢？

夏：前边六次课全部由我讲，接下来的十次课交给学生讨论。每节课用一个小时让学生做报告，如果是两个同学讲，就是每人三十分钟，三个人就每人二十分钟，剩下的时间由在场的人发表意见，相互交流。大家讨论得很热烈，很多时候，下课都会延长十分钟到一刻钟。

意见：人文学科的管理要有人文的思路

记者：您对晚清和近代研究这个学科的发展有什么建议吗？

夏：我觉得这个学科在中文系非常边缘，因为按照学科划分，我的编制在古代文学教研室，但研究古代文学的老师觉得我的研究属于现代。我相信除了我和另一位兼做近代研究的老师，其他所有讲"古代文学史"的老师都会觉得近代就是文学史的尾声，没什么好讲的。所以，从基础课的讲授上，近代文学往往缺席。这和目前近代文学在国际学界所获得的重视有很大的落差。

而从人员配置上看，古代文学教研室的教师分布也不大合理。按照博士生的招生方向划分，我们教研室分为五段：先秦两汉、魏晋南北朝隋唐、宋元、明清、近代。但有将近一半的老师集中在第二段。这对未来的进人自然会造成影响，所谓"强者愈强"吧。我觉得，从大局出发，应该考虑到梯队建设和合理布局，优秀的人才需要及时引进。

再从大的方面来说，我认为学校对于文科的管理不能照搬管理理工科那套方法，不能为了管理方便而"一刀切"，这会对人文学科造成很大伤害。比如说，前几年，学校要求导师给博士生发津贴，学校不再负担这部分经费。理工科的老师有项目资金，而且，他们的学生确实会帮助老师做课题，导师发钱是应该的。但文科老师不见得都愿意或能够申请到项目，这样要求明显不合理。其实，按照我看到的情况，很多人纯粹是为了项目写书，要赶在限期前交稿，往往仓促成书或者组织学生集体编写，质量得不到保证，反而把好的题目糟蹋了。所以，学校那个决定出台后，引发文科的集体抗议。当然，后来学校做出了让步，同意人文学科与社会科学、理工科研究生区别对待。

再比如，学校规定博士生必须四年毕业，如果延期，学生的费用就要由导师来承担，但对经费的来源又有规定，不是导师自掏腰包就可以了，还必须是什么"横向经费"，否则就要扣减导师的招生名额。规定四年毕业是为了防止学生被老师扣下来打工，这对理工科是合理的；但文科几乎不存在这样的问题，因为人文研究绝大部分都是高度个人化的，也不依赖实验设备。另外，文科研究阅读量大、积累时间长，四年确实未必能够写出优秀的学位论文。特别是博士期间，很多学生选择去国外交流一年，在外面他们要学习很多新的东西，也就容易产生延期问题。

当然，有些问题，根子也不在学校，是整个政府管理体制的问题。比如项目经费的使用，我最近就遇到了一件很尴尬的事。我有个学生的博士论文获得了北京市优秀博士论文奖，奖励导师二十万，但属于课题经费。这个钱用起来特别麻烦，根本就是按照理工科思路设计的，很多钱都不能花。文科研究最主要的费用就是买书，但这个项目规定出版、文献、信息传播、知识产权事务费不得超过5%。因为课题组里有很多学生，既然不能买书，我想就每人买台电脑好了，它又规定不能买通用办公设备。最后没办法，只能多算差旅费，用这笔钱支付学生参加会议的路费。也就是说，预算过程中，所有表格的设计完全不考虑文科的特点。其实，既然是奖励，最后我们的成果出来，经过专家验收合格，能够出版，就不应该细算这笔钱是怎么花的。

像这类不合理的规定，徒然给人文学科增加了很多不必要的麻烦。如果类似的行政干预过多的问题不解决，所谓"世界一流大学"只能是似是而非，起码对于人文学科来说是这样。

记者：您觉得"项目化管理"最主要的问题是什么？

夏：我觉得主要是把承担项目列入考核标准产生的问题。国家应该优先奖励那些没有申请项目经费，但研究成果在学界产生反响，或者著作达到前沿水平的研究者。对于申请项目经费却没有做好的，应当予以处罚。可现在情况刚好相反，拿到项目似乎就证明你的研究做得好，对评职称、定岗也都有利。这种做法本身有违严谨治学的精神，却在现行制度下如鱼得水。北大还算比较好的，不纯粹看经费及论文数量。我们到外地院校去，看到很多地方只以项目多少和论文产出做指标，有的文科学者手里有一两百万经费。而我拿二十万都不知道怎么花，难道是北大的财务规定比较严？

记者：您是专心做研究，没动过这方面的脑筋。据我所知，这些钱都是可以"想办法"花出去的，这是逼着人弄虚作假。

今天就到这里，再次感谢夏老师！

2013年3月17日审定

（原刊郭九苓、漆永祥、赵国栋主编：《北大中文名师教育谈》，广西师范大学出版社，2015年）

无可选择，也不必选择
——答《经济观察报·书评增刊》记者问

记者：您在《燕园学文录》中提到，一开始并不想从事教师职业，当时想做什么呢？可以说说原因吗？还有这种想法后来是否有所转变？

夏晓虹（下文简称"夏"）：我一直都认为自己口才不好，不适合做教师，所以上课对我始终有压力。研究生毕业时，我其实更想从事纯粹的专业研究，感觉这或许更能发挥我的长处。所以，当时希望把社科院文学研究所填报为第一志愿。尽管出于导师季镇淮先生的指示，我颇为勉强地选择了留校任教，但应该说，我后来还是对"教学相长"这句成语有了实在的理解与体验。我本来是个惰性很强的人，留校后第一学期既未排课，也没写讲义或论文，那就是我的本真状态。而一旦成为老师，学科的发展、知识的更新，让你在面对学生时不能停下脚步。这大概也是我之所以现在在学界还不算落伍的缘故吧。

记者:"直到阅读梁启超才找到阅读近代文学的感觉",那是一种什么样的感觉?

夏:和七七、七八级很多大学生一样,本科阶段我也很喜欢唐诗宋词和唐宋古文,而对近代完全茫然。这种古代文学的学习经验,使我在硕士生阶段最初接触近代作品时,根本找不到感觉。本来就对这一段的文学创作背景缺乏了解,只能按照文学史上提到的大家从头读起,而且也只能从最浮表的文辞和内容上理会。所以,龚自珍、曾国藩的集子看过了,也没有明显感觉到近代文学和古代文学相区别的特质。应该是读到黄遵宪"吟到中华以外天"的诗歌,尤其是读到梁启超那些号称"新文体"的文章,其中"时杂以俚语、韵语及外国语法,纵笔所至不检束""笔锋常带情感"的自由表达,还有其中能够和二十世纪八十年代"思想解放"大潮相呼应的引进西学、改造国民性等话题,才真正让我动心。以古代文学的眼光来看近代文学,往往会觉得它粗率、浅陋,但其实在这种粗服乱头之中,正有一种蓬勃淋漓的生气与五光十色的气象。这在梁启超的文章中表现最突出,这也是我所理解的近代文学的典型形态。

记者:梁启超影响了您么?哪些方面?

夏:我不能说梁启超在哪些方面影响了我,但我可以简单说一下我为什么对梁启超感兴趣。从研究生阶段开始做梁启超研究,至今我仍然不时会回到这个题目上来。这从《燕园学文录》里也可以看到,最初有硕士论文《梁启超的"文界革命"论与"新文体"》,三年前,我还就梁启超以政治通缉犯身份为出洋考察宪政五大臣捉刀代笔一案写过考证文章。吸引我的固然是梁启超作为近代史关键人物的丰厚蕴藏，而从性情方面讲，我也非常喜欢他的率真。梁启超大半生都是个政治活动家，民国初年回国后，更直接进入政权内部。按照一般人的体会，政治家多半都善于玩弄权术。但难得的是，梁启超并没有沾染这些恶习，而且，他在1917年底退出政坛，很大程度上也是因为书生从政。即使由于学术竞争曾经和梁启超闹过一些不愉快的胡适，在梁去世后，也在日记中真诚感念他的"天真烂漫，全无掩饰"，而且特别说到他的"为人最和蔼可爱，全无城府，一团孩子气。人家说他是阴谋家，真是恰得其反"。其实，一个研究对象，如果你对他的理念、性情没有很多认同，也不可能引起持久关注的兴趣。

记者：除了梁启超，您对晚清女性的研究也很多，因"女子在社会现实中的处境远较男子复杂，遭遇的困扰也远较男性繁多"，那女性个人意识的觉醒，是从何时开始的呢？有人认为，中国社会目前过于崇尚女权，有"五四"的原因，您是怎么看的？

夏：所谓"觉醒"，本来就是一个渐进的过程。不过，就整体而言，晚清特别是二十世纪初应该具有标志性的意义。我在收入集子中的《从男女平等到女权意识——晚清的妇女思潮》一文中，专门讨论了这个问题。我的看法是："戊戌变法前后形成并流传的'男女平等'一语，迨到20世纪初，已越来越多地被'男女平权'尤其是'女权'的说法所置换。"这"实际越来越加强、突出了对妇女应得权利的强调"，也"使得男女平等不再只是学理问题，而有了行动的必要；对妇女权益的关注，也因而从最初的呼吁教育权,转向直接要求参政权"。目前在参政方面,虽然有所谓"无知少女"(无党派、知识分子、少数民族、女性)的民间概括,但需要特别的比例照顾,其实正反映出女性与男性在社会事务与观念形态上还没有达到真正的平等。因此,"过于崇尚女权"恐怕并不存在吧。

记者: 您的研究多是"从一个研究中,带出另一个研究",那是一种怎样的状态?随着兴趣点发力么?

夏: 学术研究工作本来是一个有机体,尤其像我这样,总是在近代这一段打转,很多问题会相互生发,引起兴奋点的转移。比如先前做梁启超研究时,会从报刊上发现许多新资料,觉得这是个宝库。后来转向晚清妇女史研究,也是凭借阅读报刊的经验,才能进入这个领域,因为相关史料更多保存在当年的女报中。具体说来,我写《晚清文人妇女观》一书时,注意到惠兴为办女学自杀,但当时只是理解为晚清民间女子教育在经费方面的艰窘。但后来读到的报刊多了,发现惠兴为满人,她的自杀还有特别的满汉矛盾背景,所以又写了《晚清女学中的满汉矛盾——惠兴自杀事件解读》。而进一步追踪惠兴事迹在北方,尤其是北京所引起的募捐热潮,戏曲《惠兴女士传》的上演又浮出水面,北京的启蒙运动与兴办女学的情况也牵连而出,这构成了我的另一篇论文《旧戏台上的文明戏——田际云与北京"妇女匡学会"》探讨的主题。

记者: 您是更加"为艺术"还是"为人生"?您的学术研究使您更快乐吗?

夏：我的历史研究可能更偏向于你所谓的"为艺术"吧，我对探求真相一直有强烈的兴趣。当然，既然从事近代研究，时段与情境的接近，也会产生历史并未远逝的感慨。但应该承认，当下的人生感悟、社会问题并不是我选择题目的出发点。写作的过程当然很辛苦，尤其是我更看重从报刊阅读中获取第一手资料与现场感；但因为你的论文总能够澄清一些史实、解决一些疑问吧，这个过程及其结果也就都会变得令人愉悦，成为一种享受。

2011年8月17日于香港中文大学寓所
（原刊《经济观察报·书评增刊》2011年9月号）

问题与方法：我的晚清女性研究[1]

研究缘起与经历

我做晚清女性研究并不是自觉的选择。《晚清文人妇女观》是我在这个方向上出版的第一本书，1995年由作家出版社刊行。在《后记》中，我讲到过此书的写作是缘于孙郁的约稿。当时他在《北京日报》做编辑，和社科院文研所的王绯合作主编了一套"莱曼女性文化书系"，二人分头约稿，最后一共出了十本书。

1994年7月接受约稿时，我对于这本书要怎么写和写什么，完全没有通盘的打算。孙郁虽然给了我最大的自由度，说可以写成随笔，但我觉得对于自己完全生疏的领域，要写出十几万字的随笔还确实不容易。不如集中在几个人物身上，可以缩小范围，做

---

[1] 此为2018年11月29日在中国人民大学文学院同题讲座的发言稿。

得深入一些。所以，这本书不是按照现在大家看到的章节顺序写出来的，而完全是倒着来。就是因为最初我只准备写几个自己感兴趣，也比较了解的人物，考察一下他们在婚姻、家庭与著述中呈现出的女性观念。恰好几年前，由于参加文研所的项目《中国文学通史·近代卷》的写作，我分配到"林纾"一章，对他的资料读得很熟。因此，这本书一上手，我就先写了"林纾"这个个案。完成以后，自我感觉还不错。尤其是带入了林纾自著的文言小说，对他的"茶花女"情结有所揭示，即他把自己遇到的一个平常的妓女诱客套路，通过他的想象和反复叙述，如何不断发酵放大，由此透露出林纾受他所翻译的《巴黎茶花女遗事》影响而发生的特殊心态。所以要说治学经验，进入一个陌生的领域，首先应该从比较有把握的题目开始做起，以建立信心。

林纾之后，我又翻看了七卷本的《蔡元培全集》（后来浙江教育版是十八卷），写了蔡元培一章。这样就到了1995年的2月，新学期开始。为了配合写作，我报了个选修课，就叫"近代文人妇女观"。但上课和写书不一样，要有系统，不能上来就讲林纾。于是，为了供讲课之需，我又转而写"晚清女性生活中的新因素"；而且也不能只讲放足、女学堂、女报与妇女团体这些有形的变化，还得说明女性观念发生了怎样的改变，于是又有了"晚清女性思想中的新因素"一章。这样下来也就到了交稿时间。

这套书本来是为当年8月在北京召开的第四次世界妇女大会组织的，5月上旬，我的书稿虽然不能说完成，但也必须交出了。算起来，从上一年7月下旬由日本回国，开始进入这个课题，中间还穿插编了一本《梁启超学术文化随笔》,在总共不到十个月的时间里,写了十六万字,这样的写作速度,对我来说也是空前的。中间的换用电脑当然是一个原因,不过更重要的,还是此前我在晚清研究方面的积累发挥了作用。毕竟,从1982年读研究生起,我在这里已经浸泡了十多年。课题虽然生疏,但人物尤其是氛围是熟悉的,我也知道应该如何搜集史料,这样我才能够很快进入状态。

接下来完成的是《晚清女性与近代中国》,北京大学出版社2004年出版。相对于《晚清文人妇女观》,这本书更加没有事先的规划。从《后记》排列的发表情况可以看出,这差不多是一本个人的会议论文集。不知道别人的情况如何,我自己大概只有第一本专著《觉世与传世——梁启超的文学道路》的结构是有意安排的,其他即使作为专著出版,其实都是由主题相近的论文结集而成。这也比较适合我们这些无法集中时间写一本书的高校教师的工作状态。而从大的方面说,这本书的角度已经从《晚清文人妇女观》的以人物为主,转向以事件为主。由于我把全书的十篇论文分为"女性社会""女性典范"与"女性之死"三部分,看上去结构还算完整。

最后一本是北大出版社2016年印行的《晚清女子国民常识的建构》,同时一起出来的还有《晚清文人妇女观》的增订本,这两本书可以算是我从北大退休的自我纪念。后书已将论述的人物增加到七位,特别是有了吴孟班、吕碧城、秋瑾、何震四位女性,改变了初版本下编只有两个男性当家的尴尬局面。前书照样是由六篇主题接近的论文和一篇附录构成，只是，这一回讨论的对象已换成了启蒙读物。不过，应该承认，这本书中一半的章节是在讨论中外女杰传，显得论述比例不均衡。并且，在我的构想中，此书还不算真正完成，有些内容仍有待纳入。其实，包括已经增订了的《晚清文人妇女观》，都还有未写出的部分。暂时了断，有出版社申报的选题已经到期的时限；而且，即便再多两年，我也未必会集中精力，做到完满。所以，现在这种开放的状态，或许有利于召唤自己不断归来。

透视晚清社会

从上述缘起可以看到，我不是从理论预设出发，进入晚清女性研究的。实际上，最初我也希望对西方女权理论，特别是国内已在运用的成果有所了解，但一是时间不够，再就是兴奋点不在这里。所以，我基本上是直面晚清现实，从基础的史料读起。而晚清社会的变动不居、方生方死，中外、古今、新旧各种冲突在此交汇，这样一种五光十色的场景一直让我非常着迷。这也是我从1982年读研究生，开始接触近代文学后即不离不弃的原因。

应该说，我的晚清女性研究从起步开始，就已经把目标锁定在透视晚清社会，这一点可以说是相当明确与自觉的。其中虽然也有扬长避短的私心，即理论方面准备不足，就在史实上多用功；但因此也能够获得了不受理论预设干扰、更准确丰富的历史图景。这样一种研究趋向，我在书中已经反复做过表述。1997年为日译本《晚清文人妇女观》写的《自序》开头,我已经坦白承认,写作此书的理由不只是因为我的女性身份,也是出于历史的兴趣,并且说,"对史实的偏爱甚至胜过了女性研究者的自我意识"。到《晚清女性与近代中国》一书,我干脆直接以"重构晚清图景"作为导言的标题,声明"本书的构想是以重新认识晚清社会为依归",只是进入的途径选择了女性研究。由此可见这确实是我一以贯之的追求。

回到研究本身。《晚清文人妇女观》的上编题为《综论》,本来就是希望对晚清女性的生活与思想现实做全景式的扫描与展示。增订本在原有的不缠足、女学堂、女报与女子团体之外,又添加了婚姻自由,以补上关涉家庭这一面向。下编所选的七个人物,也与上编相呼应,用个体的生命与思想轨迹,呈现晚清社会变迁的大趋势与内在的复杂多样。像林纾与蔡元培,从"五四"的立场看,一个是顽固守旧派的代表,一个是新文化的统帅。不过,回到晚清的语境,我们会发现,林纾当年也是个趋新人物。中国人自办的第一所女子学校——上海中国女学堂成立时,身在福州的林纾也曾经欢欣鼓舞地写诗称赞:"兴女学,兴女学,群贤海上真先觉。"(《闽中新乐府·兴女学》)甚至对中国女学堂章程中规定的"堂中功课,中文西文各半"这样非常超前的设想也能接受和肯定。在翻译小说的序中,林纾也说过:"倡女权,兴女学,大纲也;轶出之事,间有也。今救国之计,亦惟急图其大者耳。"不应因"细微之数"而"力室其开化之源"(《〈红礁画桨录〉序》)。这些都是非常开明的见解和态度。只是由于社会的进步实在太快，林纾才会迅速被挤成了三代以上的古人。因而，林纾的表现仍然可以成为时代的一面镜子。

《晚清女性与近代中国》是透过当时引起关注的与女性有关的各种社会事件，从多个角度来呈现晚清社会各方面的变化。比如，以秋瑾被杀所激起的反响为考察对象，我具体论述了报刊舆论的抗议中所表达的法制诉求；下令杀害秋瑾的浙江巡抚张曾敭被迫调离、又被江苏士绅联名发电拒绝其到任，显示了士绅背后民间社团的力量；直接受命执行死刑的山阴县县令李钟岳嗣后由于剧烈的内心拷问而自杀，则透露出统治阶层内部的分化；秋瑾的闺中密友吴芝瑛与徐自华冒着巨大的政治风险，在杭州为秋瑾举行了盛大的安葬仪式，由此体现出侠义风气的激扬；而被指为告密者的胡道南在秋瑾就义三年后遇刺，又展示出晚清暗杀风潮的威力（《纷纭身后事——晚清人眼中的秋瑾之死》）。另外一本《晚清女子国民常识的建构》更是力图从知识启蒙、思想启蒙的层面，探察晚清社会基础所发生的改变。

虽然聚焦晚清社会，不过，我的研究毕竟是以女性作为观察的窗口。这样，排除了理论先行，而女权思想对我的研究仍然很有帮助。我知道，很多女性研究的同道有非常坚定的女性立场，女权主义对于她们不只是理论，也是一种人生信仰和生活原则。在这一点上，我自愧不如。不过，性别理论作为一种研究方法和观察角度，我觉得还是非常必要而有效的。它确实可以照亮一些材料，让它们呈现出不同的意义。

比如，对何震无政府主义的"女界革命"论，以前一直评价很低,认为她爱出风头,以她署名发表在《天义》上的文字都出自刘师培之手。我虽然对现在将所有署名文章都归于何震也有不同意见,但对她过去被视为"偏激可笑"的一些论说,像"男子者女子之大敌也""不得以初婚之女为男子之继室",以及她著名的《女子复仇论》中所提出的女子向男子复仇,也有了新的认识。如果我们以女性主义的理论来观照,会发现其言说的合理性。因为当时的现实处境是男尊女卑的性别不平等,所谓"复仇",既是何震以激烈的言辞"表现了反抗强权即男性压迫者的女性自觉",同时,"复仇"在她的语汇中又是"复权"的另一种表述,并特别强调了其中"实行"的含义(《何震:无政府主义的"女界革命"论》)。凡此,正凸显了何震对于"实行男女绝对之平等"的坚守,也是其思想先进性之所在。可以说,女性主义的眼光使我对这些文本能够有了一种正确的解读。当然,何震的存在,也标示了晚清思想界的活力与巨大的包容量,让我们看到激进的思考可以走多远。

最后我还要补充一句,其实正是因为有了晚清社会这个大视野,女性研究的题目才可以做大。

基本的研究路径

研究路径的选择,是根据研究对象而确定的。既然我们承认晚清是中外、古今、新旧多种文化汇聚、冲突剧烈的时段,那么,因应这一局面,我们的研究也应该在这几个方向上更用力。

而在所有研究路径中，我觉得最需要重视的是外来文化的影响。关于近代"西学东渐"对中国社会、文化的巨大改变已经是学界共识，关键在于研究中如何落实。这里，由传教士一脉引进的西学，近年已成为研究热点。不过，相对于戊戌以后从日本传入的西学，后者在文化层面的影响应该说更深入与持久。

对日本明治文化的关注，我大致是从1986年开始的。当时在写《觉世与传世——梁启超的文学道路》，用了很多精力追索明治文学与文化对梁启超的影响，这部分在书里占用了三章。这个研究路径的开发在学界算是比较早的，所以，此书也引起了日本学者的很大关注。把这个路数带进晚清女性研究，对我来说也很自然，当然，在这个领域里还算是创新。这方面的研究主要体现在两篇论文，即《〈世界古今名妇鉴〉与晚清外国女杰传》与《晚清女报中的西方女杰——明治"妇人立志"读物的中国之旅》，二文都收入了《晚清女子国民常识的建构》。这一研究也具有连贯性。早在1999—2001年我在东京大学讲学时，已经复印了德富芦花编的《世界古今名妇鉴》。注意到此书，与我已经出版了《晚清文人妇女观》有关系，也因我论述过德富芦花的哥哥德富苏峰的文章对梁启超"新文体"与"文界革命"论的影响。到2008年，我先以此单一文本与梁启超著名的《罗兰夫人传》、1903年出版的《世界十女杰》，以及三种女报（陈撷芬主编的《女报》[《女学报》]、丁祖荫主编的《女子世界》、燕斌主编的《中国新女界杂志》）"传记"栏中的西方女杰传相对照，使得这一未出版过全译本的日文著作在晚清女界留下的深刻印痕得以复现。2011

年，因为日本国会图书馆近代文献的电子书已经开放，我可以看到更多明治时期出版的妇女传记，再次回到这个题目时就可以做大，把明治年间上百种"妇人立志"读物在晚清译介西方女杰传过程中的作用进行了整体呈现，只是，这一次用来对照的晚清文本限于上述三家女报。由此想到，做研究不能太急，如果我当年拿到德富芦花的这个文本马上写，在很多史料还没看到的情况下（比如《世界十女杰》），论文肯定做不好。这里，比较单薄的材料应该等积淀到一定分量后再出手。另外，就是要及时利用新开发的数据库。日本国会图书馆网上开放的资讯，我是在一次海外会议上，由加拿大学者告诉我的。在学界，我算是比较早动用这份资源的，现在大家当然都已经了解。

我还有一篇论文，本来的题目是《批茶女士与斯托夫人》，在杂志发表时，被改成一个具有新闻效应的标题"批茶女士是谁？"。此文讨论的是由于译名的不同与翻译的错误，写作《汤姆叔叔的小屋》的作者斯托夫人，在晚清被一分为二，有了两个不同的名字与身份。林纾在《黑奴吁天录》书中译为斯土活，《选报》发表的《批茶女士传》译为批茶。斯托夫人本名为 Harriet Beecher Stowe，显然这里一个译的是夫姓，一个译的是父姓，都不能算错。不过，传记译文犯了以斯托夫人的早期著作《五月花》顶替《汤姆叔叔的小屋》的严重错误，所以，晚清人提到斯托夫人的两个译名时，写作《五月花》的批茶成为废除奴隶制的勇士，而写作《黑奴吁天录》（即《汤姆叔叔的小屋》）的斯土活只是黑奴的同情者。我的论文要表达的是，误解还是得到了正解,也就是说,在批茶女士身上,寄寓了晚清先进者对于女性人格典范的诸种理想。不过,略有遗憾的是,《批茶女士传》的日本源文本我至今还没能确认。

在古今打通的路径上,我主要做的是古典新义的阐发,即古代经典在近代的重新释读。而中国古代的女德经典文本,最重要的就是刘向的《列女传》和班昭的《女诫》。前者几乎没有再开发的价值,所以,我关注的是《女诫》及其古今注释本。先完成的是《古典新义:晚清人对经典的解说——以班昭与〈女诫〉为中心》,收入了《晚清女性与近代中国》;后来再把这个题目扩大,写了《经典阐释中的文体、性别与时代——晚明与晚清的〈女诫〉白话注解》,现已收入《晚清女子国民常识的建构》。前文主要讨论了班昭在晚清的形象分裂:一种是正面的典范,被尊崇为女子教育的楷模;另一种是反面的典型,被痛斥为男尊女卑的祸首。最后又进一步论述了借用旧经典传播新思想的困难。而第二篇论文的写法,本身就是古今对照,以两本明末的《〈女诫〉直解》和三本清末的《女诫》注解本对比;而且,这两组文本在作者身份与性别上也构成对立,晚明本出自朝廷重臣的男性之手,晚清本则是民间女子的手笔。这是这篇论文在取材上胜出的地方。当然,我会比较这两组文本在面对几个共同问题上表现出的差别:同样使用白话,但浅白的程度以及对白话的态度不同,男性中心的立场如何被强化与被消解,还有在注解《女诫》中所包含的各自不同的现实关怀。

其实,如果说到晚清的经典,我觉得可以分为传统经典与新经典两部分。我这里所说的"经典"包括人物和文本。像上述批茶女士、罗兰夫人及其传记，还有上海广智书局1903年出版的《世界十二女杰》等，在我看来已经具有新经典的意味，晚清关于女性的诸多论说中，这些人物的名字和事迹会被反复提到。我的一些论文，如上面说到的批茶那篇，还有《罗兰夫人在中国》，以及《晚清女子国民常识的建构》书中所论及的《世界十二女杰》与《世界十女杰》等，因此也都可以视为对新经典的讨论。

最后要提到的是报刊。在《晚清女性与近代中国》的《导言》中，我已经讲过报刊对于我的研究的重要性，我是用"天地为之变色"来形容近代报刊如何改变了我对晚清社会的观感。报刊对于返回历史现场、体会众声喧哗具有其他史料不能比拟的价值，这点现在的研究者都已有体认。我在这方面只是领先一步，但也就是把我在梁启超研究中已经开始采用的研究路径，推广到晚清女性研究而已。而从报刊进入女性议题，不再限于单个人的文集，自然会有很多新资料涌入，由此而带出新的论题，也会让论述能够更充分地展开和深入。比如《晚清女性与近代中国》写到的三个女性之死（惠兴、胡仿兰与秋瑾），史料基本都来自报章。而除了秋瑾，其他两位女性在近代史学界已基本处于遗忘状态。我从报刊中把她们打捞出来，也算是对近代妇女史的丰富。也就是说，在使用报刊上的先走一步，也让我的研究得以在学界领先。当然，我说的报刊不限于女报，也包括各种近代报刊，这也是因为我的中心关怀在晚清社会。困难在于当年我查找、阅读这些报刊时还相当费力，现在各种报刊数据库已经大量开发和上线使用，研究的条件可以说越来越好了。不过，我觉得有必要提醒的是，不能以检索代替逐页翻阅。这不仅是发现新史料与产生新论题的需要，感受报刊所带来的时代氛围，对于研究的展开也是非常重要的环节。

建立"根据地"

进入一个新领域后，如何才能站稳脚跟，使你的研究不断推进，可能有不同的路数。我自己的做法，应该是受当年金开诚老师一席话的影响较大。我们读研究生时，金老师曾用当时流行的革命话语，介绍过他的治学经验：应该先建立几个根据地，然后不断发展，最后解放全中国。能不能解放全国姑且不论，但做学问确实需要有几块自己不断会回来、再出发的基地，这也是研究得以推进的基础。

对我的晚清女性研究来说，也有几个类似根据地意义的板块。比如刚才提到的1898年在上海创立的中国女学堂，因为这是一个集群，即这个学堂不只是办学，还创办了中国最早的现代妇女社团——中国女学会，并且发行了中国第一份妇女报刊——《女学报》（1898年7月24日创刊）。这种三位一体的结构，用当时参与者的话来说就是："这女学会、女学堂、《女学报》三春［桩］事情，好比一株果树：女学会是个根本，女学堂是个果子，《女学报》是个叶，是朵花。"（潘璇：《上海〈女学报〉缘起》）所以，这确实是一个非常有魄力的创举。而我所说的"晚清女性生活中的新因素"，起码在这里已占据了三个面向。而且，我做研究一直都喜欢从源头做起，这样便于顺流而下，也会对其日后的展开有准确的理解。所以，我在这个点上投入过比较多的精力。

最早的关注自然起始于《晚清文人妇女观》，只是当时仅在相关章节中略有涉及，未及展开。第一篇用力之作是1998年在海德堡大学短期讲学时写作的《中西合璧的上海"中国女学堂"》，从题目上已可看出，此文的关注点在办学过程中中西文化的冲突与调适。因海德堡大学汉学系主任瓦格纳教授非常重视资料库的建设，购买了很多中国近现代报刊缩微胶卷。我利用这个机会，查阅了《申报》，特别是《新闻报》，发现了大量与女学堂创办相关的史料。我相信，如果不是在海德堡讲学，我不会很快做这个题目。因为《申报》虽然在北大图书馆容易看到，有全套影印本，但由于其反对者的立场，相关报道极少，而更为重要的《新闻报》却只能去国图查看，那就非常麻烦并且不便了。而这一切在海德堡只是举手之劳，所以我一直对瓦格纳教授心存感激。

此后，2010年，我又写了《上海"中国女学堂"考实》，更多地利用了报刊上的招生、招聘、捐款人名单、收支账目等广告，从学校实际操作的细节，分析了中国女学堂学校名称的变更、校区的设置、教员的聘任与授课、经费的来源与使用以及捐款人的情况，使晚清女学堂创办初期所遇到的种种问题得到了贴近的体认与展现。2012年，我又发表了《晚清两份〈女学报〉的前世今生》，前半篇讨论了第一份《女学报》的编辑与发行情况，对女主笔的构成、其间发生的文白之争（最初所拟报名为《官话女学报》）做了重点考察，此文对于因此报稀见而显得面目模糊甚至以讹传讹的状况有所澄清与还原。最近的一篇《中国女学会考论》则是应杨联芬教授之邀，参加2016年她在香山举办的"女性/性别与中国文化现代转型问题"学术研讨会提交的论文。此文利用各种散碎资料，对中国女学会从出现到涣散的过程做了仔细考证。特别是关于这个学会的起止时间、会员构成、后续影响，都有了比较确切的说明，为这个基本没有独立展开过活动的团体做了历史定位。此外，还有从此衍生出来的论文，如《彭寄云女史小考》。我对这位彭女士的兴趣，完全是因为她参与了中国女学堂的筹办，并成为热心的捐款人。而在《点石斋画报》刊出的一幅图像，描绘为女学堂筹备事宜所举办的中西女士大会场景时，彭寄云的名字被意外提到，才引起了我的注意，专门写了此文，钩稽她的生平。

就我的研究来看，这样的根据地，从人物讲是秋瑾。除了由三篇论文合成的《晚清文人妇女观》增订本中的秋瑾一章外，关于秋瑾，我至少还写过《秋瑾诗词集初期流传经过考述》《晚清人眼中的秋瑾之死》与《二十世纪秋瑾文学形象的演化》几篇大论文，最后这篇更是长达五万字，当初也曾经分作几篇发表过。由此牵连出来的还有《秋瑾与贵林》，贵林据传因在秋瑾墓前发表站在满族立场上的谬论，而遭到陈去病与徐蕴华的痛斥。但我找到了贵林自己记述的墓前致辞，发现他对秋瑾遇难具有基本的同情，而且，他"代表的实为满族内部期望自新的立宪派的政治理念"。因为对贵林发生兴趣，我更单独为他写了一篇论文，即

《满汉关系的逆转——贵林被杀事件解读》，重点放在论述这位具有维新思想的满族精英，最终在满汉矛盾与民族革命的挤压下，虽有在辛亥革命期间率领旗营投降、保全了杭州城的功绩，却仍难逃一死。政权易手之后，掌握大权的革命党人出于各种考虑，还是杀了贵林。只是，这些研究已经离秋瑾越来越远。

而从报刊说，我选择的是《女子世界》。由于许多年前，瓦格纳教授曾经托我为海德堡大学从国家图书馆复印过一套此刊，我也趁机复制了一份，以方便反复查阅与展开研究。我编选过《〈女子世界〉文选》，卷首的《导读》也成为《晚清女性与近代中国》的第三章。此外，像《晚清女子国民常识的建构》中第二章至第五章，也就是说三分之二的章节都与《女子世界》相关。如第四章《明治"妇人立志"读物的中国之旅》，其中第三节的标题就是"《女子世界》中的西国'爱种'"；《晚清女报中的乐歌》也更多依靠了《女子世界》的"唱歌"栏以及其他相关栏目。

接下来的问题是，选择根据地的标准是什么，或者说，什么样的对象足以倚重作为基地。我觉得，这个对象应该具有相当的体量和分量。体量指的是要有足够多的内容，可供多次开掘。像《女子世界》1904年1月创刊，1907年7月最终停刊，总共刊行了十八期，是晚清女报除校刊和日报外，出刊期数最多、历时最久的，刊载内容也非常丰富。分量指的是其本身具有成为时代标杆的重要性，对后来者也有重大影响。像中国女学堂和秋瑾，都具备这样的优势。而吃透了这些研究对象，你的研究也就有了底气。再向外扩张时，已经有了可靠的依托和判断的基准，研究工作因而可以做到扎实、稳步地推进。

个案研究中的事件核

从我的研究看，最初多半是以个案的方式来做的。这里有个如何把个案做大的问题，或者也可以说是一种小题大做。我在《晚清女性与近代中国》的《导言》中，特别强调了个案的选择与设置具有的关键意义。为此，我使用了"事件核"的说法，并特别做了说明。我所谓的"事件核"也包括了人物与文本，是指个案中具有丰富的内涵，足以观照多种社会、文化或思想面向。研究者的任务是，透过对此一"事件核"的精细分析，尽可能多地释放其间蕴藏的信息，以便贴近晚清社会的某一现场，揭示其间隐含的各种社会—文化动态。而有资格成为"事件核"的一些个案，本身虽然具备丰富的信息量，但在史料未能有效开发和利用时，仍然无法得到体现。以秋瑾之死为例，在未接触报刊之前，这个题目是做不好的，因为材料不够，很多面向观照不到。

另外，在解析"事件核"时，还需要注意避免重复。既然我的研究目的是要透视晚清社会，那么，从每个选定的个案应该能看到不同的方面，否则就成了重复制作的套路。比如我写的三位女性之死，惠兴的满族身份，使得对她自杀事件的解读会有特殊的角度。但胡仿兰和秋瑾之死有一些共同点，如都有报刊与民间社团力量的参与，甚至江苏教育总会在两个事件中都有发声。因此在分析时，我需要更注意两者的不同点。我的论文是抓住胡被逼自杀后，在社会舆论的压力下，对强迫其自杀的公婆也有立案审理这一点，强调民间力量的作用先是让胡仿兰之死从"新闻"

变成了"案件",随后又体现为对案件处理的全程监督,甚至是对司法的直接介入(如学生组团去胡的家乡调查取证,拿到其亲笔写的遗书)。再加上胡仿兰被逼自杀乃是由于放足与想进女学堂读书,这又是晚清女性生活中具有普遍性的议题。由此展开分析,正可以具体呈现晚清女性解放的艰难。

刚才说人物和文本也可以成为"事件核",所以,同样也具有发掘其中多重面向的可能性。具体的例证,比如前面讲到的对班昭及其《女诫》白话注解本的分析,都可以归入这种做法。

发挥文学专业的特长

虽然我对历史很喜欢,也认为自己的研究至少有一半已经跨入史学界,不过,我还是觉得,本人毕竟是文学专业出身,所接受的文学训练肯定会让我做的东西和史学研究者有区别。这种区别不是史学界所看不起的玩虚的,一点材料,无限发挥;而是说,即使你做的是实打实的史学题目,也应当发挥自己的专业特长,解析出史学研究者容易忽略的隐情。

我有一篇《秋瑾与谢道韫》的论文,现在已作为《晚清文人妇女观》秋瑾一章的第二节,此文也曾经被选入华中师大中国近代史研究所编的《辛亥革命与20世纪中国:1990—1999年辛亥革命论文选》,我注意到主编之一严昌洪教授的评论:"该文出自一位文学学者之手,其角度之新颖,在史学论文中是少见的。"因为这个集子所选的都是历史学者的论文,所以他需要交代一下我这个非专业研究者论文入选的理由。而这篇论文恰好能够体现我们的专业优势。不只是因为我在论文中引用了许多秋瑾的诗词与弹词，把文学作品当作史料分析；而且，在一些关键材料的解读上，文学专业的训练也起了作用。我要证明的核心论点是，秋瑾的婚姻不谐是她最终走向革命的一个重要原因。其中我特别提出讨论的《谢道韫》一诗，即属于我所认为的关键史料。诗云："咏絮辞何敏，清才扫俗氛。可怜谢道韫，不嫁鲍参军。"从字面上可以看出，秋瑾认为，才子与才女的结合才是美满婚姻。但对谢道韫与《世说新语》熟悉的人，则会从中窥见秋瑾以谢道韫自比，所要表达的是对婚姻不般配的极度失望。所以，诗中其实是用了"天壤王郎"的暗典：谢道韫嫁给王凝之，很看不起夫君。叔父谢安宽慰她："王郎，逸少（按：即王羲之）之子。人材亦不恶，汝何以恨乃尔？"而谢道韫家里个个人才杰出，她的眼界自然很高，才会说："不意天壤之中，乃有王郎！"（《世说新语·贤媛》）这里的"天壤王郎"，直接指向她的丈夫王子芳。这首诗的暗典读懂了，其作为史料的价值才真正显露出来。

另举我在《二十世纪秋瑾文学形象的演化》长文中的一例。我发现，徐自华在秋瑾被杀后发表的《秋瑾轶事》一文，很长时间故意不收入各种秋瑾史料集，因为此文发表在《小说林》杂志，并不难找。失收的原因，我判断是其中透露了秋瑾的男性化取向。这从文章开篇即可以看出：

女士工诙谐，词令之妙，使人解颐。课余无一日不与余雅谑，戏赠余句，有"安排娇骨用鞭挞"，余亦戏答云："自笑诗魔爱秋色，何妨傲骨受卿挞？"女士曰："子称我'卿'，礼太不敬。"余曰:"雅号璿卿,焉能禁人不唤!"女士曰:"人皆称我'竞雄','卿'字,不敢呼。"余曰:"人不呼卿我独呼,始特别。"女士曰:"子亦王大[夫]人对安丰语耶?"余笑曰:"非也。平生风骨峻嶒甚,每到低头总为卿。"

因为最初的印刷错误,"王大人"这句研究者多半读不通,放过了。但这里又是用了《世说新语·惑溺》篇的典故:"王安丰妇,常卿安丰。安丰曰:'妇人卿婿,于礼为不敬,后勿复尔。'妇曰:'亲卿爱卿,是以卿卿;我不卿卿,谁当卿卿?'遂恒卿之。"大家都知道这是"卿卿我我"的出典。而秋瑾在此显然是以王安丰自居,充当了故事中的男性角色。

举这两个例子是想说明,文学专业的知识和训练,在史学研究中可以派上大用场,起码会让研究变得更有趣。

新思路产生的可能性

学术研究需要出新,研究者也在追求出新。如何出新是个很难说清楚的话题。勉强说的话,我的体会大致有两点:

一是古语说的"温故知新",一个题目需要长期的积累和持续的关注,才可能出新。还是以我自己的研究为例。我的《晚清女性与近代中国》中大部分的个案,其实在初版本的《晚清文人妇女观》中都有提到,而经过不断的积累,日后才能以更丰满的面貌出现,对于个案本身的论述也会做得更新颖。此外,《晚清女报中的乐歌》一文,我自以为在做法上很有创意,即不仅分析了"唱歌"栏中的作品,而且打通了晚清女报的各个栏目,以便把乐歌在女性生活中的实际运用情况与多方面的影响呈现出来。这样的做法,也是基于我对《女子世界》《中国新女界杂志》等晚清女报的不断翻阅与熟悉。

二是跳出妇女史研究,关注其他学科的新动态,并及时借鉴与引入。做妇女史研究,切忌只与同道交流,互相欣赏,而要打开门户。我自己的状态是,除晚清妇女研究外,也做梁启超和其他与文学、史学相关的题目,所以横移过来比较方便。比如,我前面讲到的从梁启超研究开始的对日本明治文学、文化的关注,对我留意明治"妇人立志"读物在晚清的流播有直接的影响。不只如此,甚至我的《晚清女子国民常识的建构》的书名,也是因为我先已写过《梁启超的"常识"观》,对梁启超的"国民常识"(主要指"现今世界公共之常识")的表述非常认同,感觉能够更准确地概括晚清时期"启蒙"的内涵。很显然,现在这个书名比我原先拟想的《晚清女性启蒙读物研究》要高明许多。更重要的是,经由这一命名,这本书所聚合的几篇论文在意义上也得到了提升,我称之为考索"晚清知识精英如何借助各种文本,将'国民常识'播植于女界的实践"(《导言》)。而将精英的思想普及到大众,则是牵涉到社会基础变革的大议题。

2018年11月28日于京西圆明园花园
(原刊《文艺争鸣》2019年第7期)

我的"晚清女性研究三部曲"

机缘凑巧，今年1月份，北京大学出版社同时推出了我的《晚清女子国民常识的建构》与《晚清文人妇女观》（增订本），加上十二年前该社出版的《晚清女性与近代中国》（2004年初版，2014年改版），由此构成了我的"晚清女性研究三部曲"。回头想来，假如从1994年开始写作《晚清文人妇女观》（作家出版社1995年版）算起，我在这个课题上已投入二十多年。如此经年累月锲而不舍，当然是因为其间极具魅力，别有洞天。

应该承认，我并不是受女权主义理论感召而对晚清女性研究发生兴趣，在我来说，这其实更接近于近代社会文化史观照下的视点延伸与疆域开拓。梁启超以"过渡时代"定位近代中国的性质无疑相当精准，从传统中国向现代中国过渡的体制变更与文化转型，正是在晚清开始全面启动的。而追踪这一历史变迁如何展开，也成为我的中心关怀。因此，晚清女性研究可以视作我为观察此历史现场特意打开的一扇窗口。在《晚清女性与近代中国》的《导言》中，我已经提到，"身处晚清，男性涉及的社会问题，女子无一能逃脱；在此之外，女性更有诸多必须独自面对的难题。因而，将女性的生存状况作为衡量一个社会文明程度的标尺，确有道理。反过来说，对晚清女界生活与观念的考察，也可以获致全方位的呈现晚清社会场景的效果"。这确是我进入此一研究的出发点。

尽管不能说是先期有意规划，但我的"晚清女性研究三部曲"明显各有侧重。

最早面世的《晚清文人妇女观》，当初的构想是选取若干有代表性的晚清文人学者，就其在新旧交替时代有关妇女问题的思考与实践进行考察，最终集合多个个案，达致对近代女性观念演进的细致呈现。这里的关键是对具体人物的选择是否恰当，以及个例是否足够多样。我的择录标准是，入选的人物在晚清知识群体中须有知名度，其相关论述与实践（包括家庭婚姻与办学办报等）应在社会上流播，为时人知晓，从而发生过实在的影响，并且，其人的所思所作在印证时代潮流的同时，也以其独特性，能够彰显晚清思想界的丰富与多元。这些个案由1995年初版本的林纾与蔡元培两家，在刚刚面世的增订本中已扩充为七家。其间最大的变化是，打破了男性独占的局面，添加了对吴孟班、吕碧城、秋瑾与何震四位女界精英的考论，由此使得晚清女性在思想史脉动中的主体性得到了相当程度的还原。

当然，为了使上述个案有所依托，为单个思想者的言行提供大致的历史背景，我在《晚清文人妇女观》的"分论"之前，也撰写了名为"晚清女性生活中的新因素"与"晚清女性思想中的新因素"的两章"综论"。其中所展示的不缠足运动、兴办女学堂、创刊女报、组织女性团体以及追求婚姻自由，均构成了对传统女性规范的巨大挑战与逆转。而今日已经视若平常的女子天足、受教育、办报、结社与自主婚姻，当年面对的却是以女子缠足为美，女性不能出门就学，更不可能办报和结成诗社文会之外的社会团体。而从观念的发动到事实的成功，所有这些改变都须溯源至晚清。何况，从思想层面看，"男女平等"与"女权"论述的出现，"国民之母""女杰""英雌"的期许，都在呼唤着晚清女性的自立自尊，并将妇女的解放与民族、国家的复兴紧密相连。相对于古代中国"男尊女卑""三从四德""妇人无外事"等规限对女性的压制，这样翻天覆地的改变仍然起始于晚清。

由《晚清文人妇女观》发端，一些人物与事件也引起我的特别关注。这构成了我写作《晚清女性与近代中国》的最初动力。如前书论述"不缠足"与"女学堂"时，分别以江苏沭阳胡仿兰"以身殉足"、杭州贞文女学校校长惠兴"以身殉学"示例，但限于综论体例与史料储备，当时只是一笔带过。这就为后一本著作的发掘、展开留下了空间。关于胡仿兰一案，我不仅从上海的《时报》上查看到其被公婆逼迫自杀前留下的遗书影本，并且通过各种资料的拼贴与还原，揭示出其间蕴含的民间团体与报刊舆论对官府办案的自觉监督。而出身旗营的惠兴为办女学经费不足毅然自杀，以及在其身后呈现的南北迥然不同的反应，内里原本包孕着满汉矛盾这一沉重的历史话题，满族先觉者的民族自新意识亦在其中有明确表露。加上秋瑾因筹划武装起义被处决，由此激发的社会风潮也可从舆论的抗争、官场的分化、侠风的激扬、暗杀的实行等诸多面向解读，三位女性之死因此足以作为晚清社会转型中具有风向标意义的典型案例来看待。

不只下篇"女性之死"采用了以小见大的研究法，《晚清女性与近代中国》其他两篇"女性社会"与"女性典范"所选择的个案也无一例外。为此，我在该书《导言》中曾做过自我总结，指认："个案研究显而易见的优势是，可以避免宏大叙事的疏漏，通过对史料的精细处理，逼真地展示晚清社会的某一现场，揭示出其间隐含的诸种文化动态。"我希望达到的理想状态是，"以包含了丰富信息量的'事件核'作为考索对象"，正确解读与尽可能多地释放其中蕴藏的信息。而由多个个案组合起来，晚清社会变动的细节与趋势也可以获得生动的展现。并且，如果稍微扩大一下"事件核"的说法，将人物与文本包纳其中，上述表达也可以涵括我的其他两部晚清女性研究著作。

当然，在《晚清女子国民常识的建构》中，我更关心的是启蒙文本在女性现代知识构成中的作用。借用梁启超对"常识"的定义："凡今日欧美、日本诸国中流以上之社会所尽人同具之智识，此即现今世界公共之常识也。"（《论常识》）而这类在传统文化中原本残缺的公共常识，正为铸造近代中国国民品格所必需，并由此奠定了现代国家的基础。我在此书中以例举的方式，对《女诫》所代表的古代女教经典、众多晚清中外女杰传记以及妇女报刊进行了重点讨论，意在展示国民常识传输的两条基本通道：一为对传统的重新阐释，一为引进域外新知。其中，后者显然是作为原点存在的。

除了探究古典新义，追踪西方女杰传的日本原身——明治"妇人立志"读物的中国之旅，我的兴趣尤在观察晚清的精英思想转化为国民常识，从而引发社会基础改变的全过程。"晚清女报中的乐歌"一章较好地实现了这个意图。"唱歌"不再局限于女学堂的课程或女报的单一栏目，通过对彼时女报其他栏目的通盘考察，我们可以明显看到乐歌在各种女性生活场景中的应用，从而使其具备了激励志气、辅助教学、革除陋俗、介入时政等多重功效，所谓"音乐启蒙"也因此落到实处。

虽然已成三书，而晚清女性研究实为一座富矿，值得继续投入。我也乐此不疲。

2016年3月9日于京西圆明园花园

（原刊《人民日报》2016年3月29日，改题为

《女性的被启蒙与自我觉醒

——关于本人的"晚清女性研究三部曲"》）

晚清女性的启蒙同样关乎民族复兴
——答《凤凰周刊》记者问

记者：具体到材料的搜集工作，你在何时何地因何机缘，阅读到何种资料，将学术研究的关注点锁定到晚清女性身上？

夏晓虹（下文简称"夏"）：把晚清女性作为自己的一个研究重心，从起因上来说，本来有些偶然。我在《晚清文人妇女观》（增订本）序中讲到过，1994年夏，孙郁为第二年将要在中国举办的第四次世界妇女大会约写书稿事。不过，就对这个话题的关注而言，应该与我1989年在《读书》第一期发表的《"娶妻须娶……，嫁夫当嫁……"——近代诗歌中的男人与女人》有关。此文是为浙江文艺出版社随后出版的《诗界十记》而写，因这本小书要放在"学术小品"丛书里，所以采用了随笔形式，话题也主要集中在近代诗歌，为此读了不少诗集。这篇文章主要借重的是胡朴安编的《南社诗选》，阅读与写作时，对许多诗篇中所歌咏的英雄与英雌们奇情壮采的爱情印象深刻。篇名即取自马君武祝贺高旭结婚的诗作首联"娶妻须娶意大里，嫁夫当嫁英吉利"，以及高旭假托一位志士送未婚妻北上暗杀，愿其不成功便成仁的组诗中句"娶妻当娶苏菲亚，嫁夫当嫁玛志尼"，我当时觉得这个句式非常有概括力。但写那篇小文时，还是初涉此道，材料读得不够系统。比如，"娶妻须娶意大里"那两句诗到底是什么意思，就没有深究。孙郁约稿后，我在写《晚清文人妇女观》时，才真正找到出典，其实是梁启超在日本主办的《新民丛报》中刊登过一则杂记，记述英国伊丽莎白女皇终身不嫁，群臣劝嫁，女皇说："吾已嫁得一夫，名曰英吉利。"意大利首相加富尔不婚，意大利国王劝其娶，回答也是："臣已娶得一妇，名曰意大利。"并且我还考察出，首先用此句式作诗的人不是马君武，而是柳亚子。当然，我的关注重心也已转到"晚清女性的人格理想"，这正是此节论述当年在《文艺研究》发表时所拟的副题。

记者：晚清作为"近世巨变"的历史阶段，当时文人最典型的心态和思潮是什么？为何说梁启超在其中起到了承前启后的开创性作用？

夏：对应晚清所遭遇的"三千余年一大变局"，忧心国事的文人群体已越来越明确地转向救亡与启蒙的思路。在这里，救亡是目的，启蒙是手段。毕竟自鸦片战争以来，直到甲午战争，中国在抵抗列强的多次战事中一再失利，赔款割地，让知识者深受刺激。当然，救亡可以有多种方法，启蒙也可以有不同路向。梁启超能够风云际会，在其中脱颖而出，主要还是由于他在当时的新媒体——报刊中，及时发出了一个时代的集体心声，即要求"变法自强"。梁启超认定，中国一定要变，区别只是"自变"或被他国侵占、分割而不得不变。他指出的最上策就是学习日本，以"自变"求"自强"。从1896年担任《时务报》主笔，到戊戌政变发生后流亡日本，创办《清议报》《新民丛报》等报刊，梁启超先后发表了《变法通议》《新民说》等系列政论文，在当时激起了极大反响，证明了他一直在做的"开通民智"的启蒙工作相当成功。虽然梁启超的政治立场基本属于改良派，但他那些接引西学、改造国民性的论说，对现代思想的传播、国民的培养以及制度的建设，都具有奠基的作用。

记者：为什么说晚清女性的进步与文人的推动密不可分？女性进步的出现在当时的意义何在？

夏：就实质而言，中国女性社会在近代发生的种种新变，其实都来自西方的启示。无论是呼吁放脚，还是要求女子受教育，最初的提倡者与实行者都是在华西人，特别是其中的传教士。他们立论的根基有宗教情怀，但也有西方的普适价值观，包括天赋人权、男女平等思想。而就对西方文化的接触而言，掌握了文字的晚清文人自然具有优势。在传统社会中，中国的女子除了极少数可以在家庭中接受教育，大多数都不识字。这样，自然也就形成了晚清以男性文人成为启蒙主力的局面，在女子社会化教育刚刚起步的阶段尤其如此。

晚清对女性的启蒙同样以救亡为最大动力与目标。如梁启超在《变法通议》中肯定，占中国人口一半的女性都是"分利"者即消费者，而不是"生利"者即生产者，国家自然会衰弱。因此，需要向欧美及日本学习，让女子读书，具有知识和技能，才能成为对国家有用的人。因此，女性状态的改变就和国家的自强以至民族的复兴发生了密切关联。

记者：晚清的女性社会出现了不少新气象，你的书中为何重点关注解放天足、开办女学、办女报和自由结婚？它们对后世有什么影响和价值？

夏：其实还应该加上组织女子团体，这些都属于晚清女界新气象。之所以关注这五个面向，是因为这是晚清女性生活状态发生根本变化的突出表现，和我在《晚清文人妇女观》中做了专章论述的晚清女性思想观念的变化是一体两面，同步展开。

女子缠足主要由男性畸形的审美观造成，但也符合《礼记·内则》以来要求禁锢女性于家庭中的传统规范。所以，女性解放从身体开始，就必须推行放足。但获得了行走便利的女性，还需要接受现代学校的教育，才能成为有用之人。这里，女学堂在所有晚清女性生活新气象中，其实处于根本与中心的位置。梁启超所谓"妇学"，也与古来才女的吟诗绘画不同，而是要博古通今，"知有万古，有五洲，与夫生人所以相处之道，万国所以弱强之理"。如此，自然需要进入取法西方学科体制建立的新式学堂读书。或者也可以说，直到晚清才诞生的女学堂，一落地就具有了现代性。而女报在当时设定的最主要读者群正是女校的师生，晚清女报有意识地充当课外辅助教材，同时也自觉承担起对未入学女性的社会教育职责。女子团体的情况也类似，更多是女学生或女教师所发起，带有互助、共学与群体政治参与的性质。

甚至晚清开始出现并流行一时的"文明结婚",多半也发生在出身新学堂的男女学生之间,秋瑾道出的"学堂知己结婚姻"可说是最精粹的概括。实际上,经由新式教育奠定了人生基础的一代新女性,其思想风貌、知识才能已与传统才女有了本质的不同,不但自身获得了很大程度的解放,也融入并构成了现代国家赖以建立的国民基础。

记者: 按社会分层的观点来看,是否可以认为,这些变化主要发生在士绅阶层的女性中间?这些变化多大程度上能代表民间社会?或者说,经过了怎样一个过程才广泛深入到民间?

夏: 需要先界定一下,民间社会是与官方相对应的概念,而不是指下层社会。所以,民间社会当然包括了士绅阶层。甚至应该说,在传统社会结构中,士绅阶层处于民间社会的顶层,他们可以沟通上下,因此士绅群体的意志很大程度上决定了整个社会的走向。在晚清这个中国社会转型期,这部分人的动态因此值得特别关注。

就读书来说,传教士最初办的女校为了吸引学生,可以免学费,甚至给一点补助。但国人自办的女学堂,从1898年在上海设立的中国女学堂开始,尽管学费低廉,总还是要付的。加上饭费和住宿费(起初规定女学生不能独自在外面行走,不住宿,就一定要有人接送),这些开支自然会对学生的家庭经济状况有相当要求,偏向士绅是必然的。何况,晚清国人最初对女子离家就学多半还是持保守态度。像1902年创办的上海爱国女学校,由蔡元培担任校长,第一批的学生,全都是发起人的眷属。可见当时办女校的阻力之大，这无疑也会造成女学生基本来自开明士绅家庭这一局面。至于缠足，本来也主要是针对士绅阶层女子的束缚，由此代表了一种等级身份，也关系到她日后的婚嫁。

当然，有些改变，比如缠足，可以获得官方的支持，因为满族是马上民族，女性是不缠足的；满清王朝从入关之初，也一再申令禁止缠足。所以，缠足所要面对的，主要是汉族深固的民间习俗。而对于女学堂，清廷则有一个从反对到被迫接受的过程。无论如何，一旦有官方力量的介入，便可以抵达下层，从而形成全民意识，女性社会的改变起码因此而加快了速度。

记者：以女学的创办为例，私学的出现对官学有多大冲击？中国女学堂为何在"中西合璧"的教学理念下还要把尊孔放在首位？相比后来新文化运动时代的民国，晚清时期的女学对于传统的扬弃以及西学的提倡，是否更为平衡，更符合今人的价值判断？

夏：如前所说，中国古代社会并没有为女子受教育提供任何的社会通道，除少数文人士绅家庭的女性由父母或请教师在家中教读外，绝大部分女子都没有读书的机会与可能性。因此，社会化的女子教育是从晚清起步的。在经过第一个阶段的教会办学后，接着开启的是民间办学阶段。前面提到的中国女学堂就是第一所国人主办的女子学校，发起人和捐助者中几乎囊括了当时最活跃的维新人士，如梁启超、康有为、康广仁、文廷式、张謇、黄遵宪、汪康年、江标、谭嗣同、陈三立、吴保初等。主事者经元善是上海电报局总办，所以也有一大批绅商参与其中，如郑观应、严信厚、盛宣怀等人。

以中国女学堂为开端，民间所办的女学堂逐渐在各地出现，数量越来越多，迫使清朝学部不得不将女子教育纳入体制，女学逐渐合法化。1907年颁布《女子小学堂章程》与《女子师范学堂章程》时，学部的奏折已说得很清楚："近来京外官商士民创立女学堂，所在多有"，"若不预定章程，则实事求是者既苦于无所率循，而徒骛虚名者或不免转滋流弊"。由此也让我们切实地看到了民间办学对官方承认女学合法化所起的作用。

至于中国女学堂在章程第一条就规定："学堂之设，悉遵吾儒圣教，堂中亦供奉至圣先师神位。"既是沿袭了无论私塾、书院还是各级官学，一律供奉孔子牌位或画像的惯例，也有意区别于西人在上海所办的女学堂，表明其国人自办、具有中国色彩的文化身份。而从策略上考虑，采取尊孔的立场，也可以部分消减对兴办女学的巨大阻力。当然，在晚清大部分女子教育提倡者那里，尊孔本来就是一贯的立场，输入西方的科学知识只是为了补助传统文化之不足。但也应当看到，女学本身就突破了历来对女性的约束，一些新的思想观念比如平等、自由、女权等也随着新教育的展开而影响日深，最终会和儒家主导的传统意识发生剧烈冲突。"五四"新文化的出现因此不是无源之水。而且，在晚清那里本来是碍于传统势力做不到之处，并不能肯定为完全自觉的选择。像江标反对中国女学堂仍读《女孝经》《女四书》这些传统妇德读本，在教学中却无法实现，因为当时还没有合适的女学教材。

记者：你的晚清女性三书的独特的学术价值之一，是你从当时的报章、杂志中觅得丰富的第一手素材,其中,晚清女报在引领"女权"方面,起到了多大的作用?回到历史现场来看,当时的女报相比其他报纸,有什么不同的侧重点?

夏:晚清女报既有特定的读者预设,即女学堂师生,但也以女界全体为期待。因此,与其他报刊不同,女报中基本都设有"演说""演坛"或"白话"栏目,专门刊发白话文,显然是为了给文化水平不高的女性阅读,或者干脆本身就是演说稿,或者是可以用作演说的底本。另外,"唱歌"栏在应用于学堂教学之外,也有在女界中普遍传唱的期望。而无论哪个栏目,晚清女报所显示出的总体趋向,都可以用金天翮在《〈女子世界〉发刊词》中提到的"振兴女学,提倡女权"来概括。这显然是晚清女报的两个重点话题。

晚清女报对于女子各项权益的论述相当具体,无论是女子的人身自由权、教育权、经济权、婚姻权直至参政权,都在关注的范围内。当然,那时所说的"女权"乃是基于"天赋人权"的理念而提出的与男子平等的权利,和不缠足、女学堂、女子实业教育、文明结婚等女界新生活的推展也合为一体。而这些关注女性命运的女报论述,很多又是出自女教员、女学生或家庭妇女之手,她们的表述因更贴近女性心理而更容易入心入耳。其中十三岁的女孩子已经能够写出《女权为强国之元素》,十五岁的女学生也发表了《贺英国妇女得选举权文》,尽管有可能是命题作文,但已足够让人惊喜。特别是女报的"记事"(新闻、记载)栏目,让我们可以直接看到女界的诸多新动向。所以,要了解晚清女性身心变化的细节，女报确实可以提供最丰富的史料。

记者：在晚清文人群体里，为何会出现柳亚子这样的人物，为了提倡男女平权，有时甚至提高女性、放低男性？

夏：这其间有各种原因。从历史上追溯，明季以来一直在民间流传的"男降女不降"之说，使得在民族大义面前，女性似乎比男性更具道德优势。这一点在具有反清革命立场的柳亚子等革命文人那里很容易获得认同。而女性在历史上实际的弱势地位，无法成为社会的主导力量，反而使她们免于被污染，不必承担罪责。晚清的男性革命文人对此也多有正面的肯定。如金天翮在《女界钟》中赞扬的，女子"无登科中式之谬思想，恶气味"，因此适宜担负幼儿的家庭教育；《女子世界》主编丁祖荫也表扬女性，"其服从之性质，污贱之恶风，浅薄于男子者且万亿倍"，但真实的原因都是由于女子被剥夺了基本的受教育权。而这些发掘女子种种优点的努力，在当年也是为了激励一向被"男尊女卑"观念与习俗压抑的女性，使她们勇于争取平等权益，自立自尊。与此同时，表彰女性本身也有检讨男性应负责任的用心，女性在这里又充当了男性的镜鉴。更不可被忽略的背景是，西方女权思想的传入，使尊重女性成为文明的表征，历史记忆也由此被激活与重构。

记者：你说过，晚清文人对女性的叙述，与史实之间可能有"缝隙"，那么晚清文人中的女性文人对女性的叙述，是否同样存在着这个问题？

夏：如果承认理想和现实之间是有落差的，像前面所说的，想得到不见得做得到，这个"缝隙"就会存在。无论男性文人还是女性文人的论述，都不例外。以组织女子团体为例，当时很多女性对此充满了热情。但即使发表了宣言和章程，社团仍然可能并没有成立。诸如天津北洋女子公学总教习吕碧城发起的以"研究女子教育"为主旨的"女子教育会"，云南女子张雄西发起的、立意在拯救因贫困而卖身女子的"女界自立会"，都是如此。

而且，先进者永远是孤独的。特别是晚清提倡女权的先驱，如1901年发表《拟上海女学会说》的女学生吴孟班，已经在大声呼唤"女权"，并预言二十世纪的中国，"女权、女学"将成为时代新机、文明进化的表征。当这些先进者聚集在女报上集体发声，固然可以在其中营造出一种激情洋溢的氛围，但我们当然也不应该误认为那已经成为一种社会共识，其间还有很长的路要走。我想，这一点也很容易理解。关键是，道路已经指明，晚清先驱者的妇女论述因此而获得永久的历史价值。

记者：你的著作写作中采取的个案择定，比如女性典范和女性文人代表的择定，你是否有明确标准？

夏：我的三本书里当然也会有综论的部分，如《晚清文人妇女观》前面的两章，概论晚清妇女生活与思想中的新因素，但确实以个案分析为主。这是因为我希望对历史细节进行更充分的呈现与讨论。无论是与女性相关的事件、古今中外的女性典范，还是女性书写者中的代表人物或女性启蒙读物，我的选择背后其实都指向对晚清社会转型这一历史变迁的重新审视。所以，首先，我要择取的是那些具有新质的人物、事件或文本，这样才能揭示晚清从传统向现代过渡的社会—文化转型是如何展开的；其次，我要考虑研究对象的历史信息含量，在《晚清女性与近代中国》的《导言》中，我曾经做过说明：案例的选择与设置最理想的状况是，"以包含了丰富信息量的'事件核'作为考索对象"，"正确解读与尽多释放'事件核'中蕴藏的信息"，以求"揭示出其间隐含的诸种文化动态"。这个说明同样适用于《晚清文人妇女观》（增订本）与《晚清女子国民常识的建构》所论述的人物与文本。

记者：当时的"女权革命"与西方女权革命之间的重合度有多大？尤其是作为进步代表的女性文人，比如秋瑾等人，是否都存在着被进步的男性女权思想同化的问题？

夏：我对西方的女权革命没有深入的研究，本来也不合适谈这个问题。而且，西方的女权思想本身也在不断的发展变化中。我这里只从晚清所接受与理解的西方女权革命的内涵做一点清理。

晚清对于西方的女权论述，真正翻译介绍进来的其实很有限，据我所知，主要的文本就是马君武翻译的《斯宾塞女权篇》与他在《弥勒约翰之学说》第二节《女权说（附社会党人女权宣言书）》的译述，两篇文字加起来不过一万一千字。其他论说都只是再加演绎和发挥，并非西方原始的思想文本。当初对西方女权思想的追步，因此主要集中在社会党人、实为第二国际1891年提出的妇女的教育权、经济权、政治权、婚姻权与人民权（公民权）的完整获得。晚清最系统的女权论著是金天翮的《女界钟》，其论述因此具有相当的代表性。在金天翮看来，十九世纪欧洲女权运动的成果，就是当下中国女权革命急应实现的目标，即教育权、经济权、婚姻权以及具有中国特色的人身自由权的取得；而西方女权运动正在争取的参政权以及西方女性已有而中国尚无的公民权，则属于第二阶段的任务。但无论如何，西方十九、二十世纪的女权思想成果，都要在二十世纪内一并移植到中国。

至于你所说的"进步的男性女权思想"，应该指的是男性启蒙者关于女权的论述。关于先进女性被男性启蒙的问题，前面已有论及，此处不赘。

记者：在《晚清女性与近代中国》中，你为何单列一章，强调满汉矛盾对女性个体命运的影响？民族主义与女性启蒙之间的内在关联是什么？

夏：满汉矛盾在整个清朝历史上都是一个无法忽略的存在。我追踪满族妇女惠兴为兴办女学而自杀及其后的社会反响，其实是想以此关注一向被忽视的满族维新人士的变革努力及其所遭遇的困境。

就改变女性的奴隶地位、获得解放而言，民族革命与女权革命具有内在的一致性。只不过，女权革命更强调女人是男人的奴隶，民族革命更看重汉人是满人的奴隶。这样，在两个革命合于一手的柳亚子说来，就会以"双料奴隶"指称女性。而激进的女权论者也很容易认同反清革命的思路，实际是将平等推行到性别、民族等一切身份领域。当然，温和的女性启蒙者在晚清未必会走到民族革命这一步，他们会更致力于男女之间的性别平等。

记者：为了宣扬"世界现今公共之常识"，晚清文人社会用了多种方法，比如《晚清女子国民常识的建构》提到了乐歌的启蒙。

中国传统儒家同样将音乐视为教化手段，而且是针对普罗大众，并不仅限于知识阶层和士绅阶层，你以为乐歌相比女报和女学，对于社会的影响有多大？

夏： 由于女报的阅读需要一定的文化水准，女学则对经济能力还有一定的限制，相对说来，乐歌在文化启蒙方面所要求的成本最低。音乐启蒙因此在学堂之外，也非常重视在妇女社会教育中发挥作用。相对于学堂乐歌，这些面向女性大众的歌曲，更多采用了民间小调即所谓"时调"的曲谱，在旧的旋律中，加入新的思想，自然更易于传唱。最典型的是中国学堂乐歌创始人沈心工创作的《缠脚歌》（又名《缠足的苦》），采用了民歌《梳妆台》的曲调，却是对晚清不缠足运动解放女足最体贴的表达。这类"时调唱歌"自然最符合儒家"移风易俗，莫善乎乐"的古训，所以晚清不少知识精英热心此道。

记者： 回到历史现场，晚清的女性国民典范与后世的民国提倡的典范，差别在哪里？尽管有诸多进步因素涌现，晚清妇女是否真正形成了一股有影响力的社会力量？

夏： 晚清的女国民还在一个发生、养育的阶段，自然不可能像民国年间的女性那么成熟。而其间最大的差别可能在于，民国时期，女性解放的目的不再那么单一。晚清的妇女论述也会强调"自立"，但依托的是救亡思路；而胡适1918年在《新青年》发表《美国的妇人》一文，更强调"以'自立'为目的"，而在解释"'自立'的意义"时，最重视的是"要发展个人的才性"。也就是说，女子自立不只是救国的手段，也应以个人的自我完善为目标。相对于晚清，这无疑是一种新思路。

当然，除了女性自身的知识储备、政治经验的不足，更重要的是专制政体尚未改变，女子的职业也有很多限制，这一切使得晚清女性不可能有很大的施展空间。但进入二十世纪以后，女界在历次政治风潮中越来越主动的参与，使她们的声音与力量逐渐加强。这也为民国以后持续推进的妇女解放奠定了基础。

2016年4月26日于京西圆明园花园

（原刊《凤凰周刊》2016年5月第15期，发表时有调整）

女性为获自由,曾付出生命代价
——答《新京报·书评周刊》记者张畅问

张畅(下文简称"张"):晚清是中国从传统社会到近代社会的过渡期和转型期,相较于从前,女性生活和观念出现了哪些值得关注、影响至今的变化?这些变化是如何影响当时及当今中国女性的思想与生活的?

夏晓虹(下文简称"夏"):尽管笼统而言,当下中国女性的生存状况几乎都可以溯源到晚清,但如果要谈论其时女性生活中最重要、影响最深远的变化,在我看来还要数不缠足、女学堂、女报、女子团体以及婚姻自由的破土萌生。这也是我在《晚清文人妇女观》一书论述"晚清妇女生活中的新因素"时,分为上述五节的原因。试想,古代中国的女性,有缠足限制了行动的自由,不能普遍接受与男子同等的教育,没有独立发声的社会渠道,也不可能结成以政治或学术诉求为目标的社团,连个人的终身大事都要由父母包办。而这一切的改变都始于晚清。我们现在视为理所当然的女性处置自己身体的权利，受教育的权利，办报、结社等参与社会活动的权利，以及恋爱、婚姻自主的权利，并不是自然而然发生的，实在是经过了晚清"西学东渐"以来，几代人持续不断的努力才达成。由此也可以确认，晚清女性思想中最重大的观念变革，是对于女性权利的明晰与持有。夺回失去的权益，也成为晚清女性解放运动基本的出发点和原动力。当然，相比于现代的成熟形态，晚清女性生活与思想中的各种新变还处于萌芽状态。但没有晚清，何来现在？"万事起头难"，晚清的开创意义因此更值得后人礼赞。

张：最早提倡"男女平权"的群体是晚清的男性知识精英，为什么会这样？从男性的率先倡导到女性的自我觉醒，经历了怎样的过程？又催生了哪些新观念和新现象？

夏：与历史上女性被剥夺了受教育的权利相关，对西方"男女平权"新观念的接受，在晚清也形成了男性优先于女性、男性知识精英最先倡导这样一种特殊的局面。由此和西方女权运动由女性自觉发动情况相异。而从晚清西学输入的进程看，这一新理念的发生，源于法国启蒙思想家卢梭的"天赋人权"论。人的各项基本权利既然是天然拥有的，没有种族、性别与社会地位的差别，那么，在这个一律平等的权利法则下，中国传统社会中男权高于女权，即通常所说的"男尊女卑"自然是不合法也不合理的。

有幸成为女性启蒙者的晚清男性精英，虽然最初更多是出于救亡图存的现实政治需求而发出召唤，呼吁女性解脱身体的束缚，接受现代知识教育，和男性一样成为合格的国民；但禁锢一旦打开，在救国的大潮中，女性对自身各项应有权利的认知、看重与谋求恢复也必然相伴而生。这里的关键是女性主体意识的觉醒。晚清的女性已不满足于被男性解放，从1901年上海中西女塾学生吴孟班发出"妇女之事乃妇女之责任，与男子无与也"，到1903年留日女生林宗素拒绝男子为女子"代谋兴复权利"，肯定"权也者，乃夺得也，非让与也"，都表现出鲜明的女性自主精神。也就是说，晚清女界先进已经认识到，妇女解放归根结底是女性的自我解放，女性理应成为这一运动的主导者。

张：在《晚清文人妇女观》一书中，你曾高度评价蔡元培的《夫妇公约》"非生活于过渡时代之人，不能有此心思笔法"，像蔡元培这样能够在家庭生活中平等看待女性的案例是否普遍？如从报刊等史料回溯历史，晚清女性的婚姻生活的大致状况是怎样的？

夏：梁启超把晚清称为"过渡时代"，我觉得是非常恰切的命名。晚清社会的半新半旧、方生方死，到处都留下了印记。即如蔡元培1900年所写的《夫妇公约》，虽然力求体现男女平等，提出家庭中以丈夫或妻子为主均可，但他以君臣关系比拟夫妇，以及无意间流露出的男性优越感，倒是证明了平权的实现并非一蹴可就。即便像蔡元培这样努力实践的先进者，也还需要不断校正认识偏差，逐步加深对男女平等的理解，一般社会大众的情况更可想而知。因此，就总体状况来说，晚清女性的婚姻还是延续着传统形态。

不过，作为研究者，当然应当关注其间的新动向，这中间最突出的就是报刊上关于"文明结婚"的持续报道。我在《晚清女性与近代中国》中谈到的蔡元培1902年与第二任夫人黄世振的婚礼，采用了"以演说易闹房"，引发两位来宾就男女平等产生争辩以及蔡先生的回应，可说是已开新式婚礼的先声。晚清在新学堂师生中开始流行的"文明结婚"，精髓为自由恋爱、父母主婚，子女已经成为个人婚姻的主动者。这对"父母专婚"、主宰子女命运的传统习俗，从形式到观念都是根本的改变。

张：在女性教育方面，女性走出家门，建立公共学堂，接受社会化的教育，也自晚清而始。女学堂的开办对于当时女性的精神解放起到什么样的作用？

夏：前面讲到晚清女性生活中的新变化，我列举出五项，但其中的核心要素实为女学堂的开办。女性从放足获得身体的解放，还必须进入新式学校读书，才能够成为对社会有用的人才。而无论办报还是组织社团，知识女性都是其中的主力或主要的诉求对象；刚刚也提到，"文明结婚"最先也是流行于学堂师生间。由此可以看出，接受新教育确是新女性成长的关键一环。

我在《晚清文人妇女观》中论及的四位杰出女性：吴孟班、吕碧城、秋瑾与何震，吴、何二人均出身上海的女学堂（何震为蔡元培曾任校长的爱国女学校学生），吕碧城和秋瑾又都担任过女学堂教习。这一共同的新教育背景，使她们可以及时感受与吸纳新思潮。因此，吴孟班发起创立上海女学会，以"增进妇女之学识""发达妇女之权力"为宗旨；吕碧城揭示女学的目标，在"普助国家之公益"外，尤为看重"激发个人之权利"；还有秋瑾从家庭革命到民族革命的人生历程，何震提出无政府主义的"女界革命"论——这些新女性的崭新言论与行动,全都是以新型女子教育为根基。

张:《晚清女性与近代中国》中,你指出"女性在社会现实中的处境远较男子复杂,遭遇的困扰也远较男性繁多"。以晚清为例,为什么说女性的社会处境较男性更艰难?

夏:中国传统社会对女性的束缚多于男子,比如"三从四德",都是对女子片面的道德与行为要求。这些已成为常识,不必多说。由此也使得晚清妇女的解放之路走得格外艰难。我在《晚清女性与近代中国》中设专章讨论的胡仿兰,就因为放足和想进女学堂,被公婆逼迫服毒自尽,可以说是最典型的案例。因为缠足的功能,除了满足男子畸形的审美心理,更重要的是限制女性的活动范围,以便把女性禁锢在家中。因此,胡仿兰的放足才会让她的公婆十分恐慌,担心她"自行潜逃",进学堂,信洋教,有辱家门,以致不惜将其置于死地。可见,女性为了获得自由,确曾付出了生命的代价。

张:《晚清女子国民常识的建构》关注的是知识精英如何把现代国民常识灌输到女界,那么,你刚才提到的几位最先发声倡导男女平等的晚清女性,是如何参与构建公共常识的?

夏:所谓"国民常识",是借用梁启超的概念,意指国人都应当具备的"现今世界公共之常识"。在晚清的启蒙者看来,不仅当时的女界于此大有欠缺,男子也不例外。而普及国民常识的渠道有很多种。以秋瑾为例,她创办《中国女报》,编写《精卫石》弹词,创作《勉女权》歌曲,翻译《看护学教程》,分别涉及报刊、通俗文学、乐歌与教材，都是当时常见的启蒙方式。其中所贯穿的自由理念、民族主义、女权意识、卫生知识等，又都是构成晚清国民常识的要件。可以说，正是经由这样一点一滴、逐渐浸润的常识教育，现代国民才得以建构形成，现代国家才具有了稳固的基础。

张：如果让你列出给你启发最大的女性研究、妇女史、女性文学、相关社会学或人类学的著作（最好是已经译介入中国的书），你会列哪些书呢？可否用一两句话分别概括这些书的特别之处？

夏：应该说明，我虽然是中文系文学专业出身，不过，在妇女研究领域，我关注的是历史问题。这样在阅读上也会有偏向，即以史料为主。就近代而言，我使用频率最高的是李又宁与张玉法主编的《近代中国女权运动史料》，而中国妇女出版社出版的《中国妇女运动历史资料》（1840—1918）恰可与之构成互补。两本书都进行了分类编排，很方便查看。尤其是台湾出版的前一部书，在当时的条件下，史料搜集的丰富足以令人惊叹，我也从中受益最多。研究著作中，当我1994年刚刚接触妇女史时，有两套丛书引领我迅速入门：一套为李小江主编的"妇女研究丛书"，一套是鲍家麟编的《中国妇女史论集》。尽管没有逐一细读，但其中的论题和论述方式，都曾经带给我启示。

2018年3月7日于京西圆明园花园

（原刊《新京报·书评周刊》2018年3月10日，发表时有删节）

序文小辑

"西学东渐"的如实记录
——张晓《近代汉译西学书目提要（明末至1919）》序

就本书涉及的西学输入中国而言，其发端虽在明末，但真正形成规模，却是在鸦片战争之后。由传教士所办的书局与杂志社、洋务派主持的江南制造局翻译馆与北京同文馆，曾经是西学书籍刊行的主要机构。而1894年中日甲午战争之后，维新派在政界崛起，同时亦逐渐成为译坛的主力军。加之留学日本在二十世纪初蔚为风气，假道日本或直接由日本引进的西学译本于是源源不绝，一时称盛。这些成千上万的出版物实实在在地构成了"西学东渐"的奇观，由此所带来的深刻而全面的影响，至今仍经久不息。

伴随着近代翻译的日渐兴盛，在各书局独自印行、用作广告的营销书目之外，以指引西学门径为目的的书录或提要类著作也开始出现。无独有偶，近代最著名的改良派政治家康有为、梁启超师徒二人，于此亦得风气之先。康、梁均认为，"今日欲自强，惟有译书而已"(康有为《〈日本书目志〉自序》)。不过,康有为1897年编成《日本书目志》十五卷,乃是为了强调中日有"同文之便",翻译日文书籍实为通晓西学的捷径,故其著述旨在为译者指点迷津。而梁启超既首肯"国家欲自强,以多译西书为本;学者欲自立,以多读西书为功",其1896年刊印的《西学书目表》三卷、附录一卷因此更属意后者,不但搜集了明末以来译述之西学书目凡三百余种,而且附以"略言各书之长短及某书宜先读、某书宜缓读"(《〈西学书目表〉序例》)的《读西学书法》,使学者一卷在手,便可按图索骥,循序渐进。

日后,仿照梁启超之先例,1899年,绍兴藏书家徐维则辑成《东西学书录》二卷、附录一卷,由其同乡友人蔡元培作序印行。三年后,另一乡人顾燮光续有增补三百余条,几为原书一倍,合而刊之,名《增版东西学书录》,篇幅亦扩至四卷、附录二卷。而顾氏由此勾起的撰著兴趣一发而不可收,1904年又接续前书,将1902年以来新出书目辑为《译书经眼录》(1935年刊行)。并且,单是这两年之中,顾氏即"又读译籍约千余种"(《〈译书经眼录〉自序》),其新编书录因而有八卷之多。

尤可称道者,较之梁启超的《西学书目表》以圈识有无或多少分别高下、配加识语、并另附读书法的零散不便,徐、顾三书的体例显然已更为妥善。除梁表已有的分类、刻印处、本数等资讯外,徐、顾书录又将"撰译人"细分为"撰人"与"译人",并标出原作者国籍,而其主体部分则为要言不烦的提要。这些提要涵括了"全书之宗旨""作书之原因""全书之目录""书中之精美""书中之舛误""学之深浅""说之详略""与他书之同异""书之全否""译笔之善否""提要者之决说"(徐维则《增版东西学书录·广问新书之概则》)十一部分的内容,虽然未必尽能达标,但确已方便读者了解各书的大致内容与价值,选择阅读时可以更精准有效。

而且,这些当年令学者获益匪浅的译书目录,今日翻阅,仍能引人兴味:小之可见如顾燮光一般"醉心新学,日以读译书是务"(《〈译书经眼录〉自序》)的晚清学人之广采博收,求知若渴;大之则一如蔡元培先生所言"夫图书之丰歉,与学术之竞让为比例"(《〈增版东西学书录〉又识》),其时各学科发展之疾速亦借此得到清晰呈现。而从"西学"到"东西学",书名的变化恰切地反映了近代翻译文本由偏重西文向偏重日文移转的趋势;自然科学与社会—人文科学类目在排序上的先后调整,却又与西学输入重心的变迁适相吻合。对于专业的研究者来说,这些书目所构成的学术版图更具有足够生动的细节,从而使得穿越时空、返回历史现场成为可能。

至于当代学者所编类似书目,我常用的有实藤惠秀监修、谭汝谦主编、小川博编辑的《中国译日本书综合目录》(香港中文大学出版社1980年版),以及出自樽本照雄之手的《新编增补清末民初小说目录》(齐鲁书社2002年版)。前者著录了自1883年至1978年间出版的六千种出版物(金耀基《中日之间社会科学的翻译》),展示了将近一个世纪日文书籍中译的宏伟景观;后者则已经过两次补充修订,采录的时限截止于1919年,而仅仅将清末民初刊行的创作与翻译小说及后来的各种重印本汇编一册，列目即已高达惊人的一万九千多条。特别是樽本照雄先生还添加了许多日文甚至英、法文等原本的信息，更增重了该书价值，使其以资料丰赡、翔实著称，久已成为研究中国近代小说不可或缺的宝典。两种目录均附有完备的索引，无论查找书名还是检视著、译者都方便快捷，这又是后出转精、高于晚清诸书之处。

不过，显而易见，上述诸种书目或出于各自编纂目的的不同，或由于时间靠前，均未能完整展现"五四"新文化运动诞生以前西学在中国传布的全景。有鉴于此，张晓毅然独力补阙，历经二十余年不懈的搜访、翻阅，终于成此一编。其书之必将嘉惠学林，亦可预见。

本书编者张晓，论辈分应该算我的老师，她的先生赵祖谟教授给我们上过中国当代文学史课。不过，等到二十世纪九十年代我们相识时，她已经在中文系资料室工作。凭借此前任职于北大图书馆参考咨询部的资历，她主事后，资料室真可谓风生水起，面目一新。不同于一般系资料室仅限于置备本专业图书，张晓的眼界相当开阔，语言、文学之外，她添购的新书也囊括了哲学、史学甚至社会科学，其中更有大量新出译本。在她看来，只要是与人文学科沾边的名著，都应该收编进来。而触类旁通，打破学科壁垒，亦为她所认定的学术发展的主潮与趋势。那几年，中文系资料室的藏书急剧增长，我看到张晓风风火火地忙碌着，也能感觉到她的开心。

后来才听说，张晓那时已开始为编辑这个书目做准备。回头想来，关注当下的学术热点，具有广泛的阅读兴趣，正是《近代汉译西学书目提要（明末至1919）》的编者必须具备的品格。而期望借此一编，呈现各新兴学科发展的历史轨迹，则是本书采用现代图书分类法的特别理由。至于美好的理想与实际的效果能否合拍，还有待于使用者的检验。

2011年12月10日于京西圆明园花园

（原刊《中华读书报》2012年3月21日；

张晓：《近代汉译西学书目提要（明末至1919）》，

北京大学出版社，2012年）

追求"闻韶"之旅
——李静《乐歌中国》序

2004年9月以前,李静虽然已在北大度过了七年时光,不过我对她的了解,却是从成为她的博士生导师开始。

2009年6月,李静完成了博士论文答辩,同门聚会为毕业同学送行时,李静送给我一册她自己编印的《夏晨问学录》,里面收集的多半是我和她五年来的通信。题名中的"晨"者,"陈"也,即陈平原。我和平原所属的教研室虽有古代与现代之别,但学生们常在一起活动,我们的指导也彼此交错。

应该说,得到这份特别的礼物,我异常欣喜。我明白,李静是想用辑录往复邮件的方式,表达她的谢意;而我温习这些信件,则看到了李静的迅速成长。这些文字的确如实呈现了李静读博五年的学思之旅。

我眼中的李静是一位做事认真、计划性很强的学生。还在面试之际,李静对未来的学习与研究已有所设想。她当场交给我一份博士论文选题,包括了两个构思:一是关于近代言情小说的研究,此乃延续其硕士论文《〈封神演义〉中的伦理困境》的大方向而来,对她而言,多少有点基础;而我更看好的却是另一关于中国近代音乐的论题,尽管那时李静对此还心中无数。我们之间的讨论即从这里开始。

2004年9月4日的信中,李静发给我一份她自称为"有关音乐的极其肤浅的研究计划",并表示:"关于近代西方音乐东传的问题,我只看过有限的几本书,对这个问题心里一点底都没有,也不知道这个题目适不适合做一个博士论文的题目,并为毕业后的研究打下基础。"而我很惭愧,直到9月20日才写了回信:

> 真的十分抱歉,很多事情挤在一起,总是应付了这件,丢了那件。经过你刚才的电话提醒,先放下别人托看的书稿校样,匆忙看了一遍你讨论近代音乐的论文构想。我个人认为,这个题目还是很有发展潜力。不过,限于我们目前所阅读的资料以及眼光,有些更好的话题或进入角度此时未必能想到。这也没关系。
>
> 我觉得,做这个题目,一是需要对近代日本音乐史有所了解,一是应该以教育为中心,再有就是要区别于纯粹的音乐史研究,更凸显其文化内涵。这样,考察宗教赞美诗的流变、学堂乐歌的创作与教授、音乐会的组织与欣赏、音乐团体的组建与功能等,都会与其时的"文学改良""群治改良"

发生关联。晚清很多杂志上的"学校唱歌"或"音乐"等栏目也值得关注。

接下来，我补充开列了包括钱仁康著《学堂乐歌考源》、汪毓和编《中国近现代音乐史教学参考资料》等三种书目，然后说：

> 我希望你做这一块，主要还是考虑到单纯研究音乐史的人，在资料的发掘与阐释上都有很大的局限性。他们更关心的可能是音乐本身的问题，而你的着眼点是文化。其实，即使刚刚进入时可以借助汪等人的音乐史和资料选编，但真正进入课题后，被已有选编所过滤掉的东西，也许对你的研究更有意义。而选择什么样的资料，很能见出研究者的手眼高低。
>
> 在我看来，目前近代音乐文化研究的薄弱，可以使你发挥的空间更大，对将来的发展也有利。特别是，我自己觉得，选择题目，最好是能把个人兴趣与研究对象合一，这样，论文写作会成为一种很愉快的经历。

后面那几句话是因为我已经了解到，李静曾经参加北大学生合唱团，并因此随团出访过西班牙；而且，她对学习古琴也很有兴致。

题目大致确定后，李静在选修其他课程之外，开始全力投入资料的搜集与阅读。她先顺序翻阅了六册《中国近代期刊篇目汇录》，抄下了所有与近代音乐文化有关的目录，按年整理编排。在这打印出来有几十页的篇目基础上，再参考《中国近代音乐书目》所开列的唱歌集等，尽力搜求研读。凭借如此丰富的第一手史料，李静真正触摸到了时代的脉动与音乐主题的演化，问题意识与论述思路也变得逐渐清晰起来。

而在资格考试之后，发生了一个对李静的人生来说十分重要的插曲，就是她的怀孕与女儿的出生。我曾经担心因此影响她的学业，建议她也可以考虑休学一年。不过，李静还是希望"尽可能地努力，尽可能地让这件事少耽误我的学习"。她也果然做到了。产后不到两个月，李静已列出一个详细的工作进度计划表发给我，其中有各章的写作先后，甚至还包含了每天准备完成的字数。

基本按照这个时间表，李静按部就班、从容稳健地不断推进她的论文。我也建议她把其中比较成熟的两章及时投稿，并终能在《文艺研究》和《中国现代文学研究丛刊》这两份颇具水准的杂志上发表。一切正如她在博士论文、也即是本书《后记》中所述："可以说，我的女儿与我的论文是一起成长的。"而为女儿取名"闻韶"，在我看来，不只蕴涵了李静已然揭出的"写作这篇论文的最终追求"——"如果韶乐可以再次流布人间，那么躬逢盛世将不再遥远！"——并且，她的女儿与这篇博士学位论文之间，实已存在一种血肉关联，互为生命诞育的纪念。

古语所谓"教学相长"，确有此理。指导李静写作"近代音乐文化与社会转型"的博士论文，也促使我提前进入这一论域。2007年4月，借参加在德国海德堡大学举办的"妇女期刊、新女性与文类重构"国际研讨会之机，我完成了一篇长文《晚清女报中的乐歌》（感谢《中山大学学报》在一期的篇幅内，完整刊出了这六万字）。此文又反转来成为李静博士论文的参考文献。

实际上，至2008年4月，李静已大体写完了她的博士论文。只是因为工作单位一时未能落实，故延后一年才举行毕业答辩。

作为导师，2009年5月论文答辩前，我为李静写了如下评语：

> 李静同学以一名中文系的博士生，出于个人浓烈的音乐兴趣，而以"乐歌中国"为题，对近代中国的音乐文化展开研究。选题兼顾了学术性与趣味性，非常值得肯定。
>
> 从中文系学术训练的背景出发，其进入论题的角度也有别于音乐界已有的研究思路。在李静同学的论文中，近代中国音乐不再是以"学堂乐歌"为观照主体，也不再限于"纯音乐"考索，其视野已扩及整个社会文化的转型，因而具有丰厚的学术含量。而这一路向的设定，则是建基于近代中国音乐具有强烈的"致用"目的的特殊性之上，显然有利于更准确与更大限度地逼近现象的本真。
>
> 在"音乐文化"观念的引导下，李静同学将近代中国的乐歌视为一座蕴藏丰富的历史宝藏。为对其进行充分挖掘，她一方面尽力搜求流传甚少、收藏分散的各种清末民初乐歌集，并根据其掌握的文献，制作了"1901—1918年乐歌集存

目"作为论文附录；另一方面，对散处在近代杂志上的音乐资料，她也做了广泛的搜集，而其阅读还往往需要延伸到对社会文化问题的关注，故所翻阅的杂志已多达96种。这不仅为论文的写作提供了坚实的基础，也体现出作者认真严谨的良好学风。

论文整体紧紧围绕近代音乐对近代中国转型期文化建设的深度介入与参与这条主线展开，从第二章到第七章，依次论述了尚武思潮、社会启蒙、文白语体、国家政治、生活方式、人格塑造等社会文化的各个面相与近代乐歌的互动关系，成功地展现了乐歌对社会生活各层面所发生的积极影响。而救亡与启蒙作为回荡在各章节的主旋律，也得到了恰如其分的显示。其中特别是关于俗乐改良的研究，以之作为传统音乐进入现代语境的典型范式，认定其具有"近代音乐改良的第二条路线"的意义，弥补了近代中国音乐史研究的缺失，意义重大。而对于民初国歌《卿云歌》的研究，则能以小见大，从当时各家的争论中，抽绎出政治想象、国家品格、歌词文白、曲谱中西等重要话题，足以彰显其论题的历史分量。

最后，我把李静的论文认定为"是目前所见第一部系统论述中国近代音乐文化的专著，有很高的学术价值"。而所有参加评议与答辩的老师，也都给予了此文高度评价。

在学术研究的漫漫长途中，李静已经有了一个良好的开端。

我知道她还有许多新的设想,这其中便包括了一个大型的"近代乐歌文献整理集成"的规划。而所有这些,都值得我们跂望。

2012年9月23日于京西圆明园花园

(原刊《中华读书报》2012年9月26日;

李静:《乐歌中国——近代音乐文化与社会转型》,

北京大学出版社,2012年)

评语记录的学思历程
——陆胤《政教存续与文教转型》序

自本科三年级,陆胤获得北京大学"校长基金"资助,开始尝试进行学术研究,本人即担任其指导教师。此后,由学年论文、学士学位论文直到博士学位论文,作为导师,陆胤每个阶段跨越式的进步始终令我惊喜。

身为中文系学生,陆胤在古典文学方面经过系统的训练。而其勤奋与悟性,又使这些习得的知识转化为难得的修养。尽管由于我的专业领域集中在近代,陆胤的研究方向亦逐渐向此段集中,但其学年论文之讨论清代的"忆语体"文言小说,学士学位论文以《王闿运的拟古诗与近代中国之"汉魏六朝"》为题,嗣后又担任过以交流旧体诗词创作为主的学生社团北社社长与《北社》杂志主编,这些历练足以显示陆胤在古诗文研习上的用功与收获。

2003年秋季学期,陆胤申请的近代方言小说研究的课题因具有学术竞争力,被列入"校长基金"资助项目。次年春,这篇题为《从方言书面化看近代说部的双向意指》的论文完成,获得了本科生科研优秀论文奖。多年后经过修订,此文又以《作为"教科书"的苏白小说》之名发表在《汉语言文学研究》杂志,足见陆胤初入学术之途,便有不俗的表现。现抄录我为其论文结项所写的评语:

> 小说的语言分析一向是小说研究中的难题。陆胤同学以近代苏白小说为论述对象,体现了其学术眼光的独到与相当的研究实力。
>
> 自从1920年代,胡适将《海上花列传》定义为"吴语文学的第一部杰作",以该小说为代表的吴语小说即引起学界的关注。胡适从构建"国语文学"的理念出发,将方言小说纳入与"死文学"——文言相对立的"活文学"脉络展开论述,故更看重其传达人物神情口吻的生动逼肖。此后的论者虽在方言运用的阶级分层与地域色彩上有所推进,但多半流于表面现象的罗列,而难以深入。
>
> 陆胤同学的论文却能独辟蹊径。受国外跨语际文化研究的启发,他将对苏白小说语言功能的剖析放置在晚清狭邪小说功能转换的背景中考察,便获得了一种新视野与研究的推动力。
>
> 作为论文预设的前提,作者从近代狭邪小说由内在的身世寄托外转为社会教育的手段的历史清理入手,分别选取了

《海上花列传》《九尾龟》《沪江风月传》三部代表性作品，意在透过对1890—1920年代苏白小说的动态分析，揭示不同时段的狭邪小说，其社会教育功能如何借助各个文本中语体对立与语体分用的使用得以实现。整篇论述层层展开，思路清晰，言之成理，显示出作者对理论与文学本文的契合具有相当敏锐的感悟力。

论文语言精到，撰写规范，注释详细，体现出作者良好的学风与研究、写作能力，是一篇优秀之作。（2004年3月28日）

而本科三年级期末写成的学年论文，没有循此路径继续开发，陆胤转换了目光，投向由冒襄的《影梅盦忆语》开启的"忆语"书写系列。我为这篇《近世第一人称文言叙事的拓展及其限度：以"忆语体"为中心》的论文也写过简短评语，如下：

陆胤同学的论文以绵亘整个清代的忆语文学为考察对象，以第一人称叙事为研究角度，探讨其在中国叙事史上的开拓及其限度，就选题而言，可谓别具只眼。

论文既借鉴西方叙事学及自传研究的诸家理论，又能够因应对象而有所调整。作者思辨能力之强，予人印象深刻。而其在前期资料准备上的扎实，亦令人称道。

全文紧扣主体意识与文本叙事秩序（即"第一人称"与"情节组织"）两条交织的线索展开，清晰地呈现了从冒襄的

《影梅盦忆语》到程善之的《倦云忆语》中第一人称叙事的演化，着重讨论了忆语体文学对私人情感空间的开拓、回忆的真实性、文本的情节建构诸问题，选点准确，论述深入。而其以苏曼殊的《断鸿零雁记》之分析作结，则为纪实类的忆语转向虚构类的小说建立了合理的通道，使论文完成了历史研究的初衷。

　　本文具有很强的理论预设性，并以之观照材料，在文本分析上多有新见。但亦因所论者大，偶有照应不周及缠绕之处。

　　论文结构合理，思路绵密，文字老练，注释规范。（2004年5月23日）

当四年大学课业结束时，陆胤的学位论文选题又从白话、文言小说出走，移转到旧体诗歌，由此可以看出其有意识地触摸各种文学传统的企望与努力。2005年6月2日，我为这篇《时代的转义：王闿运的拟古诗与近代诗学之"汉魏六朝"》写了评鉴意见：

　　本论文的写作有明确的问题意识，即希望追踪古典诗学在近代的时代转义，以考索旧学家如何应对新时代。为此，陆胤同学选择了看似最为守旧的王闿运所作拟古诗为论述对象，在一种推至极致的传统形式中，力求揭示出含藏其间的转化趋向。

　　在确定了高屋建瓴的大思路之后，陆胤同学又能沉潜到文献的阅读中，除王闿运的诗文集外，对其日记、年谱及师友著作亦广为涉猎。特别是在版本的考究、引文出处尽量择用最早的文本上，不仅从细微处体现出陆胤同学严谨的治学态度，亦因其真正占有了丰厚的第一手资料，而使整个研究得以建立在坚实的基础上。

正是凭借对文献的熟悉，在论述中，陆胤同学能够自如地穿行于文本内外，将诗作、文论与王闿运个人的身世经历融为一体，精细地进行剖析、考辨，在层层推进中不断深化论述。其中尤以对"以词掩意，托物起兴"这一王氏重要诗学观念含义的抉发，以及《拟古十二首》之质疑陆机拟作的阐说，最为精彩。

应该说，在一个阅读与分析难度都相当大的论题上，陆胤同学能够有拓展，有新见，基本达成了预期的目标，这很不容易，由此也显示出其具有良好的学术素养与训练。

至于论文的不足之处，则是因理论预设过强所带来的某些解释的略嫌生硬，如对于"今诗为己"的分析。

但总的说来，这仍然是一篇优秀的学士学位论文。

由于本科阶段成绩突出，陆胤经由推荐，成为中文系第一批直博生。入读研究生后，陆胤更着力打通文史。由追索"同光体"之幕府士人背景、近代政论杂志上诗文栏的意义，进而探究近代两大学术宗师章太炎与梁启超"新史学"观之离合，论题涉及文学史、政治史、报刊史、学术史等，研究的路径日益开阔。

其间，到京都大学访学一年的经历，得益处不只在语言，日本学者的研究思致也令其大受启发。何况，日本经验对于近代中国方方面面的变革影响，更是可以长久享用的学术命题。尽管直博期间，陆胤已开始动用这份丰厚的资源，发表了《明治日本的汉学论与近代"中国文学"学科之发端》与《从"汉文训读"到"东瀛文体"》等文，但其光大发散仍须期诸日后。

最终，经过几次翻复、推敲，陆胤的博士学位论文确定为《近代学术的体制内进路——张之洞学人圈考论》。我很看好这一研究前景，故评语也写得格外用力：

> 本论文在两个方面面临挑战：中国近代学术的转型是一个极具魅力但难度很大的课题，对于研究者的学养与学识有高度的要求；督抚作为总揽各省或区域行政事务的最高长官，研究者所要处理的史料异常庞杂。而陆胤同学以张之洞学人圈为考论重点，又集注于其在近代学术转型中的作为与意义，由此显示出足够的学术魄力与知识准备。
>
> 而论文整体所展现的思路值得特别关注与肯定。以往学界讨论学术转型，多偏向于"在野"的知识精英，近年亦开始留意中央政府的举措，但对同光以来逐渐坐大、握有实权的地方大员的作用则少有究心。陆胤同学于此处发力，专力考察张之洞及其周边的学人群体，不但得以揭示地方督抚对士林社会的实在影响，而且因其地位的上下勾连，从而使得经过本论文描画的近代中国文化转型图景更为完整。

作为此项研究的理论构设,陆胤同学发明了"缓冲模式"这一核心概念,以概括张之洞及其周边学人圈在中国近代学术转型中的位置与作用。此概念的提出与使用,有效地阐释了这批并非先进的封疆大吏与"清流"学者,在晚清异域文明与本土文化传统相遇过程中所发挥的特殊功能,是即论文所着力论析的将外来新知识、新经验制度化、常识化与普及化的实在功绩。这也是本论文的精义所在。

其学术思路与理论预设在各章的论述中得到了相当充分的展开与落实。自第二章始,论文分别讨论了张之洞学人圈的形成对地方学统的吸纳与整合,其扩张与清末学制改革的关联,以及张之洞及其周边学人对于日本文教经验的迎拒。其间又涉及相对被忽略的同光学术进路及其地域分化,江、鄂联手对抗北洋的督抚派系之争,以及近代国族意识与传统政教伦理在"国文"学科确立与文体辨析中的合力等重大问题。而经由学风引导、学制建设与文体厘定一系列举措,张之洞学人圈在近代学术转型中留下的印记得到了清晰呈现。

陆胤同学的论述也表现出很强的辩证思维特征。其并不将传统一概视之为"旧",而常常在传统中发现"新"意。因而,论文对于传统学术文化在新制度、新知识建构中的隐性滞留与融合尤为敏感,且论述中肯。这固然本为"缓冲模式"的题中应有之义,也可以见出陆胤同学在古典学研习上的用功。而其论文中一些论断的不够明晰,显然也与此一思考习惯有关。

  论文在先行研究与资料使用上很见功力。借评述学界已有研究成果而确定自己的工作目标，同时也展示了作者的识断能力；所用资料不仅采自已经出版的大批文集、年谱、日记、笔记、史料汇编等，也博涉档案、书札等未刊资料，故取材丰富。而《张之洞学人圈名录》的编制，则化繁芜为清爽，对论文正文有补益之效。

此篇导师意见正好写于距前一节文字六年以后的同一日，真是巧合。

  陆胤这部博士论文经过修订，现更名为《政教存续与文教转型——近代学术史上的张之洞学人圈》，即将出版。相信经过两年的沉淀、打磨，其著述境界当更有提升。作为指导教师，我自然乐观其成，故缀集历年所写论文评语，以见作者之学程旅痕，并为其书推介。

2013年11月12日于京西圆明园花园

（原刊《社会科学论坛》2014年第2期；

陆胤：《政教存续与文教转型——近代学术史上的

张之洞学人圈》，北京大学出版社，2015年）

那一代学者的风貌
——《尺素风谊——天光云影楼师友书札》序

学者书札近年已成为拍卖与收藏的新宠。个中原因，除了写者的学术声望提升了其价值，信函相对的私密性，也使读者可从中获得更多、更真切的资讯。这样说，并非鼓励窥人隐私，实在是因为只比日记下一等，书信乃了解作者内心世界更为可靠的史料。当然，前提还要看与收信人的交谊如何，由此决定了作书人笔下文字的深浅。

天光云影楼主人孙文光先生是安徽师范大学中文系的著名教授，先后担任过《安徽师范大学学报》副主编、安师大图书馆馆长。长期在芜湖任教、工作的经历，使他在安徽学界广有人缘。二十世纪六十年代到北大读研究生的经历，又让他和以北大为中心的京城学界建立了密切联系。他将自己多年收藏的九十三位师友书札以"尺素风谊"命名，结集出版，既是对个人交往史的一次总结，更为学界保留了一份难得的史料。而这一份师友名单，本是囊括了郑逸梅、周谷城、游国恩、王蘧常、冰心、巴金、顾廷龙、臧克家、赵朴初、吴组缃、侯仁之、唐弢、程千帆、王瑶等一众文化耆宿,分量之重自不待言。

书信乃是缘于空间距离而出现。在二十世纪网络尚未发明的时代,尺素传书仍是相隔两地的人们最常使用的交往方式。反而是关系最近的身边的亲友和师长,很少留下信札。我的一大憾事就是,因为一直追随左右,我只收到过一封季镇淮先生的来示,那还是因为1994年我在日本访学半年所得。相比同样受教于季先生的孙文光师兄至少藏有导师的二十三通书翰,我的艳羡可想而知。

文光师兄长年担任中国近代文学学会常务理事,尤以龚自珍研究名家,《尺素风谊》所收书札因此多与近代文学尤其是龚学相关,并集注于一"会"一"书"。"会"指1985年10月在芜湖召开的"龚自珍诗文学术讨论会",乃是由文光兄发起,北大中文系也受邀成为合办单位;"书"为1995年由黄山书社出版的《中国近代文学大辞典》,文光兄任主编,从筹划、拟目到催稿、成书,均一力承担。前会举办时,我刚刚研究生毕业一年,学术尚未上路;后书蒙主编分派,拟写过"诗界革命""文界革命""小说界革命""梁启超"等条目,由此也略知这册厚达一千三百多页的辞典成书之不易。

读有关信札,最令人感佩的是前辈学者的做事认真。《中国近代文学大辞典》卷首列出了五位顾问,即王季思、任访秋、季镇淮、顾廷龙、唐圭璋。与今日各书的"顾问"多半只是挂名而已,这些当年寿登耄耋、名重学林的耆宿,却是字斟句酌地撰稿和审稿。八十一岁的任访秋先生受托撰写"中国近代散文"辞条,自述"当勉力为之",并详告:"我曾应上海图书公司(邀)参加《中国近代文学大系》编选工作,由我负责散文选部分。所撰《导言》已发表。拟就《导言》内容,概括成文。写成后,当寄上。"同时承诺,"审阅稿件,届时当一并奉上"(1990年8月9日函),明确表现出一种负责任的态度。

1906年出生的王起(季思)先生更是尽职尽责。委撰条目,则谦称"准备就《霜厓曲录》试写一条";完成后,又客气地接连使用"草就""附去""不知可用否"(1990年8月8日、1991年2月13日函)等说法,并不视为不可改动的大家手笔。遵嘱审读样稿,王先生既秉承出任顾问时提出的原则——"望编审时能严格掌握,勿急于求成",而提出总体意见:"各篇样稿都写得扎实。但书出众手,水平参差,文风亦难于一致,望加强通审工作,不必急于求成。"并且,细部也未放过,故"有些零星意见,已于样稿批注"(1990年8月8日、1991年8月12日函),实为"严格掌握"亲身示范。

就中,用力最多的顾问还属季镇淮先生。自1992年近代文学学会成立即担任顾问的季先生,早在1958年后,已把更多精力投入近代文学研究,于此一领域拓荒、耕耘,影响卓著。文光兄请季师担任顾问并为《中国近代文学大辞典》作《序》,本是最适切的选择。而季先生"高兴地接受",也意在"表示我对此事的支持和赞誉"(1989年8月10日函)。这一支持的力度,在辞典中最吃重的"近代文学"条目的撰写上清晰呈现出来。由于主稿者需要有总揽全局的魄力与眼光,也实非季先生不办。季师当年已是七十八岁,年老体衰,却仍奋力为此纲要性的辞条写下五千字。因超出了约定字数,特意函嘱文光兄可"删削",只是要求"上下联贯,各段分量大致相等"(1991年1月10日函)。对学生辈的主编如此尊重,正体现了那一代学者不可企及的精神风度。

亲力亲为之外,季先生也切实履行了顾问的职责。一再叮嘱文光兄:"更望它完美精粹,避免仓卒求成的缺陷。""要把稳质量关,切实核对原书、校勘文字,修饰不明白或多余词句,增补条目的遗漏,务期符合工具书的要求。"(1991年5月15日、1992年1月14日函)此类尚属原则性的指导意见。季师更有高瞻远瞩、涉及全书结构的重大建议。1991年5月1日,文光兄将《中国近代文学大辞典》的目录寄呈求正,季先生阅后,迅速做出回应。15日的复信中说:

> ……我仍要提点意见,就是加进《少数民族文学》一个栏目,有综述,也有作家、作品条目。加进这个栏目很重要,不必说了。

文光兄心领神会,立刻遵嘱照办。现在辞典中"近代少数民族文学"一条,即出自北大1955级学生、长期执教于中央民族大学的张菊玲教授之手。由此,一个严重的缺失得到了及时补救。

应该说,季先生对编纂辞典经验丰富。在此之前,由他担任编辑委员会副主任的《中国大百科全书·中国文学》卷已于1986年出版。作为其中"近代文学"分支的主编，季先生先已殚精竭虑，亲历了全过程。从给文光兄的信中，也可见其为编纂此书耗费的巨大精力。不算确定体例、分配条目、审读成稿，单是催促撰写，季先生便须不断发函。而即使尊为师长、心中焦虑，那些督促的话仍多半带有劝导的口气："如其他工作拖住，请调协一下，赶此任务，企望之至。""请你务必排除其它手头工作，陆续写好所承担的条目。这是无法摆开的一个沉重的包袱，早日用力完成任务早好。此后工作多得很，不要让这个包袱老背着，无法进行其他工作。"（未记年，6月8日、2月21日函）这些被温情包裹的"务必"，当然会让学生尽力做事时更觉暖心。

我曾经感叹季镇淮先生为集体项目付出的时间与精力太多，以致影响了个人的研究。即如大百科的"中国文学"卷，按照我的统计，季先生认领并完成的条目多达十七则，包括了《龚自珍》《近代散文》《近代文学》《近代文学史料》《康有为》《梁启超》《刘师培》《湘乡派》《曾国藩》以及八种期刊。季先生当然会看重辞典所具有的历史定论意义，催稿时，也会提示："新意见并不要，而要扎实的事实，准确无误的事业，而以简练语言表达之。"如此才可以经久不刊。这些道理都很容易领会。不过，对我而言，读这批信札更有意味的发现，是真正懂得了季先生的内心，他劝说文光兄尽快完稿，竟然是以"共同完成一个吃苦而难讨好的任务"（未记年，2月21日函）相勉励。无论编纂者如何用心，求全责备原是辞典逃不脱的宿命。我因此窥见了季先生忠厚诚信背后的明通，体会到几分"知其不可而为之"的悲壮。

通览《尺素风谊》，亦可以感受到北大同学的友谊绵长。实际上，细检文光兄通讯的师友，北大研究生同学无疑是交往最深入的一群，所作书信也最好看。仅举一事：1980年，吴组缃先生应郭绍虞先生之约，6月初要去上海讲学一周。南师大的李灵年闻知，即想邀吴先生过宁，为南大、南师和江苏作协开讲。孙玉石将此意转达，吴先生很高兴。孙又探知吴先生"生在安徽，却未去过黄山，很想去"，但碍于"学校经费卡得紧"，迄未遂愿。孙玉石因此写信给文光兄，希望他仿照李灵年的做法，"请吴先生去讲讲，顺便也就看看风景了"（1980年5月28日函）。而二孙和李以及张菊玲（孙玉石夫人），均为北大中文系1960级研究生，李与张且直接受教于吴先生。导师有意，弟子自当倾力助成。此行吴先生由南京至芜湖，终于上了黄山，了却一桩心愿。

这样一件今日看来稀松平常的小事，当日做成却是异常艰难。文光兄如何接待、陪同、支付酬金，他是当事人，未见诉说。但从李灵年信中所言，"大吴先生到皖，把您累得不轻，他心满意足，但学生办来实在不易"，亦可见一二。而此番感慨，原本出于李氏的切身体验。向孙文光打听"不知你们如何付讲课金的"，乃是因为李"与南大几经周折"，才各付了二十元。应该是感觉实在拿不出手，李灵年汇款后"也不曾写信去"，并还在为"不知先生如何想法"惴惴不安。由此也不难明了，当得知小吴先生（吴小如）将接踵而来，"拟秋后到其皖南小儿处休息些时，返京时想走芜湖、南京，并希望'沿途卖唱''以节省路费'",其时李灵年的为难。"这些事真难办"(1980年7月26日函)的慨叹,并不表示学生对老师的薄情,实在是当年大学校园里的艰困情状令人心酸。

如今说来,这些都可算是珍贵的学界掌故了。而在欣赏诸位师长的笔墨之际,得以领略上一代学者的风貌,是我读《尺素风谊》最受益处。唯一不安的是,承蒙文光兄抬举,本人与夫君亦同附骥尾。因而有必要提醒此文与此书的读者,只需将我们两个"50后"除去,其他都名副其实了。

2018年10月7日于京西圆明园花园
(原刊《文汇报》2018年11月3日;
孙文光:《尺素风谊——天光云影楼师友书札》,
安徽师范大学出版社,2019年)

光启随笔书目

（按出版时间排序）

《学术的重和轻》　　　　　　　　李剑鸣 著
《社会的恶与善》　　　　　　　　彭小瑜 著
《一只革命的手》　　　　　　　　孙周兴 著
《徜徉在史学与文学之间》　　　　张广智 著
《藤影荷声好读书》　　　　　　　彭　刚 著
《生命是一种充满强度的运动》　　汪民安 著
《凌波微语》　　　　　　　　　　陈建华 著
《希腊与罗马——过去与现在》　　晏绍祥 著
《面目可憎——赵世瑜学术评论选》赵世瑜 著
《中国的近代：大国的历史转身》　罗志田 著
《随缘求索录》　　　　　　　　　张绪山 著
《诗性之笔与理性之文》　　　　　詹　丹 著
《文学的异与同》　　　　　　　　张　治 著
《难问西东集》　　　　　　　　　徐国琦 著
《西神的黄昏》　　　　　　　　　江晓原 著
《思随心动》　　　　　　　　　　严耀中 著

光启随笔书目

《浮生·建筑》　　　　　　　　阮　昕　著
《观念的视界》　　　　　　　　李宏图　著
《有思想的历史》　　　　　　　王立新　著
《沙发考古随笔》　　　　　　　陈　淳　著
《抵达晚清》　　　　　　　　　夏晓虹　著
《文思与品鉴：外国文学笔札》　虞建华　著
《立雪散记》　　　　　　　　　虞云国　著